Romanzi e Racconti 359

Di Guido Bagatta
nel catalogo Zelig editore
potete leggere:

La mia vita bassa

Guido Bagatta

Little Luca e la maschera meravigliosa

Baldini Castoldi Dalai
Editori dal 1897
http://www.bcdeditore.it e-mail: info@bcdeditore.it

Questo libro è un'opera di fantasia. Qualsiasi riferimento a persone, fatti e luoghi reali ha soltanto lo scopo di conferire veridicità alla narrazione, ed è quindi utilizzato in modo fittizio.

ISBN 88-8490-823-X

A Gogo e Leo,
i miei Little Luca

1

Ne ero sicuro, avrei perso, me lo sentivo nelle gambe, nelle braccia e soprattutto nella testa. Il mio avversario mi dominava senza difficoltà, mi stavo facendo massacrare davanti al pubblico, nell'incontro più importante della mia vita. In pochi minuti mi stava portando via tutto, la volontà, l'orgoglio, la dignità, proprio lui che cose come queste non aveva mai saputo cosa fossero.

Già prima del match, quando ero arrivato nello spogliatoio, avevo intuito che c'era qualcosa di diverso dal solito. Non avevo capito che cosa, ma per la prima volta avevo avuto paura, paura di non poter combattere come sapevo.

Non ci ero abituato, mi ero sempre considerato un vincente, uno solido nel corpo e nella mente, uno che non aveva mai dubitato delle proprie possibilità.

La paura non mi aveva mai sfiorato.

Ma in quel momento, schiena a terra, ripensando a quello che mi era successo negli ultimi giorni comprendevo che avrei dovuto aspettarmi quell'epilogo.

Il pubblico, che non si spiegava perché io non riuscissi più a reagire ai colpi del mio avversario, era passato tutto dalla sua parte, da quella del vincente.

La gente è fatta così, basta poco e non si ricorda più chi è stato il suo idolo sino a un attimo prima.

Lui, quello che mi stava umiliando, era solo un *heel*, un wrestler scorretto per il quale non era giusto tifare, ma con la sua grinta aveva trascinato gli spettatori dalla sua e adesso stava vincendo per loro.

Forse me lo meritavo, perché non avevo fatto nulla per impedirglielo, perché in quel match non ero mai stato me stesso, quello che l'America aveva imparato ad amare per il modo spettacolare di combattere, per la lealtà sul ring, ma anche per la forza devastante! Io ero quello che quando decideva che ne aveva abbastanza, chiudeva gli incontri con la mossa di sottomissione, ma di me, del vero *me*, quella sera non c'era traccia.

Sembrava che su quel ring ci fosse salito solo il mio avversario, io ero da un'altra parte, lontano migliaia di chilometri.

Mi stava schiacciando come un cavallo potrebbe fare con un topolino e sembrava che non gli bastasse.

Intravedevo le luci dello stadio, l'enorme maxischermo con il mio volto mascherato e le notizie sull'incontro. Mi davano favorito, anche se in quel momento pareva assurdo.

Lì, a terra, mettevo finalmente insieme gli ultimi pezzi di un puzzle che ormai era risolto.

All'improvviso trovavo risposta alle centinaia di domande che mi ero fatto tante volte.

La verità era più dolorosa di tutti quei colpi, ma almeno avevo avuto una spiegazione.

2

«Arnaboldi… mi sa che tocca a te! Fammi felice, dimmi che oggi hai studiato e non sei impreparato come la settimana scorsa…»

Sembrava che la professoressa ci provasse gusto, si capiva dal modo sadico in cui era arrivata al mio nome, dopo aver percorso su e giù il registro per un paio di volte.

Fatto sta che mi aveva incastrato e la materia della tortura sarebbe stata inglese… Stavo per fare la figura dell'idiota!

Ma era colpa mia, lo sapevo che la Pianciamore mi avrebbe interrogato di nuovo. Mi voleva mettere alla prova, voleva vedere se riusciva a fregarmi e sapevo anche perché.

A scuola mi chiamavano l'*Americano* e a lei quel soprannome non era mai andato giù, fin dal primo giorno, quando aveva chiamato il mio nome e Max aveva interrotto l'appello: «L'Americano, prof, si chiama l'Americano, non Arnaboldi…»

Quello stupido di Max… Poteva starsene zitto, anche perché ci aveva rimesso pure lui, finendo subito sulla lista nera della Pianciamore, solo che lui aveva fatto qualcosa di male, io no.

Da quel preciso momento le ore di inglese erano diventate un inferno, per me e Max. Lei, la prof, aveva sempre in serbo qualcosa di particolare per noi, tanto per metterci in difficoltà. Finire nel mirino di un'insegnante a causa di un soprannome non è divertente, ve lo garantisco, anche perché a me l'inglese piace, soprattutto quando mi fa conoscere qualcosa di più sui miei idoli, quelli del wrestling.

Oltre ai giornali, infatti, è una figata navigare sui siti americani, per capire meglio come vivono veramente Carlito, Undertaker, John Cena, Orlando Jordan e JBL...

Ma non era certo quello l'inglese che voleva da me la *Piancia*, lei che diceva di aver frequentato i migliori college inglesi.

Insomma, mi sarebbe piaciuto parlarle di quanto ero innamorato di Melina, ma temevo che avrebbe creduto che mi fossi inventato un personaggio di Shakespeare.

Il mio vero incubo era la grammatica, perché io l'inglese lo sapevo un po' parlare, lo leggevo anche, ma a scriverlo senza errori non ce la facevo proprio.

«Allora *Americano*, vediamo che cosa ci racconti oggi sull'uso del genitivo sassone nella letteratura inglese», aveva quasi urlato la professoressa.

Non ero ancora arrivato alla cattedra che già mi aveva fatto la domanda, tanto per godersi la mia passeggiata incerta tra i banchi, con i miei compagni che ridevano da come erano sicuri che io il genitivo sassone non sapevo nemmeno cosa fosse. Poi, quel modo di chiamarmi, solo perché mi piaceva molto l'America, era veramente da vigliacca.

Perché mai Pinucci doveva essere Pinucci e la Del Castillo *Manuela* o addirittura *Manu*, e io, con cattiveria, l'*Americano*?

E dire che negli Stati Uniti io non c'ero mai stato, ma sognavo di andarci un giorno o l'altro, fin da quando avevo sei anni.

Il mio sogno sul viaggio in America era strano: all'inizio

tutto sembrava bello, proprio come uno s'immagina debba essere, ma poi le cose si complicavano e diventavano confuse e pericolose, e spesso mi svegliavo in preda alla paura. Succedeva più o meno sempre la stessa cosa: nella prima parte del sogno arrivavo a New York e all'aeroporto mi aspettava Hulk Hogan.

Un'emozione enorme.

Ma poi, quando rimanevo solo, mi appariva un tizio vestito con una specie di mantello nero lungo fino ai piedi, con una cintura di corda e un cappuccio in testa che mi impediva di vederlo in faccia. Improvvisamente iniziava a parlarmi dicendo cose che non riuscivo mai a capire.

Avrò sognato questa scena decine di volte, non riuscendo mai a scoprire come andava a finire con il tizio senza volto, perché per l'angoscia mi svegliavo troppo presto. A Max, il sogno gliel'avevo raccontato, anche perché tutte le volte che giocavamo alla Playstation con *Smackdown vs RAW* incontravamo sul televisore proprio lui, Hulk, con la sua bandana gialla. Ma non gli avevo mai raccontato la seconda parte, perché ero sicuro che mi avrebbe preso in giro e mi avrebbe dato della femminuccia.

Una volta arrivato di fronte alla prof, ovviamente non avevo saputo dire nulla «sull'uso del genitivo sassone nella letteratura inglese», e la *Piancia* ne aveva approfittato al volo e aveva chiamato proprio Max come secondo interrogato. Anche lui aveva fatto scena muta, anche perché il giorno prima invece di studiare eravamo stati insieme a giocare davanti al televisore.

Peccato che la professoressa non fosse interessata a sapere qualcosa su John Cena, perché saremmo stati ben felici di spiegarle tutto... Ma lei non pareva preparata sull'argomento e io e Max eravamo tornati al posto con un bel quattro e tanta voglia di far finire la Pianciamore tra le braccia di Batista, che l'avrebbe messa a tacere con una *bomb* fatta come si deve, altro che chiacchiere, registri e voti.

3

Un'altra giornata di gennaio a Milano. Ecco cosa c'era fuori dalla mia finestra.

Le vacanze di Natale erano finite da più di una settimana e come sempre erano volate via in un attimo.

La scuola era ricominciata troppo presto senza che avessi troppa voglia di ritornarci, anche se in un paio di materie le cose avevano iniziato a girare meglio del solito, e mi sentivo un po' più tranquillo.

Non pensavo che le medie sarebbero state così difficili, ero abituato a far la parte del bambino prodigio e avevo scoperto che invece c'era da sgobbare.

Quel giorno avevo studiato come sempre dalle tre alle cinque del pomeriggio o almeno ci avevo provato, visto che non riuscivo proprio a concentrarmi.

Poi la mamma mi aveva accompagnato a nuoto, come faceva tre volte alla settimana. Il nuoto stava diventando una cosa seria, tanto che in primavera avrei disputato le prime gare dopo un intenso inverno di allenamenti.

Papà e mamma avevano deciso di iscrivermi alla sezione agonistica della Canottieri, uno storico club sportivo che avevano preferito a tanti altri e che mi aveva tenuto lontano dal calcio. A me piace il calcio, ma non ci perdo la testa.

Prima di andare in piscina la mamma si era fermata a fare

la spesa in un supermercato e mentre lei sceglieva i surgelati io, per far passare il tempo (mi annoio tantissimo mentre lei fa la spesa, papà dice che crescendo le cose non migliorano...), mi ero allontanato per cercare delle merendine un po' diverse dalle solite, magari con qualche regalo particolare. Ero stufo dei pupazzetti e dei giochi da montare ma non riuscivo a trovare niente di nuovo. Mi ero quasi convinto a prendere i soliti Buondì (io e Max facciamo a gara a chi riesce a mangiarli senza bere tra un morso e l'altro) quando nel carrello di mamma, tra la frutta, gli yogurt e le bibite, avevo notato una scatola di colore arancione. Sopra c'era scritto *Superjam* in grande e poi: «La merenda preferita dai campioni del wrestling».

Poi, ancora più in grande, impossibile da non leggere: «INCREDIBILE CONCORSO, APRI, MANGIA E VINCI...»

Quelle merende non le avevo mai viste prima, né lì né nella latteria sotto casa.

«Mamma», avevo domandato, «che cosa sono queste?»

«Merendine, cosa vuoi che siano, Luca? Non sapevo cosa prenderti per colazione e ho visto che c'era quel concorso. Pensavo che ti potessero piacere. Me le hanno consigliate, pare che siano buone anche se non le conosce ancora nessuno, perché sono americane.»

Con la scatola in mano e con in testa l'allenamento che mi aspettava, ero poi uscito dal supermercato con la mamma.

Quella sera l'allenatore ci aveva massacrato. La parte in vasca era stata durissima, tanto che un paio di volte avevo pensato di piantarla lì perché non ce la facevo davvero più.

Ma non sono uno che si arrende facilmente.

Eravamo solo all'inizio della preparazione per le gare di fine marzo, per questo valeva la pena soffrire da subito.

Alla fine dell'allenamento stavo così male che ero uscito con la testa bagnata, per fare prima.

«A forza di non asciugarti i capelli», mi aveva urlato la mamma, «finirai col prenderti un malanno...»

Ma quasi non l'avevo sentita, perché stavo pensando già alla cena e al mio letto.

A casa, qualche minuto prima di sedermi a tavola, avevo visto di nuovo sul tavolo della cucina la confezione delle *Superjam*.

Prima o poi avrei dovuto scoprire cos'era quel concorso, se non altro per capire se era vero o, più probabilmente, una fregatura.

Durante la cena il telefono aveva suonato almeno tre volte, senza contare le due del cellulare di mia sorella, che aveva risposto e si era chiusa in camera sua.

Le femmine fanno sempre così.

Fra le tre telefonate c'era quella di Max, ma gli avevo detto che lo avrei richiamato appena finito di mangiare, perché lo sguardo di papà parlava da solo.

Poi però mi ero completamente dimenticato della promessa fatta, anche perché ero andato subito a dormire.

La mattina dopo, nell'atrio della scuola, Max mi era venuto incontro bello deciso e arrabbiato: «Perché cavolo non mi hai richiamato, Luca? Mi sembrava di averti detto che era importante, no?»

Avevo tentato di giustificarmi, anche se sapevo che aveva ragione.

«Max, mi sono addormentato al volo. A nuoto ci stanno massacrando con gli allenamenti e non riuscivo a stare sveglio. Ti chiedo scusa...»

Mi aveva perdonato.

«Comunque, ascolta», aveva detto afferrandomi il braccio, agitato, «ieri pomeriggio Dado mi ha raccontato di certe merendine che, se le compri, ti fanno partecipare a un concorso incredibile, una roba che ti fa vincere dei biglietti per vedere il wrestling dal vivo. Pare che tra i premi ci sia addirittura una giornata con il tuo wrestler preferito. Ma te lo immagini, io a cena con Undertaker? Dado le ha comprate. Dentro c'è l'indirizzo di un sito Internet, e digitando un codice puoi scaricare un sacco di cose. C'è anche una specie di quiz, se rispondi bene alle domande sei ammesso al concorso finale.»

Max non stava nella pelle.

«Siamo stati ammessi. Anzi, *lui* è stato ammesso, anche se abbiamo risposto insieme a venti domande su trenta. Sono bastate...»

Mentre mi parlava, non facevo altro che pensare alla mia scatola di *Superjam*, al sicuro nella credenza.

«Perché ridi?» mi aveva domandato.

«Per caso la confezione è arancione e le merendine si chiamano *Superjam*?» gli avevo detto.

«Sì, ma come fai a saperlo?»

«Mia madre me le ha comprate ieri...»

Max aveva strabuzzato gli occhi.

«Ma quante ne hai?»

«Una confezione da otto, perché?»

«Cavolo! Otto! Ma non sai che sono rarissime, che non ce n'è più da nessuna parte? Ieri, dopo aver giocato con Dado, sono andato anch'io in latteria, ma le avevano finite e non mi hanno saputo dire quando le avrei trovate... E tu ne hai otto! Sai che ogni merendina ha un codice per giocare? Otto codici, sei fortunato!»

Sapevo dove voleva arrivare, stava già per fare la sua solita faccia da cane bastonato.

«Va bene Max, facciamo così... Oggi pomeriggio vieni a giocare da me, entriamo in Internet e proviamo a rispondere alle domande. Ti va?»

All'improvviso si era illuminato in viso, di nuovo. Lo conoscevo davvero bene.

«Perfetto, ci vediamo alle tre da te...» mi aveva fatto l'occhiolino prima di entrare in classe.

Quel pomeriggio avevamo fatto finta di studiare, tanto per far contenta la mamma, poi ci eravamo collegati a Internet.

Avevamo allineato le otto merendine vicino al computer, di mangiarle non ce ne fregava niente, volevamo solo aprirle per scoprire i codici.

All'interno di ognuna c'era una minifigurina che aveva da un lato un personaggio del wrestling e dall'altro un codice da grattare, un po' come le schede ricaricabili per il telefonino.

Nella prima merendina avevamo trovato il codice X2641Y.

In meno di due minuti eravamo connessi e navigavamo su www.vincisuperjam.it.

Nella pagina di apertura c'erano le regole del concorso con tutte le spiegazioni che Max conosceva già.

In alto c'era un quadrato con scritto *gioca ora*, bastava cliccarlo e si arrivava finalmente alla pagina più importante.

Nella parte destra dello schermo andava inserito il codice, poi si compilava una scheda con il proprio nome, l'età e un indirizzo e-mail per essere contattati in caso di vincita.

C'era anche scritto che, se chi giocava era minorenne, in caso di vincita dei premi più grossi sarebbe stato necessario il permesso di un genitore per ritirarli.

Eravamo pronti.

Ecco le trenta domande ed ecco il cronometro, per calcolare il tempo impiegato per rispondere.

Le domande non erano difficilissime, in particolare per una *coppia* come la nostra.

Avevamo risposto a tutte in attimo, anche alle ultime, quelle più complicate.

Come quella che chiedeva il vero nome di John Cena e in che lega minore aveva iniziato la sua carriera... Una barzelletta per me e Max.

In 8 minuti e 31 secondi avevamo completato la prima serie ed era apparso un messaggio che diceva che di lì a poco avremmo ricevuto una risposta per e-mail.

Intanto avevamo deciso di rigiocare.

Avevamo cominciato usando il mio nome e quindi ora toccava a Max con il suo e con un altro codice.

La seconda serie di domande sembrava più difficile della precedente.

Avevamo terminato in circa 9 minuti.

Alla fine del pomeriggio avevamo giocato sei volte. Ci rimanevano due merendine e quindi due codici da utilizzare.

Max era andato a casa verso le cinque e io, tanto per cambiare, ero uscito per andare a nuoto.

Quando mamma era venuta a prendermi in piscina ero meno stanco del giorno prima. A casa avevo cenato e guardato la tivù con papà, che altrimenti non vedevo davvero mai. Avevamo chiacchierato un po' e poi ero andato in camera mia.

Sul tavolo, vicino al computer, c'erano ancora le due merendine da aprire con i codici superstiti.

Stavo quasi per spegnere la luce, quando ne avevo preso in mano una, l'avevo aperta e avevo acceso il computer.

Un attimo dopo papà aveva bussato alla mia porta e, seccato, mi aveva ordinato di spegnere tutto e andare a dormire.

«Va bene che domani è sabato ed entrate a scuola alle dieci, ma ti sembra l'ora di giocare al computer...?» mi aveva detto arrabbiato.

Aveva ragione, capitava di rado che andassi a letto dopo le undici, tranne che durante le vacanze.

Ma c'erano di mezzo Batista e Rey Mysterio...

«Giuro, tra qualche minuto chiudo tutto e vado a letto. Sto solo guardando un nuovo sito sul wrestling», avevo risposto.

Mio padre, che all'inizio proprio non capiva perché mi appassionasse tanto quello sport da *fanatici*, da qualche tempo aveva cambiato idea e ora conosceva i nomi di quasi tutti i protagonisti.

«D'accordo Luca, ma solo venti minuti, mi raccomando. Guarda che mi fido e vado a letto...»

Perfetto, l'avevo convinto.

Ero libero di giocare.

4

Papà era andato a letto e non mi aveva più controllato.

Avevo comunque deciso di non fare molto tardi, perché anche se il giorno dopo era sabato e sarei entrato più tardi a scuola, quasi sicuramente mi sarei beccato l'interrogazione di storia.

Ero preparato ma volevo essere riposato per fare il meglio possibile.

Nella penultima merendina invece della minifigurina con sopra un personaggio del wrestling ce n'era dentro una diversa, color oro.

C'era scritto *Megajam* e raffigurava un wrestler che non avevo mai visto. Dietro alla figurina si diceva che quella era una carta davvero unica, che ce n'erano solo cento in tutto il mondo e che chi l'aveva trovata doveva considerarsi veramente fortunato. Infatti la carta dava la possibilità di entrare in una sezione riservata del sito, nella quale c'era la chiave d'accesso a un Superconcorso, una gara nella gara con un premio incredibile.

Ero convinto che fosse una montatura pubblicitaria, anche perché a casa mia nessuno aveva mai vinto qualcosa, tanto che la mamma diceva spesso che secondo lei i concorsi sono tutti finti, altrimenti per il calcolo delle probabilità qualcosa sarebbe spettato anche noi.

Invece no.

Lei non aveva mai vinto nemmeno una pentola, papà neppure una maglietta da calcio e io… io nemmeno lo straccio di una partita gratis in sala giochi.

La fortuna aveva sempre baciato qualcun altro.

Ma già che c'ero e che ero al computer, dato che avevo comunque intenzione di giocare con le due merendine rimaste, perché non provare a vedere cosa succedeva con la *Megajam*?

La procedura era la stessa che avevamo seguito nel pomeriggio.

Il codice della *Megajam* era simile a quello delle carte normali e andava scritto nel solito spazio, in alto a destra dello schermo.

Tutto normale, ma, una volta schiacciato il tasto dell'invio per convalidare il codice, era successa una cosa strana.

Lo schermo era diventato nero, come se fosse mancata la luce. Per cinque secondi avevo pensato che si fosse staccato il cavo della corrente.

Poi, improvvisamente, lo schermo era diventato color oro e rosso e al centro era apparso lo stesso personaggio della figurina, che aveva cominciato a parlare.

In sottofondo c'era una musica che mi aveva ricordato quella dei film di Indiana Jones.

«Benvenuto amico!» aveva detto. «Sono Ivan Koloff e sono uno dei più grandi lottatori della storia del wrestling, e so che tu sei un grande appassionato della mia disciplina. Oggi ho l'onore di farti entrare in un mondo del quale credi di sapere tutto, ma che invece è pieno di segreti. Se mi seguirai e ti impegnerai, potrai presto conoscerli anche tu. Intanto, per iniziare, devo verificare se sei la persona giusta, se sei uno di quelli che stavamo cercando...» aveva concluso, indicandomi con l'indice. Ero restato immobile davanti allo schermo.

Paralizzato.

Non riuscivo a muovere un dito.

Ivan mi guardava dritto in faccia, attraverso lo schermo.

Sembrava potesse vedermi, quasi fosse vero e non solo un disegno animato sul monitor.

Aveva un viso burbero ma in fondo simpatico, il cranio pelato, un cerchietto al lobo destro e una catena di ferro al collo.

Era enorme.

«Adesso non mi devi deludere, amico. Clicca il bottone rosso alla mia destra e troverai una serie di domande. Sono molto difficili, anche per un esperto, ma ne valgono la pena. Rispondi più veloce che puoi e cerca di azzeccarne il più possibile... In questo momento in tutto il mondo ci sono altri ragazzini come te che stanno per affrontare la stessa prova. In tutto siete cento, ma solo cinquanta andranno avanti. Se sarai uno di loro, ti spiegherò meglio che cosa potresti vincere. Se no... be', amico mio, non ho tempo da sprecare con i perdenti. Clicca il bottone rosso!» aveva urlato.

Poi era rimasto fermo, a braccia conserte.

Ero ancora come imbalsamato e non capivo più niente. Da una parte tutto mi sembrava così strano, incredibile, quasi stessi sognando.

Dall'altra, invece, sapevo di essere sveglio, eccome se lo ero!

Per provarlo mi ero pizzicato cinque volte un po' dappertutto.

Avevo deciso di andare avanti, anche perché, a parte lo

stupore, il tutto non mi sembrava pericoloso. Per un attimo avevo pensato alle raccomandazioni dei miei sui siti in Internet e sulle persone cattive che ci si potevano incontrare.

Ma in questo caso si trattava di wrestling, la mia passione, e poi, anche se fossi andato avanti nel gioco, che cosa avrei rischiato?

Avevo cliccato il bottone rosso ed erano apparse le domande. Alcune riguardavano la storia dei vari campioni della WWE. Altre invece chiedevano come avrei risposto a varie mosse del mio avversario se fossi stato io sul ring.

Cavolo, era difficilissimo!

Anche perché un conto è vedere in televisione i personaggi che si affrontano, un altro è decidere cosa fare, come reagire a mosse come un *clinch*, piuttosto che a una *choke slam*.

Avevo iniziato cercando di non pensare troppo e di fidarmi del mio istinto e di quello che avevo imparato dai due telecronisti in tivù.

Non avevo modo di cercare aiuto su Internet, né tantomeno di telefonare a qualcuno. Avevo cercato di concentrarmi il più possibile e immaginare come fosse fatto davvero un ring su cui salivano per sfidarmi, uno dopo l'altro, i miei tanti idoli.

Mossa dopo mossa avevo risposto anche alle domande più assurde, come quelle sulle ragazze del wrestling, che combattono molto poco e sono difficili da ricordare. Alla fine ero esausto, si era fatto tardi e non ne potevo veramente più, anche perché la stanchezza fisica del nuoto si era aggiunta a quella mentale.

Troppe risposte da dare e troppo poco tempo, e poi avevo paura che arrivasse papà.

Dopo aver compilato la mia scheda identificativa, avevo inviato tutto via mail.

Poco dopo, nella mia casella di posta elettronica era apparso un messaggio che mi ringraziava da parte della *Megajam* e diceva che entro ventiquattr'ore mi avrebbero risposto e avrei saputo com'era andata.

Avevo guardato l'ora e mi ero accorto che erano le tre passate, una vera pazzia.

Per fortuna papà era stato di parola e non era tornato a controllare.

Spenta la luce, mi ero addormentato in un attimo, nonostante l'emozione per quello che mi era successo e la faccia di Ivan Koloff, che era rimasta stampata nella mia mente.

5

La mattina seguente, anche se dovevo andare a scuola più tardi del solito, mi ero alzato prima delle otto.

Non ero riuscito a dormire a causa di quello che mi era successo poche ore prima e in più avevo fatto anche un sogno molto strano, con il tizio senza la faccia che se ne stava disteso nel mio letto.

Ma non era il letto di camera mia.

Tutto sembrava diverso.

La stanza era più grande, rivestita in legno e c'era un altro letto di fianco al mio.

Sui muri non c'erano i miei poster ma altri che non avevo mai visto. La luce era bassa e si sentiva una musica tipo quella che ascolta mia sorella, che mi dà fastidio perché ti spaventa.

Per fortuna l'incubo era durato poco.

La mamma, che era già sveglia, incontrandomi sulla porta del bagno mi aveva guardato come se fossi impazzito. Io ovviamente non le avevo spiegato la vera ragione per cui ero già in piedi, le avevo solo detto che avevo mal di testa e, piuttosto di stare a letto, avevo deciso di alzarmi.

Non che fossi molto credibile: avevo una faccia da sonno che era tutto un programma e infatti lei non mi aveva nemmeno risposto e si era infilata in cucina, mentre io ero tornato in camera mia, dove non vedevo l'ora di accendere il computer ed entrare in Internet.

Dopo un attimo ero già collegato e leggevo le mie mail.

Ce n'erano quattro nuove.

Le prime due arrivavano da due ragazzi con cui io e Max giocavamo in rete ad *Age of Empires*, un gioco di strategia bellissimo.

La terza era di Dado, che mi annunciava di aver trovato due carte fortissime per le nostre partite a Magic Card del sabato pomeriggio.

La quarta arrivava da un mittente che non conoscevo.

dreamscometrue@superjam.com

Lì dentro c'era la risposta che aspettavo.

Non l'avevo aperta subito, perché avevo la fronte tutta sudata e il cuore che batteva molto più veloce del solito, anche di quando mi allenavo in piscina.

Poi avevo deciso che ero pronto per il *clic* sull'allegato della mail.

Come la sera prima, anche questa volta tutto iniziava con la faccia di Ivan Koloff che mi salutava e si muoveva come un cartone animato.

Faceva le sue facce buffe e parlava.

«Hello Luca, buongiorno!» aveva iniziato. «Sono Ivan Koloff e ancora una volta ti voglio dare il benvenuto nel nostro meraviglioso mondo. Ti ringrazio per aver partecipato al nostro concorso, ragazzo. Sei un duro, lo sai. Sono certo che stai morendo dalla voglia di sapere se sei tra i cinque ragazzi italiani che, se lo vorranno, potranno continuare a giocare con noi per scoprire che cosa conquisterà il vincitore finale. Quella carta d'oro l'avevate in dieci e siete rimasti in cinque.»

La tensione continuava a salire, anche perché Ivan non aveva ancora detto nulla di preciso.

«Ora, per scoprire se potrai rimanere in gioco, clicca qui sotto, sulla mia cintura...»

Koloff aveva una cintura di pelle nera con una borchia rotonda; in mezzo alla borchia c'erano le sue iniziali: *IK*.

Avevo portato la freccia del mouse sulla fibbia e avevo chiuso gli occhi...

Dopo qualche secondo una musica trionfale era uscita dal computer.

Sullo schermo, di nuovo tutto d'oro, era apparso un messaggio in italiano, ma era intermittente e avevo fatto fatica a leggerlo.

Alla fine ero riuscito a capire che... ce l'avevo fatta!

Non ci potevo credere, avevo passato il turno e potevo continuare a giocare per il Superpremio.

Anche se non sapevo ancora di cosa si trattasse, mi pareva una cosa incredibile.

Non avevo mai vinto niente.

Subito dopo il messaggio, Koloff era riapparso per qualche secondo, mi aveva fatto i complimenti e mi aveva raccomandato di seguire attentamente il resto delle istruzioni.

«In questi giorni allenati il più possibile e cerca notizie sul wrestling, ovunque. Potrebbe servirti...» aveva concluso.

Poi era comparsa una specie di lettera, fatta come un diploma. Dopo il mio nome e un codice, c'era scritto che se volevo continuare a giocare avrei dovuto presentarmi il sabato successivo al Fantastore della mia città.

L'appuntamento era per le tre, per un pomeriggio tutto in *stile wrestling*. Dovevo stampare l'invito e portarlo con me, altrimenti non sarei mai potuto entrare o almeno così diceva il messaggio.

Avevo acceso la stampante e poco dopo avevo in mano il foglio con l'invito.

L'avevo riletto e avevo trovato l'avvertenza che diceva, visto che ero minorenne, di venire accompagnato da almeno uno dei genitori, altrimenti non mi avrebbero potuto far partecipare.

Il monitor era ancora acceso e il computer si era messo a fare un rumore strano, come fosse un conto alla rovescia.

Era comparsa una nuova scritta, anche questa intermittente, che domandava se avevo letto e stampato l'invito.

Se l'avevo fatto, dovevo cliccare sul tasto rosso a fondo pagina.

Subito dopo un flash era apparso sullo schermo, e una voce diceva che l'allegato della mail che avevo appena letto stava per distruggersi per sempre.

Non sapevo cosa fare.

Certo, ero felice di essere riuscito ad arrivare alla selezione finale, ma i dubbi su quello che mi stava succedendo erano tanti.

Per prima cosa non sapevo con chi realmente avevo a che fare.

Va bene che c'era di mezzo il wrestling, ma non avevo la minima idea di chi fossero quelli che avevano organizzato il concorso.

Avevo pensato che il fatto che tutto fosse partito dalle merendine era una specie di garanzia, ma i dubbi rimanevano lo stesso.

Ora dovevo convincere papà a portarmi all'appuntamento per la selezione finale (mia madre non valeva la pena di coinvolgerla, anche perché di wrestling non ne sapeva proprio nulla), ma prima avrei dovuto spiegargli quello che era successo negli ultimi due giorni.

Per fortuna tutto era iniziato con le *Superjam* che aveva comprato la mamma, così almeno avevo qualcosa di valido da cui partire.

Sapevo che non era un'impresa facile ma pensavo anche che, al limite, mio padre mi avrebbe accompagnato alla selezione e se qualcosa non lo avesse convinto saremmo andati via.

Totalmente confuso, avevo spento il computer ed ero andato a scuola dove, strano ma vero, non mi avevano interrogato.

La mattina era volata via in un attimo.

Durante l'intervallo avevo spiegato a Max che cosa mi era successo da quando, il giorno prima, se ne era andato da casa mia.

Lui aveva sgranato gli occhi e mi aveva chiesto se lo stavo prendendo in giro.

«Vuoi dirmi», aveva detto irritato e offeso, «che hai giocato senza di me, per di più con una carta magica? Dovevi chiamarmi, almeno potevamo scoprire insieme di che cosa si trattava, no?»

In effetti non aveva tutti i torti, ma quando avevo cominciato a giocare da solo era troppo tardi per telefonargli e poi sapevo che lo avrei incontrato poche ore dopo.

All'uscita di scuola avevo visto la macchina di papà che mi aspettava davanti all'ingresso.

Avevo deciso di dirgli tutto subito e cercare di convincerlo prima di arrivare a casa.

Come ogni sabato, era il momento del nostro pranzo da McDonald's ed era lì, con un mucchio di patatine sotto al naso, che avrei fatto la mia prima mossa...

6

All'inizio papà mi era sembrato un po' distratto, poi aveva capito quello che gli dicevo e mi aveva fatto un milione di domande.

Voleva sapere tutto del concorso.

Chi lo organizzava?

Come avevo fatto a scoprirlo?

Mi avevano chiesto dei dati e, soprattutto, qual era il Superpremio finale?

Avevo risposto a tutte le domande più delicate, quelle che lo preoccupavano, e sul Superpremio gli avevo giurato che non lo sapevo proprio, perché solo i vincitori avrebbero scoperto che cosa li aspettava o almeno così diceva il regolamento su Internet.

Gli avevo anche spiegato che con le carte *normali* si vincevano i biglietti per la prossima tournée della WWE in Italia e che il primo premio era una giornata con uno dei campioni del wrestling, ma che non sapevo proprio immaginarmi come funzionasse per le carte d'oro.

Era dubbioso, mi aveva detto che avrebbe deciso a casa, con le merendine, la carta *oro* e il sito Internet sottomano.

«Per ora», aveva aggiunto, «non diremo nulla alla mamma, anche perché non capirebbe. Poi, più avanti, vedremo...»

Più tardi, a casa, gli avevo portato tutte le prove, mentre guardavamo una partita di basket. Poi lui mi aveva chiesto di rimanere da solo per mezz'ora a cercare su Internet.

Alla fine, appena prima di cena, avevo conosciuto il sospirato verdetto: papà mi avrebbe accompagnato all'appuntamento!

Era fatta, anche se aveva recitato la parte di quello difficile da convincere e diffidente e mi aveva fatto pesare parecchio la sua decisione.

Il fatidico sabato era arrivato in un attimo, dopo una settimana senza troppi problemi scolastici. Anche le ore di inglese erano andate bene, con la Pianciamore che più che altro mi aveva ignorato.

Gli allenamenti invece erano diventati sempre più duri, aumentavano le ripetizioni e c'era pochissimo tempo per recuperare, ma ero contento lo stesso perché mi piaceva l'idea che presto avrei potuto iniziare a gareggiare.

Quel sabato mattina mi avevano chiamato alla lavagna per risolvere una serie di radici quadrate, ma la campanella era suonata proprio mentre stavo iniziando!

Forse avrei fatto una bella figura, ma meglio così.

Dopo il solito McDonald's mancava più di un'ora all'appuntamento al Fantastore, così, per non arrivare troppo presto, avevamo fatto delle commissioni per la mamma. Gira e rigira, eravamo arrivati lo stesso con quasi mezz'ora di anticipo.

Conoscevo già il posto, avevo comprato lì quasi tutti i miei videogiochi e anche l'ultima versione di *Age of Mithology*, ma rispetto alle altre volte che c'ero stato sembrava tutto diverso.

All'entrata c'era uno striscione che annunciava la finale

del concorso *Superjam Wrestling Power* e poco più avanti un tabellone con scritto *Il campione dei campioni* e la lista dei finalisti, con anche il mio nome.

«Visto che era una cosa seria?» avevo sussurrato all'orecchio di papà mentre gli indicavo il tabellone con un dito.

«Sì», mi aveva risposto, «anche troppo... almeno così mi sembra. Comunque andiamo dentro e sentiamo cosa ci raccontano, prima di giudicare...»

Delle ragazze vestite di rosso ci avevano chiesto se facevamo parte del pubblico o dei concorrenti e avevo risposto, fiero, che dovevo partecipare al torneo.

Mi avevano sorriso e ci avevano mandati verso un tavolo di plastica rossa con due enormi scritte: *Superjam* e *Megajam*.

Lì c'erano i membri dello staff d'accoglienza che aspettavano i concorrenti.

«Buongiorno», mi aveva detto gentilmente un signore grassottello con i baffi, «posso aiutarti? Come ti chiami?»

«Mi chiamo Luca Arnaboldi e questo è mio padre.»

«Se mi dai l'invito posso registrare i tuoi dati.»

Mio padre lo aveva guardato dritto negli occhi e prima che il signore potesse prendermi l'invito dalle mani lo aveva bloccato.

«Un momento. Prima di iscrivere mio figlio, vorrei saperne un po' di più, se non le dispiace. Tutto questo mistero funziona con i ragazzini, ma sarebbe il caso di capire che cosa siamo venuti a fare qui oggi, e soprattutto cos'è questa storia del Superpremio finale.»

«Nessun problema, signor Arnaboldi», gli aveva risposto l'uomo, sempre cortese e per nulla turbato dalla domanda, «ora le spiego. Il mistero fa parte del gioco ed è stato voluto proprio dallo sponsor, le merendine *Superjam*. Suo figlio, come le avrà raccontato, parteciperà oggi a un torneo di wrestling per Playstation e, se vincerà, si porterà a casa un premio davvero fantastico», aveva sorriso.

«Ci risiamo col mistero...» aveva insistito papà. «Quale sarebbe questo benedetto premio?»

«Adesso lo possiamo svelare», gli aveva risposto il tizio. «Si tratta di un viaggio in America con soggiorno di due mesi presso la Rumson School. Il viaggio è stato previsto per quest'estate, per non compromettere l'anno scolastico del vincitore, e lì, oltre a studiare o perfezionare l'inglese, il fortunato potrà imparare molte cose sul wrestling e vedere da vicino come si preparano i futuri campioni, quelli che poi andranno a combattere in tutto il mondo. Ma lo sa che dalla Rumson sono passati tutti i più grandi del wrestling, a partire da Hulk Hogan?» aveva concluso, felice di essersi spiegato con mio padre.

«Sì, ma...» aveva tentato di rispondere papà.

«So cosa sta per chiedermi, signor Arnaboldi. Vuole chiedermi se suo figlio potrà correre qualche pericolo. È la prima domanda che ci fanno tutti i genitori ed è quella che farei io se si trattasse di mio figlio. La risposta è, ovviamente, che se Luca sarà così bravo da vincere il torneo di oggi pomeriggio, non ci sarà nessun pericolo in America. Solo divertimento, tanto divertimento e l'occasione di conoscere e vivere a contatto con molti altri ragazzini di ogni parte del mondo. Il torneo si svolge in contemporanea in altre nove nazioni, oltre all'Italia. Comunque, signor Arnaboldi, qualsiasi decisione spetta a lei e sarò qui a sua disposizione per chiarimenti, che Luca vinca o meno.»

Mio padre a quel punto non aveva replicato, ed era un buon segno, perché voleva dire che, almeno per un po', non ci sarebbero stati problemi.

Con lui al mio fianco ero salito al primo piano, dove si sarebbe svolto il torneo.

Avevo una gran confusione in testa. Mi stavo rendendo conto di cosa fosse il Superpremio: la realizzazione di un sogno, il sogno di andare in America.

Non me lo sarei mai aspettato!

Ma sapevo anche che vincerlo sarebbe stato molto difficile, nonostante la mia abilità.

Ero teso.

7

«Amici sportivi e *non* sportivi, benvenuti a tutti...»

La voce era davvero inconfondibile, mentre salivo le scale l'avevo sentita avvicinarsi sempre di più. «Fra poco avrà inizio un grande torneo di wrestling per Playstation, vi invito a prendere posto in fretta.»

Dan Peterson!

Quella era la sua voce, la voce con la quale avevo cominciato a seguire il wrestling in televisione.

Papà mi aveva raccontato che prima di commentare gli incontri di Hulk Hogan e Undertaker, Peterson era stato il primo telecronista del basket NBA, quando io non ero ancora nato e lui aveva appena finito il liceo.

Il primo piano del negozio era stato trasformato in una piccola arena, con le tribune per il pubblico.

Al centro, appesi al soffitto, c'erano cinque maxischermi dai quali tutti avrebbero potuto vedere le mosse dei giocatori, e più in basso, proprio lì sotto, le nostre postazioni, attrezzate e pronte a essere utilizzate.

Papà mi aveva lasciato con gli altri ragazzi finalisti del concorso e si era andato a sedere in un'area riservata ai genitori dei partecipanti. Mentre cercavo il posto dove sedermi, con il mio nome scritto sopra, Peterson aveva ricominciato a parlare.

«Bene ragazzi, siamo quasi pronti per iniziare. Prima però devo ricordarvi le regole del nostro torneo e soprattutto che, per il vincitore, ci sarà un meraviglioso viaggio studio in America, con la possibilità di imparare tutto sul wrestling alla Rumson School. Gareggerete con *Smackdown vs RAW*, dovreste conoscerlo bene. Per il turno preliminare vi divideremo in due gruppi di cinque giocatori, ciascun gruppo disputerà una *royal rumble* dalla quale uscirà un vincitore. I due campioni si affronteranno in una finale, valida per il titolo.»

La *royal rumble* è una delle cose più divertenti del wrestling, un combattimento molto speciale in cui tutti i lottatori si trovano contemporaneamente sul ring e dove tutti possono prendersela con tutti. Chi rimane in piedi per ultimo vince il match.

«I vostri personaggi», aveva continuato Peterson, «saliranno uno alla volta sul ring e quando saranno tutti lì potremo cominciare la sfida. Adesso avete dieci minuti per personalizzare il vostro wrestler e, mentre voi vi costruite il lottatore, il pubblico potrà godersi una serie di filmati veramente spettacolari della WWE.»

Sapevo già come personalizzare il mio lottatore.

Io e Max, con quel gioco, ci eravamo fatti e rifatti mille volte faccia, fisico e vestiti, quindi mi c'erano voluti soltanto pochi minuti. Mi ero fatto non molto alto, con le spalle larghissime, i capelli biondi a spazzola e due pettorali enormi. Il mio costume era azzurro a quadretti bianchi e portavo un paio di occhiali dalla montatura leggera.

Anche questa volta avevo scelto *Little Rebus*, come nome di battaglia.

Era il soprannome di un personaggio del libro che la prof di italiano ci aveva dato da leggere l'estate precedente, era uno che riusciva sempre a cavarsela usando soprattutto il cervello.

Mi piaceva perché, quando si trovava davanti a qualcosa di strano e incomprensibile, rimaneva calmo e riusciva a spuntarla comunque.

Ormai anche i miei avversari erano pronti e si poteva iniziare.

«Perfetto ragazzi», aveva ripreso Peterson. «Vi ricordo che in questo torneo si può giocare solo pulito, per questo l'opzione *dirty*, gioco sporco, è stata bloccata. Per eliminare un avversario dovrete buttarlo fuori dal ring da sopra la terza corda. Ecco i dieci soprannomi dei partecipanti e la composizione dei due gruppi.»

Dan aveva fatto una lunga pausa, tutti noi eravamo attenti ed emozionati.

«Mini Dozer, C6-B8, Adriano, Avril e John Pranzo combatteranno fra pochi minuti, mentre Mahi Mahi, Prince Albert, Dieco, Carlito e Little Rebus entreranno in gioco quando il primo gruppo avrà terminato le sue fatiche.»

Avrei dovuto aspettare. Forse era meglio, avevo il tempo di ambientarmi e studiare i miei avversari.

«A questo punto... direi che siamo pronti! Buon divertimento a tutti e via con il gioco...» aveva concluso Dan.

La sigla della WWE e di Smackdown era apparsa sullo schermo davanti a me; poco dopo dalle casse era uscito il rumore della folla che aveva accolto Mini Dozer, il primo a entrare sul ring.

In un attimo anche gli altri quattro erano già in gioco e, fin dalle prime battute, si era capito chi ci sapeva fare e chi invece si era allenato solo sugli incontri singoli.

Mini Dozer si era messo in un angolo, vicino alle corde, come se volesse vedere che tattica utilizzavano gli altri e se ci fossero delle alleanze dell'ultimo momento. John Pranzo si era invece subito trovato in difficoltà, perché Adriano e C6-B8 avevano cominciato a menarlo in due, e lo avevano trascinato da una parte all'altra del ring.

Il *ring out meter*, l'indicatore di quanta forza ha ancora un wrestler sul ring, di Pranzo aveva iniziato a perdere quota. Adriano e C6-B8 se ne erano accorti e avevano proseguito la loro azione, che Adriano aveva chiuso con una *irish whip*, la micidiale frusta irlandese.

Il torneo di John Pranzo era finito o ci mancava poco.

Mini Dozer aveva continuato ad aspettare, senza farsi fregare da situazioni che potevano sembrare favorevoli, e Avril sembrava imitarlo.

Avril era il personaggio della sola ragazza in gara e lei lo aveva costruito uguale ad Avril Lavigne, che io conoscevo più che altro perché piaceva a mia sorella.

La ragazza era stata l'unica con la quale avevo scambiato qualche parola prima di giocare. Mi era sembrata simpatica e carina, anche se mi aveva dato l'idea di essere un po' timida, soprattutto per una circostanza come quella che stavamo vivendo.

Il *ring out meter* di John Pranzo era ormai a zero e a quel punto, con molta facilità, Adriano lo aveva buttato fuori dal ring. Subito dopo Mini Dozer era partito all'attacco di Avril, che reputava l'obiettivo più facile, ma la *cantante* si era difesa bene e aveva resistito fino all'arrivo di C6-B8 che sembrava volerla proteggere.

Però in pochi secondi Leo, il ragazzo che giocava come Mini Dozer, aveva mostrato tutta la sua bravura e ormai stava per *spianare* C6-B8.

Non era bastato il tentativo di aiuto di Adriano, per C6-B8 era davvero finita.

Purtroppo per Avril, era evidente che Mini Dozer e Adriano se la sarebbero presa con lei, per poi rimanere soli a giocarsi la finale.

Mentre Dozer la teneva ferma, Adriano le aveva fatto un *leg drop* molto spettacolare, che però era una vera vigliaccata nei confronti di una ragazza.

Da lì in poi Avril non aveva avuto più la forza di reagire ed era finita ben presto fuori gioco.

Tra le corde rimanevano solo loro due, Dozer e Adriano. Dopo qualche secondo di studio era stato l'*Imperatore* a cominciare a colpire, facendo scendere di una buona metà il *ring out meter* dell'avversario, che comunque aveva reagito.

L'incontro era rimasto equilibrato per parecchi minuti, fino a quando, non so quanto volontariamente, Adriano aveva tolto la protezione in gommapiuma di uno dei quattro angoli del ring.

Peterson lo aveva ammonito, gli aveva detto che stava rasentando il gioco sporco, ma lui aveva proseguito e aveva tentato un'altra *frusta irlandese*, proprio in quello stesso angolo.

A quel punto a Peterson non era restato che interrompere il gioco, squalificare Mario, che muoveva Adriano, e decretare Mini Dozer vincitore del primo gruppo.

L'ultima parte del match l'avevo vista con la coda dell'occhio, perché preparavo la mia entrata sul ring.

Ero emozionato, avevo le mani tanto sudate che quasi mi scivolava il joy pad.

Prince Albert, Dieco, Carlito e Mahi Mahi erano già pronti e schierati, quando Dan Peterson aveva chiamato anche il mio nome.

All'inizio avevo fatto come Mini Dozer poco prima, cercavo di non farmi vedere troppo. Ma la mia tattica era andata subito a farsi benedire perché mi ero trovato di fronte Carlito, che aveva deciso di prendersela con me.

Aveva tentato un corpo a corpo ma per fortuna ero riuscito a evitarlo rotolando sul tappeto, poi mi ero messo sopra di lui bloccandolo.

Mentre il suo *termometro* cominciava a scendere, dall'altro lato del ring Mahi Mahi era partito male e Prince Albert lo aveva fatto volare oltre la terza corda in meno di un minuto.

Nel nostro gruppo non c'erano alleanze, visto che dopo aver sconfitto Mahi Mahi Prince Albert stava per affrontare Dieco, mentre io, una volta rimessomi in piedi, avevo cominciato a schiacciare come un pazzo il tasto X per colpire Carlito al corpo e in faccia.

Pensavo che dopo il corpo a corpo non si sarebbe mai aspettato una serie veloce e così era stato, grazie anche al mio continuo avanzare e indietreggiare che lo aveva decisamente disorientato.

Con il *ring out meter* di Carlito tendente a zero era arrivato anche Prince Albert, che aveva deciso di giocarsi la finale con me e mi aveva dato una mano a finire il mio avversario.

Restavamo solo io e lui sul ring.

Il ragazzo che muoveva Prince Albert si chiamava Giacomo. Avevo intenzione di colpirlo subito duro e di buttarlo fuori dalle corde anche se il suo termometro non era ancora a zero, come prevedeva il regolamento che avevo ripassato quasi per caso qualche sera prima.

Ero partito deciso, picchiavo, lo trascinavo per una gamba, ribaltavo Prince Albert senza lasciargli modo di reagire. E poi di colpo, dopo quasi due minuti a manetta, avevo provato una *frusta irlandese* vicino alle corde e lo avevo buttato fuori!

Il match era durato pochissimo e io non mi sarei mai aspettato di vincere così facilmente.

Peterson aveva preso il microfono e proclamato: «L'ultimo atto, la nostra Superfinale, sarà l'incontro tra Mini Dozer e Little Rebus. L'appuntamento è fra dieci minuti...»

Ero arrivato in finale quasi senza accorgermene.

Mentre ripensavo a come avevo giocato e a come era stato facile buttare fuori dal ring Prince Albert, avevo visto in tribuna Dado e Alfredo, i miei amici, che mi avevano fatto una sorpresa e agitavano un cartello con su scritto: «Little Rebus senza soluzione».

Mi era venuto da ridere, perché sembrava uno di quelli che si vedono in televisione nei match di wrestling veri. Ma quasi subito avevo ripreso la concentrazione sullo scontro finale con Mini Dozer.

Anche lui aveva i suoi fan, che tra l'altro erano più numerosi e rumorosi dei miei, tanto che gli organizzatori li avevano già sgridati un paio di volte.

Con il joy pad in mano avevo guardato papà, che mi aveva strizzato l'occhio e aveva detto *Forza Luca* a bassa voce.

Poi, all'improvviso, la voce di Peterson aveva zittito tutti.

«Amici sportivi e *non* sportivi, eccoci arrivati all'ultimo atto di questa grande sfida. Fra pochi minuti sapremo chi tra i nostri due finalisti sarà il campione *Superjam* 2006. Alla vostra destra, da Milano, con il soprannome di *Little Rebus*... ecco a voi, Luca Arnaboldi, Arnaboldi!»

Tutti avevano applaudito e mi erano venuti i brividi, perché aveva ripetuto il mio cognome due volte, come nei match americani veri.

«Alla vostra sinistra, da La Spezia, Marcello Pozza, Pozza, che combatte con il nickname *Mini Dozer*.»

Ancora applausi, più forti.

«Bene ragazzi, vi ricordo che per questo incontro finale le regole non sono più quelle della *royal rumble*, ma quelle del match puro, uno contro uno. Per vincere dovrete schienare l'avversario e aspettare che l'arbitro conti fino a tre. È tutto, vinca il migliore.»

Fino a quel momento io e Mini Dozer non ci eravamo mai guardati in faccia, ma era stato solo un caso. Quando Peterson aveva finito di parlare avevo alzato la testa e avevo incrociato lo sguardo del mio avversario.

Aveva un viso freddo, strano e anche un po' cattivo.

Per qualche secondo ci eravamo fissati, poi era cominciato il match.

Mi aspettavo che attaccasse quasi subito e così era stato.

Erano volati calci e pugni, che però non mi avevano fatto male. Mi ero difeso bene e avevo cercato di subire il meno possibile, aspettando il momento buono per contrattaccare. Dopo un paio di minuti ero riuscito a mettere a segno tre o quattro *chop* consecutive e avevo centrato il petto di Mini Dozer, che sembrava aver accusato i colpi.

Con il pulsante quadrato e quello rotondo del mio joy pad avevo poi tentato un paio di mosse pesanti, come un *flying punch*, ma invano.

Piuttosto era stato il mio avversario a mettermi in difficoltà. Sentivo che non stavo giocando come avrei voluto e che invece lui teneva il ring in maniera quasi perfetta.

Con il passare dei minuti cominciavo a non capirci più niente e, quando il mio avversario aveva schiacciato in sequenza i tasti nella parte superiore del joy pad (L e R, per intenderci) ed era riuscito a fare una mossa di sottomissione molto simile alla *Batista bomb*, avevo capito che stavo perdendo.

In pochi attimi ero sotto di lui, schienato e senza possibilità di muovermi, con il *ring out meter* a zero.

Davanti a me, Marcello mi guardava stringendo i denti e sudando come un pazzo, sembrava quasi che sul ring ci fosse lui invece del suo personaggio.

«Uno, due, tre... Il vincitore, *the winner*, è Mini Dozer!»

La voce di Peterson era stata implacabile e aveva cancellato in un attimo tutti i miei sogni, Marcello invece era già tra i suoi amici a festeggiare.

Che delusione!

Avevo perso e avevo perso male, non me l'ero praticamente mai giocata. Sul mio avversario, invece, niente da dire.

Si era dimostrato un gran giocatore, anche se forse l'aveva presa un po' troppo sul serio.

Papà si era avvicinato e aveva cercato di consolarmi.

«Lascia stare papà, andiamo via subito. Non voglio nemmeno vedere la premiazione, tanto c'è solo il primo premio e il secondo non vince nulla», gli avevo detto.

Papà aveva capito e mi aveva passato la giacca a vento.

Dado e Alfredo erano usciti con noi, senza dire niente, ma anche loro avevano facce deluse, da perdenti.

Sapevo che, nonostante stessi cercando di non pensare alla sconfitta, quella sarebbe stata la notte più brutta della mia vita.

8

Da quel sabato pomeriggio al Fantastore era passato più di un mese, ma la delusione per non aver vinto il viaggio in America bruciava ancora.

Da allora non avevo più usato i videogiochi e a pensarci bene anche il wrestling in televisione non è che mi facesse più impazzire come prima.

Per fortuna c'erano gli allenamenti di nuoto che mi avevano tenuto molto impegnato. Dovevo concentrarmi al massimo, perché mancavano solo poche settimane alla mia prima gara.

Ogni tanto pensavo a come avevo potuto perdere in quel modo con Mini Dozer, ma poi lasciavo perdere, per non arrabbiarmi come avevo fatto nei giorni dopo la sconfitta.

Per tre notti non avevo dormito e, per quel poco che c'ero riuscito, mi era ancora venuto a *trovare* l'uomo senza faccia.

Mi aveva fatto paura, perché continuavo a non capire chi fosse mentre lui cercava di dirmi qualcosa di incomprensibile. Le prime parole erano *corsa* o forse *borsa*, il resto era ancora meno chiaro, anche perché non mi sembrava neppure che mi parlasse in italiano!

A scuola non ero riuscito a tenere gli occhi aperti e mi ero quasi addormentato durante le lezioni. Il professore di matematica se ne era accorto e aveva chiesto alla preside di far chiamare i miei, per capire che cosa mi stesse succedendo.

La mamma era andata al colloquio e poi, a casa, avevamo parlato per quasi tutto il pomeriggio. All'inizio non aveva capito, credeva che stessi male per qualche altro motivo poi, dopo averle spiegato perché non riuscivo più a dormire la notte, mi aveva detto che ne avremmo riparlato con papà.

Dopo quella sera le cose erano andate meglio, soprattutto di notte, perché quello senza la faccia non si era più visto e anche a scuola era ritornato tutto come prima.

Io, Max, Dado e Alfredo giocavamo tantissimo con le Magic Card.

Due pomeriggi alla settimana ci trovavamo a casa di Dado, che ha un soggiorno enorme, con altri ragazzi per delle *mega* partite che Alfredo vinceva quasi sempre, anche perché oltre a essere il più bravo aveva anche le carte migliori, perché i suoi gli davano più soldi per comprarsele.

Un giorno, appena rientrato da casa di Dado, stavo per entrare in camera quando era suonato il telefono. Ero stanco anche se non avevo fatto niente che non fosse giocare per tutto il pomeriggio. Non avevo studiato né ero andato a nuotare, perché la piscina era chiusa per dei problemi al riscaldamento dell'acqua.

Ero contento perché su dieci partite ne avevo vinte due, cosa mai successa prima. Per una volta avevo trovato la carta giusta, quella della Forza delle Querce, e tutto era andato per il meglio.

Il telefono intanto continuava a squillare e mia sorella, che come al solito credeva fosse per lei, aveva risposto.

Dopo qualche secondo aveva urlato che in linea c'era un

certo signor Modina che doveva parlare con qualcuno, ma non con lei.

«Non se che cavolo voglia», aveva detto, «e non me ne frega niente. Se qualcuno mi fa il favore di ascoltarlo io torno in bagno, che mi si secca lo smalto...»

Che odiosa, avevo pensato. Perché aveva risposto allora? Tanto tutte le sue amiche ormai la chiamavano solo sul cellulare.

Papà aveva detto di aspettare un attimo, che avrebbe preso lui la telefonata.

Mentre andavo in camera lo avevo visto, immobile con il ricevitore in mano, che ascoltava senza parlare.

A cena gli avevo chiesto chi fosse al telefono e lui mi aveva detto che ne avremmo parlato più tardi, ma sembrava agitato.

Poi era sparito con la mamma, senza toccare cibo.

Saranno state le nove quando finalmente erano ricomparsi e papà si era seduto a tavola, mentre la mamma riscaldava la cena.

Dalla faccia che aveva mi aspettavo fosse accaduto qualcosa di grave, magari alla nonna. Oppure temevo che lui e la mamma avessero qualche problema.

Poi aveva detto...

«Luca devi ascoltarmi attentamente.»

Aveva fatto una lunga pausa e aveva deglutito.

«Quello che ha telefonato prima è il dirigente dell'agenzia pubblicitaria che si occupa delle *Superjam*. Secondo te che cosa voleva?»

Lo avevo guardato negli occhi senza capire.

Non avevo la minima idea di che cosa stesse accadendo, anche se avevo capito che non era successo niente di grave e la cosa mi sollevava...

«Nessuna idea, tesoro?» aveva proseguito la mamma, mentre sorrideva raggiante.

«No!» avevo risposto. «Non capisco che cosa mi volete dire, ve lo giuro. Anzi, sbrigatevi a parlare perché mi avete fatto preoccupare già abbastanza!»

«Ma allora sei proprio tonto», si era intromessa mia sorella. «Ma non capisci?»

Mi sembrava di essere veramente stupido, ma non ci arrivavo.

A quel punto papà mi aveva guardato dritto negli occhi e, portandosi una mano davanti alla faccia, con le dita aperte, l'aveva mossa da destra verso sinistra e aveva detto: «You can't see me...»

Avevo sentito il cuore accelerare i battiti, mentre mia sorella rideva come una scema e i miei continuavano a fissarmi.

«È qualcosa che riguarda John Cena e il wrestling, vero? Altrimenti perché lo avresti imitato?»

«E bravo Luca!» aveva ripreso papà. «Quel signore ci ha chiamati per dirci che Marcello, cioè, Mini Dozer, insomma... il ragazzino che ti ha battuto in finale alla Playstation, ha dovuto rinunciare al Superpremio perché suo padre è stato trasferito all'estero. Per regolamento, in caso di rinuncia del vincitore, il premio viene dato al secondo classificato, quindi a te!»

Non ci potevo credere!

Papà mi stava dicendo che sarei andato io alla scuola di wrestling in America per due mesi.

«Papà», mi sentivo le gambe molli anche da seduto, «non so cosa dire...»

«Piano, piano, non correre troppo», aveva risposto lui. «Io e la mamma ne abbiamo parlato e abbiamo deciso che ti lasceremo andare, sempre che quelli dell'organizzazione ci convincano che sarai seguito, ma solo a una condizione...»

«Cioè?» avevo domandato.

«La condizione è che tu a giugno venga promosso con la media del sette. Se sarai così bravo, partirai per l'America, altrimenti mi sa proprio che dovranno trovarne un altro che rappresenti l'Italia...»

Il messaggio, come dicevamo sempre io e Max, era arrivato «forte e chiaro!»

Sapevo che avrei dovuto mettermi a studiare sul serio, se volevo arrivare al sette.

Soprattutto in inglese e matematica.

Ma ce la dovevo fare, non potevo certo perdere un'occasione così straordinaria.

«Ah...» aveva aggiunto la mamma, «papà ha dimenticato una cosa: continuerai a nuotare, il che significa che il tempo per studiare e arrivare al sette lo dovrai trovare rinunciando ad altre cose. Che ne so... la tivù, la Playstation, le Magic Card. Capito, campione?»

«Capito. Comunque grazie, spero tanto di farcela, perché già non vedo l'ora di partire», avevo risposto. Poi avevo chiuso gli occhi e mi ero già visto all'aeroporto di New York.

9

Alla fine ce l'avevo fatta, ero stato promosso, anche se non con la media del sette pieno come era nel patto con i miei.

Ma non era stata colpa dell'inglese, anche perché all'inizio di marzo la Pianciamore se ne era andata senza darci nemmeno una spiegazione e al suo posto era venuto il professor Sartori, molto più simpatico e bravo di lei.

Se non ero arrivato al sette era stato a causa di matematica, una materia che proprio non digerivo, tanto che già conquistare il sei era stato faticosissimo.

Speravo che i miei capissero che negli ultimi tre mesi mi ero veramente sforzato per cercare di accontentarli e per guadagnarmi il viaggio in America.

«Be', Luca... ci sono due lati della medaglia», mi aveva detto la mamma mentre teneva in mano la pagella. Sapevo benissimo che se lei avesse detto sì, papà non si sarebbe certo opposto. «Quello positivo è che sei stato bravo, soprattutto se penso a come eri messo a dicembre. Quello negativo invece è che io e papà ti avevamo dato un obiettivo che alla fine, anche se per poco, non hai raggiunto. Quindi...»

La guardavo negli occhi e avevo paura che quel *quindi* volesse dire che non sarei partito e che avrei dovuto rinunciare all'avventura più bella della mia vita.

Lei si era fermata per qualche secondo e poi aveva ripreso a parlare.

«In teoria dovresti rimanere a casa, ma siccome ogni tanto si può chiudere un occhio credo proprio che stasera dirò a papà che per quanto mi riguarda puoi pure partire.»

Le ero saltato al collo, l'avevo baciata e ringraziata come non ricordavo di avere mai fatto.

Avevo due genitori fantastici, unici, grandiosi!

Come previsto, il parere della mamma era servito a convincere anche papà, che era andato oltre e mi aveva fatto i complimenti.

«Vedi che rinunciare per pochi mesi alla Playstation e a qualche pomeriggio con gli amici non è poi stato così difficile? Te lo sei sudato, questo premio, bravo!» aveva detto mentre mi abbracciava. «Domani pomeriggio andremo insieme da quelli della *Superjam* per confermare la tua partecipazione al viaggio studio e farci spiegare tutto. A proposito di rinunce... Lo sai vero che in luglio e agosto ci saranno almeno cinque meeting di nuoto ai quali la Canottieri ti ha già iscritto? Non potrai gareggiare ed è un peccato, perché ti sei allenato parecchio in questi mesi...»

Saltare le gare estive di nuoto mi dispiaceva, ma direi proprio che ne valeva la pena, tanto a nuotare avrei potuto ricominciare in autunno.

Il giorno dopo eravamo andati da quelli della *Superjam* dove quel signore baffuto e grassottello ci aveva accolto ancora una volta con grande gentilezza e aveva spiegato tutto a papà nei minimi dettagli.

Papà aveva voluto sapere ogni cosa: con chi sarei stato in camera, quante volte avrei mangiato al giorno e se mi sarei potuto lavare da solo i vestiti...

Il signore baffuto mi aveva dato anche tre opuscoli. Uno con le foto e la descrizione della *Rumson School of Wrestling* e un altro con la storia di tutti i campioni che ci avevano studiato. Il terzo conteneva invece le informazioni sul viaggio e gli orari dei corsi che avrei seguito ogni giorno.

«Inglese, storia americana, letteratura, geografia, informatica... ma sembra il prolungamento della scuola!» avevo detto un po' preoccupato mentre leggevo le materie della Rumson.

«E non è tutto! Prima di partire dovrai sostenere un test di inglese per verificare a che punto sei con la lingua», aveva aggiunto il signore baffuto. «Devi sapere che il nostro concorso si propone due obiettivi: il primo è far conoscere da vicino lo straordinario mondo del wrestling, l'altro è dare a ragazzi provenienti da tutto il mondo la possibilità di studiare in un contesto diverso e nuovo. Alla fine dell'estate speriamo di averli raggiunti entrambi.»

Ma a me interessava solo conoscere i miei idoli.

10

La mattina della partenza era arrivata.

Il pomeriggio del giorno prima Max e Dado erano venuti a salutarmi e poi io e la mamma avevamo fatto la valigia. Ci avevamo messo un po' di tutto, anche perché non sapevamo cosa mi sarebbe servito.

Avevo infilato nello zainetto il mio album delle figurine del wrestling, finito da appena una settimana, il pupazzo di Rey Mysterio che mi aveva regalato la mamma e l'iPod che mi era arrivato per il compleanno ma che non avevo ancora usato, perché non ero riuscito a scaricarci niente. Ci aveva pensato mia sorella a riempirlo di canzoni, speravo solo che non fossero tutte come quelle che si sentono attraverso la porta di camera sua.

Ormai erano almeno cinque notti che non riuscivo a dormire, tanto ero contento e agitato.

La sera prima avevo preso sonno da poco, o almeno così credevo, quando ho fatto un sogno che non scorderò mai.

Ero vestito in un modo davvero strano, avevo addosso una specie di vestaglia lunga fino ai piedi. Mi muovevo come se stessi ballando, alzavo una gamba alla volta e con le braccia continuavo a portare dei colpi verso il nulla.

Dietro di me c'era una montagna, piena di macchie d'erba sulle rocciose pareti grigie. Ai piedi della montagna c'era una casa.

All'improvviso dalla casa era uscito quello senza faccia, che da un po' non veniva a trovarmi. Mi si era avvicinato e aveva cercato di parlare, poi avevamo cominciato a combattere.

Colpo su colpo avevo risposto a ogni suo attacco e anche quando mi aveva colpito non avevo mai sentito dolore. Poi lo avevo centrato con un calcio in pieno petto e lui era come esploso ed era sparito in un mare di luce gialla, i cui frammenti si erano poi riuniti e trasformati in un sole.

Mi ero svegliato tutto sudato, con il cuore che batteva forte.

Avevo fatto fatica a riaddormentarmi, anche perché cercavo di capire cosa mi avesse urlato il tizio senza volto, come sempre qualcosa di incomprensibile e angosciante.

L'appuntamento con quelli della *Superjam* era all'aeroporto di Linate. Lì un accompagnatore mi avrebbe preso in consegna fino al New Jersey, dove si trovava la scuola. Avremmo fatto scalo a Parigi per incontrare alcuni dei ragazzi che avevano vinto il concorso in altri Paesi.

C'era anche mamma lì con me, preoccupatissima per il mio primo viaggio da solo. Mi aveva messo al collo una busta di plastica con dentro il passaporto e, scritto in grande, il mio nome e cognome e il mio numero di telefono.

Quasi piangeva.

«Non si preoccupi signora Arnaboldi, Luca è in buone mani», aveva cercato di rassicurarla l'accompagnatore.

Prima di partire due signori mi avevano fotografato con la maglietta delle *Superjam* vicino alla mamma. Poi l'avevo abbracciata ed ero andato verso i poliziotti della sicurezza.

La mia avventura stava per avere inizio!

Il volo per Parigi era durato un'ora e mezza e per tutto il tempo avevo parlato con il ragazzo che mi accompagnava.

Si chiamava Michele e mi aveva raccontato qualcosa in più sulla scuola.

«È un gran bel posto, sembra quasi di essere in un telefilm. Il campus è costruito in parte in stile gotico e in parte in stile inglese, con mattoni rossi e travi bianche...»

Facevo un po' fatica a seguirlo, non capivo bene cosa intendesse, ma non lo avevo interrotto.

«Le aule sono tutte in legno e hanno un odore strano. Non sanno di vecchio, è come se trasudassero il buon profumo degli anni, di qualcosa di importante. Le camere dei dormitori sono belle ma molto semplici...»

«C'è la televisione?» avevo domandato speranzoso.

«In camera no, non avrete né televisione né radio, ma al pianoterra, vicino alla mensa c'è una sala con un maxischermo. Ma non voglio dirti tutto e toglierti il gusto di scoprire le cose da solo.»

L'aeroporto di Parigi mi era sembrato un gran casino, un sacco di persone che correvano da tutte le parti come se stessero perdendo tutti il loro volo.

Michele ci aveva messo un po' a trovare il punto di incontro della *Superjam*, che era in un altro terminal, quello da cui partono i voli per gli Stati Uniti.

Dopo un po' di giri eravamo arrivati a un banco arancione con scritto sopra *Welcome to the Superjam School of Wrestling* ovvero Benvenuti alla scuola di wrestling Superjam, dove ci aspettavano almeno una decina di persone tutte vestite uguali.

C'erano anche dei fotografi e delle telecamere, che mi avevano ripreso.

Una ragazza che non parlava italiano mi aveva messo tra le mani un cartello con scritto *Luca, the italian winner* cioè Luca, il vincitore italiano. Vicino a me c'erano altri tre ragazzini, due maschi e una femmina, e altri due erano arrivati subito dopo.

Avevano tutti più o meno la mia età, anche se uno degli ultimi arrivati era molto più alto di me.

«Bene», mi aveva detto Michele, «dovremmo esserci tutti. Quelli che vedi davanti a te sono cinque tuoi coetanei, tutti grandi esperti e appassionati di wrestling, che hanno vinto il concorso nel loro Paese. Ora vi presenterete, in inglese, che è l'unica lingua che parlerai da oggi in poi.»

Il più vicino a me era il vincitore tedesco. Biondo, con i capelli a caschetto come Dado, era parecchio grassottello.

Si era presentato.

«Ciao, io sono Helmut e vengo da Colonia. Quando combatto mi chiamano *Kaiser*», aveva detto con una voce e una faccia che sembravano scocciate e incavolate.

Be', se questo è il modo di dimostrare la sua felicità per aver vinto il viaggio, chissà quando è arrabbiato davvero, avevo pensato.

Poi era toccato al vincitore spagnolo. Si chiamava Javier, sembrava simpatico e aveva detto di chiamarlo pure *Matador*. La terza a presentarsi era stata la ragazzina, che era la vincitrice francese ed era molto carina.

«Sono Sophie, vengo da Parigi. Alla Playstation mi faccio chiamare *Petite Fleur*, e adoro Undertaker.»

Non male, avevo pensato, *ha anche i miei stessi gusti!*

Infatti, dopo John Cena e Rey Mysterio, il «becchino» era il mio lottatore preferito.

Il più alto di tutti era il russo.

«Il mio nome è Vassily, vengo da San Pietroburgo e mi chiamano *Zar*.»

Ero quasi scoppiato a ridere, parlava in un modo assurdo. Ma ridere sarebbe stato scortese e mi ero trattenuto.

A quel punto, a parte me, rimaneva solo un ragazzino con i capelli rossi, il più piccolo del gruppo: «Ragazzi, io sono Ewan. Sono nato a Manchester, sono piccolo di statura ma dicono che sono grande dentro e sono qui per stupirvi. Il mio nome di battaglia è *Red Devil*».

Per stupirci? E che cosa vuole fare, un clinch *qui in mezzo all'aeroporto?* avevo pensato.

Mentre lo stavo ancora guardando, Michele mi aveva toccato una spalla.

«Ehi Luca, credo che adesso tocchi a te...»

«Ehm... Ciao a tutti. Io mi chiamo Luca Arnaboldi e vengo da Milano», avevo detto in inglese mentre frugavo nello zaino alla ricerca del mio eroe.

«Come vedete, il mio wrestler preferito è Rey, il più grande.»

Alla vista del pupazzo, Sophie mi aveva guardato in modo strano, mentre Javier si era messo a ridere con Helmut.

Mi sentivo un po' imbarazzato, ma ci aveva pensato Michele ad aiutarmi: «Bene ragazzi, se siete tutti d'accordo direi che possiamo andare verso la nostra uscita, perché manca poco più di un'ora al decollo».

Il volo era durato circa otto ore. L'aereo non era un jumbo come avevo sperato, ma uno più piccolo, quasi piccolo come quello che ci aveva portato a Parigi.

Avevo dormito un po' e poi avevo parlato ancora con Michele e con Sophie, che si era seduta vicino a me.

Con lei avevo fatto molta fatica, perché parlava un inglese anche peggiore del mio.

All'arrivo, dopo quella del jumbo, avevo ricevuto un'altra piccola delusione, perché non eravamo atterrati all'aeroporto di New York, ma in New Jersey.

Non che cambiasse molto, ma avevo sognato da sempre di arrivare a New York e di vedere la statua della Libertà. Michele mi aveva spiegato che l'aeroporto del New Jersey, che si chiama Newark, era molto più vicino alla nostra scuola ed era comunque uno scalo internazionale.

E la delusione era passata in fretta, sembrava tutto fantastico.

Il soffitto della sala dove controllavano i passaporti era altissimo e anche tutto il resto mi sembrava enorme.

Dopo una fila abbastanza lunga eravamo arrivati dal poliziotto americano che mi aveva preso le impronte digitali e fatto una fotografia.

«È per questioni di sicurezza», mi aveva spiegato Michele. «Sai, dopo quello che è successo alla Torri Gemelle, hanno deciso di fare controlli più severi.»

L'avevo ascoltato in silenzio, poi il poliziotto mi aveva fatto il mio primo timbro sul passaporto.

Mi sembrava di volare, questa volta senza bisogno dell'aereo.

Prese le valigie, che erano arrivate quasi subito, con gli altri ragazzi eravamo saliti su un pullman per andare alla Rumson.

Non riuscivo a tenere gli occhi aperti e non sapevo nemmeno che ora fosse, ma ero felice.

11

Arrivare di notte alla Rumson mi aveva fatto una strana impressione.

Alla luce della luna gli edifici sembravano quelli di uno dei tanti film dell'orrore che avevo tentato di vedere con mia sorella, senza arrivare mai alla fine perché mi facevano paura.

C'era una strana atmosfera in quel posto.

I viali della scuola erano deserti, in giro non c'era nessuno, ma proprio nessuno.

Il pullman che ci era venuto a prendere all'aeroporto era entrato da un cancello di ferro, aveva girato due volte a sinistra e aveva percorso una strada che doveva essere quella principale, più larga delle altre.

Ai due lati della via c'erano degli alberi molto alti che somigliavano tanto ai pini dell'Aprica, dove andiamo a fare la settimana bianca, ma ancora più grandi.

Dietro di loro si vedevano delle costruzioni squadrate e austere. Immaginavo fossero le aule della scuola.

In fondo, illuminati da dei fari gialli molto potenti, c'erano dei palazzi di mattoni rossi che sembravano aspettarci.

Il pullman si era fermato davanti a un ingresso con due colonne bianche e una scalinata abbastanza lunga che portava a un portico.

In cima alle scale c'era una specie di comitato di accoglienza.

«Siamo arrivati», mi aveva detto nell'orecchio Michele. «Quello che vedi davanti a te è il *dormitorio* della scuola. Sì, lo so, sembra un posto triste ma sappi che non è niente male, soprattutto se paragonato a quello di molte altre scuole della zona. Gli studenti della Rumson lo chiamano *Hilton*! Ora quelli che frequentano la scuola in inverno sono tutti in vacanza tranne chi deve riparare a qualche insufficienza o vuole migliorarsi.»

Giunti in cima alla scalinata ci eravamo sistemati tutti intorno al personale della scuola.

Dal buio era spuntato un tizio *enorme*!

Facevo fatica a vedergli la faccia, più si avvicinava e più il suo corpo muscoloso e tozzo aveva gettato ombra su di noi.

Poi, all'improvviso, un faretto gli aveva illuminato il volto.

«Caspita, ma quello è Kurt Angle», avevo quasi urlato. «Ma che cosa ci fa qui?» avevo domandato a Michele.

«Credo sia venuto a salutarvi», mi aveva risposto deglutendo. Neanche lui sembrava preparato a una sorpresa così grande.

Kurt Angle era uno dei miei wrestler preferiti, anche perché era uno dei pochi che veniva da un altro sport, uno sport davvero duro.

Sapevo che nel 1996 aveva vinto la medaglia d'oro nella lotta alle Olimpiadi di Atlanta, nella finale dei pesi massimi.

Poi, due anni dopo, aveva deciso di passare al wrestling, anche se all'inizio non era piaciuto granché al pubblico, perché se la tirava un casino per la medaglia che aveva vinto.

La portava sempre con sé e la sventolava in faccia agli avversari. Ma poi Kurt aveva capito che avrebbe dovuto essere più umile, era cambiato e piano piano aveva conquistato un po' tutti ed era diventato campione del mondo. Era rasato a zero dal 2001, perché aveva perso un incontro con Edge e lo sconfitto avrebbe dovuto tagliarsi i capelli.

Stavo ancora raccontando la sua storia a Michele quando Kurt aveva cominciato a parlare al microfono.

Da una parte c'eravamo noi giunti da Parigi, di fronte, altri quattro ragazzi con i loro accompagnatori, anche loro appena arrivati sotto il portico.

In mezzo le persone che ci avevano accolto.

Già alle prime parole del campione era partito un applauso travolgente.

Gli applausi non si fermavano e per qualche minuto Angle non era riuscito a dire niente, poi aveva alzato la voce e aveva ricominciato a parlare.

«Buonasera ragazzi, benvenuti alla *Rumson School of Wrestling*, che sarà la vostra casa per i prossimi due mesi. Io sono Kurt Angle, anche se ho il sospetto che mi abbiate già... riconosciuto! Data l'ora, e considerato il fatto che domani mattina inizieranno subito le lezioni, sarò molto breve. Grazie alla *Superjam* vivrete due mesi che non potrete mai dimenticare e che i vostri amici vi invidieranno per sempre. Avrete l'occasione di fare amicizia con tanti altri ragazzi provenienti da tutto il mondo. Vi unisce la passione per il wrestling e la voglia di conoscere i molti segreti della nostra meravigliosa disciplina. Vi divertirete, ma dovrete anche imparare a comportarvi nel modo migliore, evitando litigi, spacconate e prove di forza fuori dalla palestra. Ricordatevi che la prima regola del wrestling è la disciplina e qui la troverete dietro ogni porta, sotto ogni tavolo, in ogni angolo. Ora vi lascio andare a dormire, prima però dovrete essere registrati e a ciascuno di voi verrà assegnato un compagno di camera. Ci rivediamo domani mattina alle otto e mezza per quello che noi chiamiamo l'*orientamento.*»

Non ci potevo credere: a pochi centimetri dal mio naso c'era Kurt Angle! Mi aveva parlato e mi aveva guardato anche negli occhi.

Michele mi aveva pizzicato un braccio per svegliarmi da quella specie di sogno.

«Andiamo a conoscere il tuo compagno di camera.»

Un tizio enorme con la barba e gli occhiali, che in passato doveva essere stato un wrestler, ci stava aspettando dietro il bancone dell'*Hilton*.

Aveva in mano cinque chiavi e delle cartellette.

Avevo cominciato a guardarmi intorno per cercare di capire con chi mi sarebbe piaciuto trovarmi in camera.

Sophie?

Sarebbe stato meraviglioso, ma mi sembrava... molto difficile!

Non so quanti argomenti avrei avuto con il ragazzo russo, mentre sapevo che con Ewan sarebbe stato un vero disastro. Tra gli europei rimanevano Helmut e Javier, che forse era quello che mi ispirava di più.

Ma c'erano anche gli altri quattro, che non avevo ancora conosciuto.

Mentre aspettavamo, parlavano tra di loro come del resto facevamo noi sei.

Uno dei ragazzi era nero, aveva una faccia molto simpatica e sembrava americano. Un altro poteva essere giapponese o forse cinese, un terzo era sicuramente brasiliano, anche perché aveva ancora in mano il cartello con il nome del suo Paese che gli avevano dato in aeroporto.

Era un tipo strano, portava un cappellino di lana calato sulla fronte, che gli arrivava quasi sugli occhi: «Io sono Paulinho», aveva detto a bassa voce: «Vengo da Rio. Dovete scusarmi ma parlo davvero poco inglese, il mio soprannome è Caresma. Tutti mi chiamano così, non solo quando gioco al wrestling, per noi brasiliani il soprannome a volte sostituisce il nome. Avete presente Pelé, Ronaldo, Adriano, Kakà? Ecco, io sono Caresma.»

Più lo osservavo e più mi faceva uno strano effetto, come se non fosse la prima volta che lo incontravo.

La quarta era una ragazzina bionda con gli occhi blu e un sacco di lentiggini sul naso.

Era evidente che avrebbe fatto coppia con Sophie, mentre tutti gli altri dovevano aspettare ancora per conoscere il loro destino.

«Un attimo di attenzione ragazzi», aveva detto il tizio con la barba. «Se, per qualche motivo non vi piace il vostro compagno di stanza, be'... fatevelo andar bene, perché le coppie sono fisse e non si cambiano! Sophie, dalla Francia, alloggerà con Amanda, australiana.»

Fino a lì era tutto normale e scontato.

«Tyrone, americano, con Vassily, russo. Helmut, dalla Germania, con Paulinho dal Brasile.»

A quel punto mi rimanevano tre possibilità.

Javier, Ewan e l'orientale. Pregavo perché mi capitasse lo spagnolo...

«Allora, vediamo chi manca... Ewan dall'Inghilterra dormirà con Javier dalla Spagna, poi, visto che sono rimasti solo loro due, l'italiano Luca dividerà la sua stanza con Sung, che viene dalla Cina.»

Non so che faccia avevo fatto al momento dell'annuncio, ma la mia espressione non doveva essere stata molto soddisfatta, visto che il cinese si era voltato dall'altra parte imbarazzato.

«Forza Luca», mi aveva subito detto Michele, «vai a conoscere il tuo compagno, prendete la vostra chiave e andate a dormire, che fra sette ore suona la sveglia.»

Aveva ragione Michele e poi... un compagno valeva l'altro. Mi ero presentato a Sung che a sua volta, con un mezzo inchino, aveva fatto lo stesso.

12

La mattina seguente mi ero svegliato alle sei con un mal di testa pazzesco. Papà e Michele mi avevano messo in guardia, mi avevano detto che il diverso fuso orario non mi avrebbe fatto dormire più di tanto. Nemmeno stanco morto com'ero.

In New Jersey erano le sei, in Italia in effetti era mezzogiorno e mai, nemmeno alla domenica mattina, sarei riuscito a dormire fino a quell'ora.

Avevo sognato sempre lo stesso tizio, che non riuscivo a riconoscere.

Stesso mantello, stessa faccia impossibile da vedere, stesse frasi incomprensibili. Con il sogno ancora in mente ero rimasto a letto e avevo osservato il cinese, che a differenza mia dormiva come un sasso. Russava!

Dopo un po' mi ero stufato e avevo deciso di andare a fare un giro. Dalla finestra della mia camera vedevo a malapena il cielo, perché di fronte c'era un enorme albero che copriva la vista, ma fuori c'era già luce.

Così, indossata la prima maglietta pulita che avevo trovato in valigia e afferrato il pupazzo di Rey Mysterio, avevo aperto la porta della stanza che dava su un corridoio che quella mattina mi era parso molto più lungo della sera prima.

Nel dormitorio regnava un silenzio assoluto. Sembrava che il pavimento di legno si dovesse rompere sotto i miei piedi e più andavo avanti e mi avvicinavo alla scala in fondo al corridoio, più il rumore aumentava.

Fortunatamente nessuno sembrava accorgersene, né i miei compagni né i nostri accompagnatori, che dormivano nelle camere di fronte.

Guardavo la scala e mi veniva voglia di scivolare sul corrimano, come avevo visto fare in tanti film e come aveva provato a fare una volta un mio amico sulla metro di Milano. Lui però era finito all'ospedale con un taglio in una gamba e quel pensiero mi aveva fatto rimandare l'esperimento, perché non mi fidavo della larghezza dello *scivolo*, che mi sembrava troppo stretto.

In fondo alla scala avevo girato a destra, dove iniziava una fila di stanze che sembrava non finire mai. Avevano tutte le pareti di legno e alle finestre c'erano tende color rosso fuoco molto polverose.

Sui muri c'erano un sacco di poster dall'aria vecchia e anche tante foto, molte delle quali erano talmente sbiadite che si faceva fatica a capire cosa ci fosse su.

I poster erano di incontri di wrestling, certi addirittura degli anni Cinquanta e Sessanta.

Ce n'era uno che si notava più degli altri, perché era enorme e rosa; aveva al centro le due foto dei protagonisti principali del match, Ric Flair e The Masked Superstar. I due, anche se erano davvero grossi, non parevano proprio degli atleti!

Ric Flair era biondo, indossava una specie di costume da bagno molto aderente e degli stivali di pelle con le stringhe. Anche The Masked Superstar aveva degli stivali, ma il suo costume, scuro con tre stelle sopra, gli copriva una spalla. La maschera era d'argento con i contorni neri e una stella, anch'essa nera, all'altezza della fronte. Sarà stato alto due metri o forse più.

Tutto intorno al poster c'erano decine di foto con i personaggi che a quell'epoca dovevano aver fatto la storia del wrestling, ma che io non avevo mai sentito nominare: Mr Fuji, Greg Valentine, Tony Atlas...

Chissà chi erano, come vivevano e come combattevano? mi ero chiesto mentre proseguivo nella mia esplorazione. Alla quarta stanza di quello stranissimo museo deserto mi ero trovato di fronte a una parete con delle foto e dei nomi che mi ricordavano qualcosa, anche se si trattava sempre di vaghi ricordi.

C'erano KoKo B. Ware, uno strano tipo con un pappagallo sulla spalla; Junkyard Dog, con un enorme collare da cane al collo e Mr T, che avevo visto qualche volta alla tivù in *A-Team*.

Mentre cercavo di capire se ne riconoscevo qualcun altro, all'improvviso si era accesa la luce.

Il cuore aveva accelerato e io avevo smesso di respirare.

«Che cosa stai facendo ragazzo?» una voce roca era rimbombata tra le pareti di legno.

«Niente», avevo risposto, «mi sto solo guardando intorno...»

«Lo sai che non dovresti essere qui ma in camera tua, vero? A tutti gli studenti è vietato entrare qui. Questo è il museo del wrestling, qui ci sono degli oggetti rarissimi, appartenuti agli atleti che hanno fatto la storia di questo sport.»

Quell'uomo era strano, non avesse avuto la divisa della security della Rumson che avevo visto la sera prima, avrei fatto fatica a scambiarlo per uno della scuola.

Non molto alto, era muscolosissimo nonostante fosse già piuttosto avanti negli anni.

Bicipiti e tricipiti tiravano la stoffa della divisa aderente, aveva i capelli bianchissimi, con due grandi occhi azzurri che mi fissavano.

«Mi dispiace, non lo sapevo. Stavo curiosando solo per passare un po' il tempo, visto che non riuscivo più a dormire.»

Ma lui era stato duro.

«Non mi interessa il motivo per cui sei qui, so soltanto che te ne devi andare subito, capito? Torna in camera tua ed esci solo quando ti verranno a chiamare, chiaro?»

«Certo, mi scusi!» gli avevo detto, guardandolo negli occhi.

Mi ero poi girato e stavo per avviarmi verso la mia stanza, quando lui mi aveva richiamato e mi aveva chiesto se per caso il pupazzo di Rey Mysterio che teneva in mano era mio.

«Sì signore», avevo risposto. «Mi deve essere caduto mentre guardavo le foto...»

«Riprenditelo. È molto bello, anche se i lottatori mascherati non sono mai stati la mia passione. Gente con troppe ombre. Per ora Mysterio è ancora pulito, ma vedrai che la *maledizione della maschera* rovinerà anche lui.»

Mentre mi restituiva il pupazzo avevo notato che i suoi occhi erano tristi, un po' vuoti come del resto il suo tono di voce.

L'avevo ringraziato di nuovo ed ero corso in camera, dove Sung non si era ancora svegliato.

Probabilmente il fuso orario cinese funziona alla rovescia! avevo pensato.

Mentre stavo per rimettermi a letto mi ero guardato intorno, avevo fissato il muro sopra di me. È un gioco che faccio spesso, quando mi trovo davanti a qualcosa di nuovo.

Dopo aver tenuto gli occhi aperti per cinque secondi, li chiudo e cerco di ricordarmi le cose che ho attorno.

Sul muro c'era appeso il gagliardetto della Rumson, che in America chiamano *pennant*, una piccola mensola reggeva una mazza da baseball e, poco più in basso, c'era una foto della palestra durante un incontro di wrestling di molti anni prima.

Per un attimo ero rimasto perplesso, era come se in quella foto ci fosse qualcosa che avrebbe dovuto attirare la mia attenzione, una faccia conosciuta, ma non riuscivo a mettere bene a fuoco i volti. Poi, improvvisamente, mi ero pietrificato: non era nella foto che c'era qualcosa di familiare!

Di colpo mi ero tornata in mente una delle prime volte che avevo sognato il tizio senza faccia, quando aveva tentato di parlarmi, disteso in un letto, in una cameretta che non era la mia di Milano.

Allora non avevo capito che stanza fosse, adesso invece sì!

Era quella in cui stavo in quel momento alla Rumson!

Per un attimo avevo provato a dirmi che era tutto frutto della mia immaginazione e che non dovevo pensare più al sogno, se volevo che questo non si ripresentasse.

Erano quasi le sette e mezza, un quarto d'ora più tardi avevano bussato alla nostra porta per avvisarci che avremmo avuto dieci minuti per prepararci per andare a fare colazione.

Sung ce ne aveva messi due, anche perché era andato a letto praticamente vestito e si era ben guardato di farsi la doccia.

Mentre si vestiva mi ero accorto che sul fianco destro aveva una cicatrice molto grossa e in rilievo. Lui si era girato di scatto e l'aveva subito coperta con la maglietta.

Non avevamo ancora parlato e sapevo che non sarebbe stato facile fare delle conversazioni vere e proprie, niente di più lungo dei classici *ciao*, *come stai* e *che ore sono?*, perché il suo inglese era decisamente scarso.

Tanto scarso che non capivo come potevano averlo ammesso alla scuola.

Alle otto meno cinque la nostra porta si era aperta e lo stesso tizio che mi aveva beccato poco prima tra le stanze del museo, ci aveva pregato di seguirlo. Con noi c'erano anche i nostri accompagnatori.

Michele aveva una faccia talmente da sonno che sembrava camminasse guidato da un telecomando, mentre il ragazzo cinese che accompagnava Sung era in perfetta forma, almeno a prima vista.

«Non ho chiuso occhio, Luca. Avrò dormito mezz'ora in tutto. E tu?» mi aveva domandato Michele.

«A me è andata un po' meglio, ma anch'io ho fatto fatica», gli avevo risposto.

Da una scala molto più corta di quella principale eravamo arrivati a una stanza in cui dei tavoli erano apparecchiati per la colazione.

I posti erano molti più dei venti che servivano al nostro gruppo… E infatti poco dopo erano entrati altri ragazzi, più grandi di noi, tutti vestiti in tuta grigia e scarpe bianche.

Saranno stati una trentina, qualcuno aveva dei segni in faccia, qualcun altro dei piccoli cerotti sulla fronte e sulle guance.

La colazione era una specie di enorme self-service con ogni ben di dio, purché fossero cose sane. C'erano pane, yogurt, latte, formaggio, prosciutto, uova strapazzate, cornflakes, tè e caffè contenuti in grossi thermos. In un angolo sulla sinistra un espositore metteva in bella mostra una serie di confezioni di *Superjam*.

Non avevo molta fame, anche perché a casa non ero abituato a mangiare più di tanto la mattina. Solo Ewan, Tyrone e Amanda avevano messo sul loro vassoio tutto quello che avevano trovato. Gli altri si erano serviti quasi più per educazione che per reale necessità.

Il gruppo di quelli in tuta, invece, aveva mangiato una quantità di cibo imbarazzante.

Saranno state le otto e mezza quando dalla porta della mensa era entrato Kurt Angle in mezzo a un signore e a una signora.

«Spero abbiate passato una buona notte e vi siate riposati, perché oggi non sarà una giornata semplice. Prima di tutto volevo presentare ai nostri dieci vincitori del concorso *Superjam* i *veri* studenti della scuola. Loro, i ragazzi con la tuta grigia, sono tutti futuri wrestler. Almeno è quello che speriamo… Al mio fianco ci sono la signora Mary Spitfire, che è la direttrice dei corsi non sportivi, e Roddy Piper, un grande del wrestling anni Settanta, che da oltre dieci anni è direttore della nostra scuola. Loro due saranno i punti di riferimento per le vostre giornate nel campus.

«Ora me ne devo andare, perché stasera ho un incontro con Mark Jindrak al Fleet Center di Boston. Prima di lasciarvi, però, voglio darvi un consiglio: mangiate molto alla mattina, avrete bisogno di tante energie. Mi riferisco soprattutto a quelli come te ragazzo…» aveva detto mentre puntava il dito verso di me, «che non hanno niente sul vassoio.»

Ero diventato tutto rosso, ma in realtà era anche per l'emozione che Kurt si fosse accorto di me…

13

La signora Spitfire aveva preso in mano il microfono.

Fin dal primo momento non mi aveva fatto una grande impressione: era vestita come una delle amiche di mia nonna, quelle che vengono a casa il giovedì pomeriggio, con una gonna a quadretti, un maglione verde e una collana di perle. A prima vista, oltre che brutta, sembrava anche piuttosto antipatica e piena di sé.

Non ti metteva certo a tuo agio!

In più, aveva cominciato a farsi sentire la fame. Avevo mangiato solo una manciata di cornflakes, senza nemmeno metterli nel latte, e così avevo tentato di rimediare prendendo qualcosa dal vassoio di Amanda, che si era seduta vicino a me.

Lei mi aveva guardato e aveva fatto una mossa per fermare la mia mano, che era diretta verso delle specie di ciambelle con sopra la marmellata; poi, forse perché ne aveva già mangiate tre, mi aveva lasciato fare.

«Si chiamano *danish pastry*», mi aveva detto. «A me piacciono molto, provale...»

In realtà non erano affatto buone, anzi, ma mi ero sforzato di mandarle giù un po' per fare bella figura con lei e un po' perché ancora pensavo ad Angle e al suo consiglio.

«Allora ragazzi», aveva esordito la signora Spitfire, «vedo che avete tutti finito la colazione, quindi vi prego di dedicarmi la massima attenzione.» Mentre lei concludeva la frase, per evitare di essere preso a esempio per la seconda volta in pochi minuti, avevo inghiottito una *danish* intera in un colpo solo.

«Alle nove dovrete essere in classe per le lezioni», aveva proseguito. «Tutti voi, vincitori del concorso, studierete inglese, storia americana, letteratura e geografia per due ore al giorno, dal lunedì al venerdì. Oltre a queste materie avrete anche altre due ore di lezione dedicate all'informatica. So bene che all'inizio, per quelli di voi che sono più indietro con l'inglese, questo corso sarà molto duro. Ma come dice Bill Gates, il linguaggio dell'informatica è l'unico veramente universale e credo proprio che ce la farete. All'una esatta termineranno le lezioni in classe, sia per voi che per gli altri ragazzi che vedete presenti in sala. Anche loro andranno a scuola ma frequenteranno corsi diversi. Sono quasi tutti americani e hanno già trascorso almeno un anno intero qui alla Rumson. Qualcuno deve riparare a dei *problemini* invernali, altri invece vogliono approfittare del periodo estivo per migliorarsi, in classe e sul ring. All'una mangerete, sempre qui in mensa; poi potrete andare in camera o nel parco a riposarvi. Voglio che siate in piena forma per le tre ore di attività fisica che vi aspettano al pomeriggio. Ma di questo vi parlerà il mio amico Roddy...»

Mentre terminava il suo discorso, la signora Spitfire era stata affiancata da altre due persone, un uomo e una donna, molto più giovani di lei.

«Dimenticavo, loro saranno i vostri due professori. Julie vi insegnerà l'inglese e le altre materie classiche, Russell informatica. Mi raccomando, comportatevi bene...»

La Spitfire aveva concluso il suo discorso, durante il quale non aveva mai cambiato espressione, ma non aveva smesso di osservare il suo foglio degli appunti.

A quel punto aveva preso la parola Roddy Piper, in piedi su una sedia.

«Tutto bene ragazzi?» aveva urlato con le mani intorno alla bocca per amplificare la voce. «Non so voi ma io sto da dio. Non voglio usare il microfono perché in palestra da noi si parla così, quindi non dovete sorprendervi se alzerò un po' la voce. Come avrete capito, io sono Roddy Piper, per gli amici *Hot Rod* fin dai tempi dei miei primi combattimenti. Soltanto per gli amici però. Per voi sarò solo il signor Roddy, chiaro?»

Non so se recitasse o fosse così duro davvero ma *Hot Rod* (*oops*, il signor Roddy) sembrava veramente convinto di quello che diceva e faceva anche un po' paura.

«Sono quasi sicuro che molti dei ragazzi arrivati stanotte non mi abbiano mai visto combattere, sono troppo giovani. Rimedieremo appena possibile, proiettando nell'aula magna della scuola le immagini di uno dei miei ultimi incontri, un match del 1998 davanti a sessantamila persone...» aveva detto molto soddisfatto.

«Ecco ciò che vi attende. Ogni pomeriggio della settimana, weekend esclusi, per voi dieci ci sarà molta atletica, molto stretching e tanti esercizi che simulano quello che accade sul ring negli incontri veri. So che ve lo hanno già detto, ma ve lo voglio ripetere ancora una volta: siete tutti principianti e minorenni, il che significa che qui alla Rumson non parteciperete mai a degli esercizi con contatto fisico, fatta eccezione per degli approcci, giusto per farvi vedere l'impostazione di qualche mossa. Ma vi divertirete lo stesso, parola mia», aveva detto battendosi il petto con la mano aperta.

«Un'ultima cosa, molto importante. Fuori dalla palestra nessuno di voi dovrà provare una qualsiasi mossa di wrestling con il suo compagno di stanza o con chiunque altro, in camera, nel parco o dovunque vi troviate. Chi verrà sorpreso a mettere le mani addosso a qualcuno sarà rispedito a casa immediatamente!»

«Certo, bravo...» aveva detto sottovoce Helmut, con una faccia da strafottente davvero fastidiosa, «basterà non farsi beccare! A casa io e i miei amici rifacciamo tutto quello che vediamo in tivù e ci divertiamo un casino. I miei genitori non ci hanno mai scoperti. Ogni tanto qualcuno prende qualche colpo in faccia, ma giuro che cercare di imitare Chris Masters o Shawn Michael è una vera figata, ci si sente dei campioni veri. Mica come quelli della Playstation. Stasera vi faccio vedere come si fa...»

Javier e Vassily erano stati ad ascoltarlo e avevano detto che anche loro erano venuti fin lì, alla scuola del wrestling, per provare le mosse vere, quelle dei grandi.

Io invece avevo subito detto che secondo me era davvero una stupidaggine e che avremmo rischiato di farci male, oltre che tornare a casa prima della fine del corso.

«E poi lo dicono sempre anche in tivù che non bisogna imitare i lottatori, perché loro sono professionisti e sanno quello che fanno. Io credo a loro e ho anche promesso a mia madre e a mio padre che non avrei mai provato per davvero...»

«Sei uno senza spina dorsale», aveva replicato Helmut. «Quelli come te con il wrestling non dovrebbero avere nulla a che fare. Sei una femminuccia», aveva aggiunto mentre veniva verso di me e cercava di fare la faccia da duro.

«Scommetto che se avessi potuto ti saresti fatto mettere in camera con Sophie e Amanda, tanto sei una di loro.»

Nella mia vita non avevo mai dato un pugno o una sberla a nessuno che non fosse mia sorella, ma quella volta stavo davvero per reagire.

Helmut, chissà poi per quale motivo, mi stava provocando e sfidando solo perché non la pensavo come lui. Gli altri erano rimasti a bocca aperta, anche se Vassily e Javier avevano continuato a dargli ragione e ad annuire ai suoi insulti.

Ormai mi stava di fronte, la sua faccia contro la mia, i suoi occhi che mi guardavano con aria di sfida. Un giorno papà, mentre in tivù passavano le immagini di una rissa, mi aveva detto che se mai mi fossi trovato in una situazione simile avrei dovuto aspettare e contare almeno fino a cinque, prima di decidere.

«Ricordati che chi picchia per primo, anche se ha ragione, passa sempre e subito dalla parte del torto.»

Pensavo alle sue parole e non muovevo un muscolo, anche se il tedesco continuava a spingermi.

Ormai ero contro il muro, circondato anche da Vassily e Javier, quando il signor Roddy con la sua voce da brivido ci aveva detto di piantarla.

«Che cosa sta succedendo?» aveva detto. «Siete appena arrivati e già vi state comportando in questo modo? D'accordo che nel wrestling il carattere conta e voi state dimostrando di averne parecchio, ma non è questo il momento per farlo.»

«Tu», aveva detto a Helmut indicandolo con un dito, «perché te la stai prendendo con lui?»

«Non è come sembra signor Piper», aveva risposto il tedesco. «È stato lui che ha cominciato a litigare con me, perché diceva che lui delle vostre regole se ne frega...»

Che bugiardo, stava ribaltando la verità!

«Non è vero», avevo tentato di replicare. «Io ho solo detto che...»

«Basta così», mi aveva zittito Roddy, «anche perché di chi ha iniziato e di chi dice la verità non mi frega molto. Piuttosto, ve lo ripeto, qui, alla Rumson, tra di voi non si combatte e non si fanno le mosse del wrestling, chiaro? È chiaro?» aveva ripetuto, visto che nessuno gli rispondeva.

«Sì signore!» avevamo urlato in coro.

«Bene, e adesso tutti in classe, in silenzio...»

Helmut si era allontanato ma camminava sempre con la testa girata verso di me e continuava a sfidarmi.

Amanda mi aveva preso per mano e mi aveva detto di non preoccuparmi, che avevo ragione e che prima o poi quelli che dicono delle gran balle si fregano con le loro mani.

14

La prima giornata di scuola era volata, soprattutto il pomeriggio. Le quattro ore in classe erano state noiose solo all'inizio, quando la professoressa Julie aveva cercato di conoscerci e di capire meglio il nostro livello di inglese.

Per imparare più in fretta i nomi ci aveva pregato di attaccare sul petto una targhetta.

Come ovvio Ewan, Tyrone e Amanda non avevano avuto problemi con l'inglese, mentre non si poteva dire lo stesso per Sung e Paulinho, che forse prima di partire non avevano fatto neppure il test previsto dal regolamento.

Il brasiliano non sapeva leggere in inglese e parlava in maniera davvero incomprensibile, mentre il mio compagno di stanza faceva direttamente scena muta.

Era stato zitto anche nell'accenno di conversazione di gruppo che Julie aveva tentato.

Dopo un'ora, la professoressa aveva deciso di andare lo stesso avanti con il programma e di rimandare a più tardi la soluzione di un problema grave: come avrebbero fatto due che non parlavano una parola di inglese a frequentare dei corsi di letteratura e storia?

Sung e Paulinho erano stati messi alla destra della cattedra, in attesa di capire come sarebbe proseguita la loro avventura scolastica alla Rumson.

Il brasiliano, oltre al problema della lingua, continuava a comportarsi in modo davvero strano. Nonostante facesse molto caldo teneva sempre il cappellino di lana calato in testa e non alzava mai la faccia, nemmeno quando gli altri lo interpellavano. Era ancora vestito di scuro, come il giorno precedente.

Julie aveva distribuito uno dei libri di testo che avremmo usato in classe. *The american literature, now and then* di Bill Hicks, un'antologia della letteratura americana.

Avevamo letto a turno una serie di brani di autori che non avevo mai sentito nominare, come London, Fitzgerald, Steinbeck, con Julie che ci aveva aiutato e aveva consegnato a ciascuno di noi un dizionario dall'inglese alla lingua madre.

Per fortuna, perché la maggior parte dei vocaboli che leggevamo non li conoscevo proprio.

Finite le due ore di grammatica e letteratura era entrato in classe Russell per quelle di informatica.

Come prima cosa ci aveva chiesto se a casa avevamo un computer e per cosa lo usavamo.

Avevamo risposto tutti sì tranne Vassily, che comunque usava quello dei suoi vicini di casa.

Tutti avevamo detto che utilizzavamo il computer per navigare in Internet e, alla sua domanda: «Nient'altro?» eravamo rimasti in silenzio.

«Volete dire che nessuno di voi ha mai provato a usare un programma di scrittura come *word*, che non avete mai scaricato delle immagini, dei filmati o della musica sul vostro computer?»

Sophie aveva alzato la mano e aveva spiegato che ogni tanto scriveva con *word* delle lettere a una sua amica e poi allegava lo scritto a una e-mail.

«Ecco», aveva detto Russell, «questo è un buon punto di partenza... Tutti voi avete capito che cosa ha detto Sophie, vero?»

Un coro di *yes* aveva risposto alla domanda di Russell.

«Bene, allora siamo pronti per iniziare. Per farlo, però, dobbiamo procurarci la materia prima, i computer!»

Russell aveva schiacciato un pulsante rosso sulla cattedra e quasi subito era apparso sulla porta un tizio, vestito con un camice bianco, che spingeva un carrello sul quale c'erano dei computer portatili.

«In inglese si chiamano *lap top*, ce n'è uno per ognuno di voi. Come potrete notare, se vi intendete un po' di computer, questi sono dei *Mac*. Ora voglio sapere se qualcuno di voi non ne ha mai usato uno prima d'ora.»

Avevano alzato tutti la mano tranne me. Ero tentato di farlo anch'io per non fare la figura del fenomeno. Ma poi avevo deciso di dire la verità, visto che a casa avevo un *Mac* uguale a quello che il tizio con il camice mi aveva appena consegnato.

Me lo aveva regalato papà per Natale.

Tutti noi avevamo davanti un *lap top* aperto e acceso, collegato a Internet con una linea superveloce.

«Per non essere troppo pesanti e noiosi, partiremo dal sito della WWE. Forza...»

Per me e per la maggior parte dei miei compagni non era certo la prima volta! Il sito della WWE è molto bello e divertente, ci si trovano tutte le notizie sui nostri idoli e se si vuole anche i risultati dei match che la tivù in Italia trasmette due settimane dopo.

Era un po' come essere tornati casa.

L'unica a non riuscire ad andare avanti sembrava

Amanda, che la sorte mi aveva regalato come compagna di banco.

«Mi pare sempre di litigare con qualcosa», mi aveva detto quasi subito. «Ogni volta che tento di andare su Internet è così. Non riesco proprio a capire il sistema e al di là di cambiare pagina non riesco mai a fare quello che vorrei. Forse perché nessuno mi ha mai veramente insegnato come fare...»

«Che *loser*, che perdente», le aveva riso in faccia Helmut. «Come tutte le donne fai fatica ad accendere qualsiasi elettrodomestico...»

Russell, che aveva ascoltato la fine del discorso, si era avvicinato ad Amanda.

«Non ti devi preoccupare», le aveva detto, «vedrai che in un paio di giorni sistemiamo tutto e sarai in grado di muoverti in rete come una professionista o quasi. In quanto a te, Helmut, non mi sembra davvero il caso di essere così aggressivo.»

Amanda era la più piccola del gruppo, sia per età che per altezza, anche se nemmeno Sophie era poi un gigante.

Durante le prime due ore di lezione l'avevo guardata a lungo senza farmi beccare, perché non volevo fare brutta figura.

Era molto carina e anche molto... australiana, o almeno credo, visto che era la prima persona che incontravo che arrivava da lì.

Ma se mi ero mai immaginato una ragazza che venisse dall'altra parte del mondo e da un Paese del quale non sapevo nulla, lei era esattamente come l'avevo pensata.

Bionda, occhi azzurri, lentiggini sul naso, un po' timida ma simpatica, Amanda (o Mandy, come le piaceva essere chiamata) era molto diversa dai giocatori di rugby del suo Paese, che pure erano gli unici australiani che conoscessi, avendoli visti in tivù. Forse ci giocava anche, visto che da quelle parti il rugby è come il calcio per noi ed è anche molto praticato dalle ragazze.

Con l'aiuto di Russell, Mandy aveva cominciato a rilassarsi, e quando il professore ci aveva chiesto di trovare qualche riferimento al nostro Paese e mostrarlo al vicino di banco, era riuscita ad aprire www.lovesidney.com, un sito molto bello sulla sua città.

«Lo conosco perché c'è sempre la pubblicità sull'autobus che mi porta a scuola», mi aveva detto.

«Vedi, questo è Darling Harbour, il porto turistico che è anche il centro della città. In fondo a destra si vede una strana costruzione, che è l'Opera. Lì suonano musica classica. Mio padre ci lavora: è un violinista della Filarmonica e tutte le mattina arriva a Darling Harbour con il traghetto che prende davanti a casa.»

«Deve essere un posto meraviglioso», le avevo risposto. «Mi sembra tutto così perfetto... Ma quanto è grande Sidney?»

«Be', di preciso non lo so. Credo che abbia più di due milioni di abitanti, ma non ne sono sicura. Comunque, se mi aiuti a cambiare pagina, ti mostro che Sidney non è solo grattacieli e cemento ma è piena anche di parchi e di strade alberate.»

Avevamo *girato* per la sua città per più di un quarto d'ora e, quando era toccato a me farle vedere qualcosa su Milano, Russell ci aveva interrotti perché dovevamo passare a un altro esercizio.

«Peccato», mi aveva detto Mandy, «ci riproveremo domani...»

Poteva scommetterci.

La campanella della fine delle lezioni era suonata mentre stavamo imparando come si scrive una lettera.

Ero uscito dalla classe con Amanda vicino e, mentre lei si dirigeva verso la mensa, mi ero accorto che qualcosa mi spingeva a starle ancora più vicino.

15

Qualcuno aveva bussato alla porta della mia camera.

«Mancano quindici minuti alle tre, è meglio prepararsi per non fare tardi in palestra», aveva detto una voce che non avevo riconosciuto.

Avevo molto sonno e faticavo a muovermi ma dovevo fare in fretta, se non volevo perdermi l'inizio della prima lezione di wrestling.

Indossate la tuta e la maglietta con la scritta *Superjam* e le scarpe che tutti avevamo trovato in camera la sera prima, stavo per uscire quando mi ero accorto che Sung non si era cambiato e la sua roba da ginnastica era ancora appoggiata sulla sedia vicino al letto.

Visto che dormiva sempre e probabilmente si era addormentato anche quella volta da qualche parte, magari sotto un albero nel parco, non l'avevo aspettato.

Amanda mi aveva chiesto se potevo stringerle l'elastico della sua coda di cavallo e, insieme, eravamo entrati in palestra, proprio mentre Roddy Piper fischiava l'inizio della lezione.

«Allora ragazzi», aveva esordito, «avvicinatevi, mettetevi qui, tutti attorno a me. I nuovi a destra, gli altri a sinistra. Fra poco gli studenti del college inizieranno il riscaldamento per il loro allenamento quotidiano, mentre voi ospiti estivi starete con i miei due assistenti per capire meglio che cosa vuol dire diventare un wrestler.»

Gli assistenti erano dei personaggi decisamente singolari. Uno era di colore e si chiamava Wingo Bingo, sarà stato alto quasi due metri, con delle braccia enormi. L'altro si era presentato come Matt The Truth ed era molto più piccolo, aveva i capelli rossi e due tatuaggi stinti sui bicipiti. I due avranno avuto una quarantina d'anni ed erano stati sicuramente dei wrestler sino a qualche anno prima.

«Innanzitutto», aveva iniziato Wingo, «come vi confermerà poi *Hot Rod*, qui alla Rumson siamo tutti uguali, nessuno si deve sentire superiore agli altri, almeno finché non lo dimostra in un combattimento ufficiale. Durante le varie fasi della preparazione tutti si devono aiutare tra loro, è l'unico modo per riuscire a capire meglio i meccanismi della lotta.»

«Ricordatevi», era intervenuto Matt The Truth, «che il successo del wrestling è basato su due fattori: lo spettacolo e la capacità di essere dei veri atleti, dal primo all'ultimo minuto del combattimento. Per riuscirci bisogna allenarsi tantissimo ed è per questo che ogni anno centinaia di atleti provenienti da altri sport tentano di diventare dei wrestler professionisti, ma solo pochissimi ci riescono. Tra gli allievi di quest'anno ci sono stati ex giocatori di football americano, ex lottatori, ex giocatori di basket, perfino due trapezisti che arrivano dal circo Barnum and Bailey's. Nessuno di loro è sicuro di farcela, anche se sono tutti degli ottimi atleti.»

Matt aveva fatto una lunga pausa, guardandoci negli occhi, uno alla volta.

«Per essere degni di salire su un ring della WWE bisogna anche essere spettacolari e avere grande personalità. Questa, vi assicuro, è sempre la parte più difficile.»

Mentre Matt The Truth parlava, dall'altra parte della palestra gli allievi del corso avevano cominciato a salire a turno sul quadrato. Uno dopo l'altro avevano preso la rincorsa ed erano rimbalzati sulle corde dei quattro lati del ring. Dal terzo giro completo in poi, tutti avevano iniziato a saltare e a ricadere sul quadrato di schiena, facendo un rumore pazzesco nel momento dell'impatto con il tappeto.

La cosa incredibile era che si rialzavano subito e sembrava non si facessero niente.

Mi ero quasi incantato a guardarli quando Wingo mi aveva toccato sulla spalla destra.

«Quello è uno degli esercizi base, uno schienamento simulato, come se ci fosse un avversario immaginario che ti mette al tappeto al volo. Bisogna imparare a farlo bene, perché durante un incontro schienare o essere schienati è molto frequente. Avviciniamoci per vedere meglio che cosa fanno.»

I ragazzi prendevano delle botte terribili, anche se il tappeto molleggiato del ring attutiva parecchio i colpi, come mi aveva spiegato Wingo.

Da vicino comunque, rispetto a quello che si poteva intuire, era tutto ancora più incredibile, soprattutto la velocità dei movimenti.

«Vanno come delle spie», aveva commentato Helmut con le mani sulle guance, «è pazzesco...»

All'improvviso un altro fischio di Roddy aveva fermato l'esercizio.

«Bene, molto bene, adesso ragazzi tocca a voi», ci aveva indicato. «Sì, dico a voi della *Superjam*... Salite sul ring e fate quello che avete appena visto. Forza...»

Io, Sophie, Javier ed Ewan ci eravamo guardati negli occhi, pensando tutti la stessa cosa: *impossibile*.

Poco più in là Helmut ci osservava con la faccia soddisfatta di quello che alla fine aveva avuto ragione.

«Cosa vi dicevo», aveva attaccato, «prima o poi ci avrebbero fatto combattere! Adesso vi voglio proprio vedere sul ring, voi mezze femmine che non avete mai preso un pugno o un calcio...»

Quasi nessuno lo aveva ascoltato.

Quando stavamo per domandare a *Hot Rod* come avremmo potuto fare, era stato lui stesso a tranquillizzarci, con una lunga risata.

«Stavo scherzando. Non sono mica pazzo e non voglio far finire così presto la vostra permanenza alla Rumson. Comunque sul quadrato potete salirci, per farvi un'idea di come è fatto e di dove combattono i vostri idoli televisivi. Benvenuti su un ring ufficiale della WWE.»

16

In palestra avevamo fatto una serie di esercizi per scioglierci e avvicinarci gradualmente all'allenamento di un vero wrestler.

Prima dei movimenti con il collo, poi gli addominali e per concludere degli esercizi per la schiena, «perché», ci aveva spiegato Wingo, «i tre punti deboli di ogni lottatore sono proprio collo, pancia e schiena. Queste sono le parti che devono essere allenate meglio per evitare dei gravi infortuni. Soprattutto il collo, che è quello che riceve le maggiori sollecitazioni in quasi tutte le mosse che si fanno sul ring. I nostri atleti lo allenano in maniera particolare...»

Mentre finivamo gli esercizi, dall'altra parte della palestra (che era un capannone con delle tribune molto grandi sui due lati lunghi), anche gli studenti del college concludevano i loro allenamenti.

«Anche per loro», aveva detto The Truth, «questo è stato il primo giorno della sessione estiva, quindi non sono andati molto in "profondità". Dovevano far *ricordare* ai loro muscoli che cosa avrebbero fatto per i prossimi due mesi. Come avete notato non c'è stato alcun contatto fisico tra loro, ma già da domani le cose cambieranno e lo vedrete con i vostri occhi.»

Hot Rod aveva fischiato la fine dell'allenamento pomeridiano. Non tutti però avevano smesso all'ordine dello *scozzese*, almeno una decina di ragazzi erano rimasti sui due ring al centro della palestra.

«Chi vuole può fermarsi», ci aveva spiegato Wingo. «L'allenamento obbligatorio finisce qui, ma se qualcuno sente ancora il bisogno di fare degli esercizi può restare quanto vuole, i custodi chiudono la palestra alle nove.»

Mentre guardavo due allievi che provavano un salto dall'angolo del ring, con la coda dell'occhio mi ero accorto che, poco più in là, Amanda se ne stava seduta tutta sola.

Non sembrava molto interessata a quello che facevano i più grandi e mangiava tutta contenta una merendina.

«Non ce la facevo più dalla fame», mi aveva detto. «A casa sono abituata a fare merenda alle quattro...»

Mentre parlava aveva aperto una seconda merendina e me ne aveva offerto un pezzo.

«No grazie, sono troppo stanco per mangiare», avevo risposto, «vorrei solo andare in camera e buttarmi sul letto fino all'ora di cena.»

«Dev'essere per questo che sei così magro... e piccoletto», mi aveva detto sorridendo. «Non mangi mai niente! Come puoi pensare di diventare un campione di wrestling se pesi così poco! Credimi, se non cominci a mangiare non hai speranze, parola di *Sid Girl*.»

Sid Girl, ragazza di Sidney, era il suo nome di battaglia, ma nonostante il suo consiglio avevo deciso di andare in camera senza fare merenda.

Poco prima di uscire, avevo visto la sala pesi, che a noi era vietata dal regolamento: stavo per guardare dentro, per capire chi si stava allenando, quando qualcuno aveva spinto la porta dall'interno e per poco non m'aveva preso in faccia!

«Scusa ragazzo, non credevo ci fosse qualcuno...» mi aveva detto il tizio enorme che mi ero trovato di fronte.

La voce non l'avevo riconosciuta ma la faccia sì, quella non potevo non sapere di chi fosse.

«Ma lei...» avevo biascicato, «ma lei... è... è Triple H!»

In poco più di un giorno avevo già conosciuto Kurt Angle, Roddy Piper e adesso stavo addirittura parlando con Triple H.

Mitico, i miei amici non mi avrebbero mai creduto!

Il gigante mi aveva sorriso e mi aveva parlato con un tono gentile, così diverso da quello che usava sul ring.

«Tu devi essere uno dei vincitori di quel concorso delle merende, vero? Mi hanno detto che venite da tutto il mondo. Tu da dove arrivi? E come ti chiami?»

Ancora incredulo gli avevo risposto: «Sono italiano, mi chiamo Luca», con un filo di voce.

Ricordavo un suo match a *Wrestlemania*, contro il suo ex amico Batista, in cui alla fine Triple H aveva perso nel peggiore dei modi. Quella volta i miei amici Max e Dado avevano fatto il tifo per Batista perché dicevano che Triple era uno sbruffone esibizionista.

Io non la pensavo così, anche se devo ammettere che non è che mi fosse troppo simpatico.

Triple H mi aveva chiesto se mi divertivo.

«Per adesso sì, ma non ho ancora potuto capire molto, perché siamo appena arrivati. Piuttosto», gli avevo domandato, «se posso permettermi di chiederglielo... Cosa ci fa lei alla Rumson?»

Triple H aveva sorriso ancora.

«Dammi del tu, ragazzino. Io vivo a Greenwich, in Connecticut, non lontano da qui. Così, appena posso, vengo qui ad allenarmi, anche perché anch'io ho studiato da queste parti. Fra tre giorni combatterò a Nashville e per tenermi in forma faccio un *training* leggero, per esempio ora ho appena finito una seduta di pesi. Caro Luke, è stato un piacere averti conosciuto», mi aveva detto prima di andarsene, «spero di vederti ancora, magari a uno dei miei incontri...»

Gli avevo stretto la mano e poi mi ero incamminato verso l'*Hilton*.

Ero emozionato ma non al punto tale da non accorgermi che in camera non c'era ancora traccia di Sung.

Era sparito...

17

Mi ero addormentato subito, non appena avevo toccato il letto, e il pensiero di Sung se ne era andato piano piano con le mie forze.

Quando mi ero svegliato era già buio, dalla finestra filtrava solo un po' di luce dalla strada.

All'inizio, come mi succede sempre quando dormo in un posto diverso dalla mia camera di Milano, non avevo capito dove mi trovavo e mi ero anche spaventato. Poi ero riuscito a raggiungere l'interruttore della lampada sul comodino e mi ero ricordato dell'America e di tutto il resto.

Più tranquillo, avevo guardato l'ora sul mio orologio: le undici passate! Avevo saltato la cena, nessuno mi aveva svegliato: si erano dimenticati di me.

Ormai, anche se avevo una fame blu, era tardi per cercare di mangiare qualcosa, così dopo aver dato un'occhiata fuori dalla porta e non aver visto in giro anima viva, avevo deciso di tornare a letto.

Il problema era che a quel punto non avevo più sonno e vista l'esperienza precedente non mi sembrava il caso di andare a zonzo per la scuola.

Il letto di Sung era ancora vuoto e le sue valigie erano intatte. Non riuscivo proprio a capire che cosa fosse successo e, non volendo pensare al peggio, mi ero convinto che il cinese avesse chiesto di cambiare camera, forse perché non gli piacevo.

Avevo letto, senza riuscire a prendere sonno fino alle cinque.

In Italia erano le undici del mattino di sabato e mamma e papà erano sicuramente già al mare per il weekend e mi era venuta un po' di nostalgia.

Come il giorno prima ero poi stato svegliato da due colpi sulla porta e da una voce che mi diceva di scendere per la colazione entro quindici minuti.

L'unica differenza stava nel fatto che non erano quasi le otto ma mancavano pochi minuti alle dieci, perché di sabato non c'era lezione.

Al piano di sotto avevo incontrato Michele, che stava in mezzo a tutti gli altri accompagnatori.

«Sto per partire», mi aveva detto. «Il mio compito finisce qui, come previsto. Credo che tu ti sia ambientato bene.»

Prima di salutarlo gli avevo chiesto che fine aveva fatto Sung.

«Si è sentito male e per sicurezza lo hanno portato in ospedale, dove ha passato la notte sotto osservazione. La signora Spitfire è appena tornata con lui dal pronto soccorso e ci ha detto che è tutto a posto, deve aver mangiato qualcosa che gli ha fatto male, magari in aereo. Ora sta decisamente meglio e credo che lo ritroverai in stanza al tuo rientro. Ma adesso vai a fare colazione, che ti aspettano. Anche perché ho saputo che ieri non ti sei presentato per la cena...»

E infatti al mio ingresso la signora Spitfire, che, a pensarci era davvero antipatica e vestita in modo orrendo, mi aveva rimproverato per l'assenza della sera prima.

«Quello che è successo ieri sera», aveva esordito, «è davvero inaccettabile. Uno di voi non si è presentato per la cena, mentre un altro è addirittura sparito nel nulla. Mi riferisco a Luca, con il quale mi vedrò più tardi nel mio ufficio, e a Paulinho, che vorrei tanto sapere dove si è cacciato. Se non lo ritroveremo entro l'una dovremo chiamare la polizia, quindi, se qualcuno di voi sa qualcosa al riguardo sarà meglio che parli subito.»

La signora Spitfire si era guardata intorno, in attesa di qualche risposta, ma nessuna mano si era alzata.

«Comunque, nella speranza di trovare Paulinho al più presto, volevo ricordarvi che nel regolamento della scuola c'è scritto che solo alla mattina verrete svegliati un quarto d'ora prima della colazione, per il resto tocca a voi essere puntuali e disciplinati. Le presenze a tavola non sono facoltative, sono obbligatorie, soprattutto per voi vincitori del concorso. Non costringetemi a ripetervelo, sono stata chiara Luca?» aveva detto fissandomi.

«Al prossimo errore di qualcuno la punizione sarà collettiva. Di tutto questo dovete ringraziare i vostri due compagni», aveva concluso ghignando la vecchiaccia.

Mi ero sentito osservato da mille occhi accusatori. Avrei voluto spiegare il perché della mia assenza, ma poi avevo deciso di lasciar perdere e avevo risposto solo: «Va bene signora, ho capito. Le garantisco che non capiterà più, mai più».

La signora Spitfire aveva annuito e aveva ripreso a parlare, ma gli altri continuavano a fissarmi, era come se fossi diventato il loro nemico numero uno.

L'unica alla quale sembrava non fregare niente di quello che era successo era Amanda, che a differenza degli altri mi sorrideva.

Finita la sfuriata, la signora Spitfire ci aveva portato in giro per la scuola per una visita alla parte del campus che non avevamo ancora visto, ma dopo pochi minuti aveva ricevuto una telefonata ed era tornata di corsa nel suo ufficio.

Roddy Piper l'aveva prontamente sostituita. Quella mattina non indossava il kilt ma un paio di pantaloni scozzesi. Avevamo camminato a lungo, il posto era ancora più bello di come mi era sembrato il primo giorno; il viale alberato che avevamo percorso con il pullman la sera del nostro arrivo era circondato da una serie di case molto eleganti in cui vivevano il preside, i membri del consiglio d'istituto e alcuni insegnanti, tra i quali anche la Spitfire.

Sulla destra c'era lo stadio, non grandissimo, della Rumson, in cui giocava la squadra di football americano.

Avrei voluto tanto assistere a una partita di football, dopo tutte quelle viste in tivù, ma Roddy mi aveva spiegato che il campionato sarebbe iniziato a settembre, quindi troppo tardi per me.

Eravamo passati accanto a una chiesa che sembrava il duomo di Milano in piccolo, in cui stava per iniziare la messa. Lì vicino c'era un altro edificio, davanti al quale un sacco di gente mangiava, correva e rideva attorno a dei tavolini.

«Questa è la *cafeteria*, se volete, nel vostro tempo libero, potete venire a mangiare e giocare qui. Poco più in là troverete anche il *bookstore*, in cui vendono libri, giornali, articoli di cancelleria e capi di abbigliamento con il logo della Rumson. Ci possiamo fermare anche adesso, mezz'ora di riposo non guasterà.»

Dopo aver comprato la mia prima maglietta americana e aver bevuto una Coca-Cola, mi ero seduto vicino ad Amanda e avevamo chiacchierato un po'.

Poi tutti insieme ci eravamo incamminati verso l'*Hilton*, e sulla strada avevamo costeggiato un edificio molto alto, decisamente il più alto di tutto il campus. Delle scale in pietra portavano a un ingresso imponente con delle porte a vetri, sopra il quale c'era scritto: RUMSON HALL OF FAME, e poco più sotto *Dedicated to all whom made the wrestling big.*

«Quello è il museo del wrestling», ci aveva detto Roddy, tornato a guidare il gruppo. «All'interno sono conservati oggetti, pubblicazioni, foto e filmati dei personaggi che hanno fatto la storia del nostro sport. Ogni anno viene visitato da quasi mezzo milione di persone. Il prossimo weekend ci andremo anche noi.»

A pensarci bene il museo stava proprio di fianco alle nostre stanze e avevo capito che era lì che quel tizio più largo che lungo mi aveva beccato, quando me ne ero andato in giro a curiosare.

Amanda aveva puntato il dito verso due auto della polizia, ferme davanti all'ingresso del dormitorio. Una era degli uomini della sicurezza del college, l'altra della città di Rumson. Tre poliziotti stavano parlando con la signora Spitfire e, seduto sui gradini dell'ingresso, c'era Paulinho, con la testa piegata sulle ginocchia.

Era vestito come sempre di scuro, con il cappellino ancora più calato sugli occhi del solito.

«L'hanno ritrovato svenuto nei bagni del museo», ci aveva subito informato uno dei ragazzi più grandi. «Sembra che stesse molto male. Ho sentito anche che non sanno come abbia fatto arrivare sino a lì perché l'edificio era chiuso a chiave. Credo che stiano decidendo se tenerlo qui o rimandarlo a casa.»

Solo Sophie aveva osato avvicinarsi al brasiliano per chiedergli come stava, tutti gli altri non avevano mai parlato con lui e non era certo questo il momento per iniziare.

Ma anche il tentativo della bambina francese era fallito, *Caresma* infatti non le aveva risposto e si era anche girato dall'altra parte per non guardarla.

Rientrato in camera avevo ritrovato Sung, che non mi sembrava molto in forma.

Gli avevo chiesto come stava ma, nel suo inglese stentato, mi aveva detto che ne avremmo parlato il giorno dopo perché al momento voleva dormire e basta.

Aveva davvero una brutta faccia, con gli occhi sbarrati, la pelle quasi grigia e un grosso cerotto sulla gola.

Chissà che porcherie ha mangiato, avevo pensato.

18

Alla fine Paulinho non era stato rispedito in Brasile, aveva spiegato che nei bagni del museo ci era andato solo perché gli scappava una pipì tremenda e, trovando una porta aperta, era entrato senza pensarci su.

Non era riuscito a dire il perché poi si fosse addormentato o, più probabilmente, fosse svenuto.

Ma la signora Spitfire aveva deciso di credergli lo stesso, forse per non avere ulteriori problemi.

Giorno dopo giorno la Rumson diventava sempre più casa mia.

Io e gli altri avevamo imparato come muoverci all'interno del campus nel tempo libero. Il *bookstore* era diventato uno dei miei posti preferiti, avevo scoperto che lì vendevano tutti i tipi possibili e immaginabili di caramelle e merendine, comprese le *Superjam*.

Rispetto a quelle che avevo mangiato in Italia e che mi avevano fatto vincere il concorso, ce n'erano almeno tre varietà differenti, con la stessa confezione ma di un colore diverso.

Le avevo provate tutte, ma le mie preferite erano quelle al gusto *mou*, che poi è il caramello.

Il mio cellulare prendeva anche in America e papà e mamma lo avevano ricaricato alla grande, per avere sempre la possibilità di sapere come stavo, così avevo deciso di chiamare Max per raccontargli come andava, anche perché era parecchio che non lo sentivo. Non avevamo potuto stare molto al telefono ma ero riuscito comunque a dirgli quello che avevo imparato in classe e sul ring e di com'era l'ambiente alla Rumson.

Gli avevo anche detto di quello che era successo a Paulinho e Sung e di Helmut, il tedesco antipatico e attaccabrighe.

Nel sentirlo mi era venuta un po' di malinconia, mai avrei pensato che la mia casa e i miei amici potessero mancarmi tanto.

Me ne ero andato a fare un giro alla *cafeteria*, dove passavo quasi sempre le due ore di pausa tra il pranzo e la palestra.

Era meglio che andare in camera a dormire, perché poi svegliarsi era durissima e con tutte quelle mosse da imparare rischiavo di fare la figura dell'idiota.

Amanda, Ewan, Tyrone e Sung, che nel frattempo sembrava come per miracolo aver ingranato con l'inglese, venivano quasi sempre con me. Paulinho invece continuava a non parlare con nessuno.

In classe faceva fatica, mentre in palestra eseguiva gli esercizi molto bene, si muoveva come se già sapesse quello che doveva fare. Ma la cosa veramente strana era il suo abbigliamento, che con gli altri avevamo spesso scherzato: penso che non si fosse mai cambiato, da quando era arrivato alla Rumson.

«Quando la toglie, quella maglia sta in piedi da sola», aveva detto Tyrone un giorno nello spogliatoio, e noi tutti avevamo riso.

Cercavo sempre di rimanere da solo con Mandy, perché mi piaceva guardarla mentre mi spiegava un sacco di cose sull'Australia, sui canguri, sugli squali e sul pericolo che si correva a prendere il sole in spiaggia da quelle parti, a causa del buco dell'ozono.

Mi raccontava cose divertenti, strane, a volte incredibili, come per esempio che alla periferia di Sidney ci sono i canguri che girano tra le ville, come fossero gatti.

Ogni tanto faticavo a capire il suo inglese, perché la sua pronuncia era molto diversa dalla mia e anche da quella americana, ma bastava chiederle di parlare più lentamente e il problema era superato.

Le conversazioni con Sung invece erano un po' meno piacevoli, soprattutto perché non aveva il viso di Amanda… ma quello che cercava di dirmi era comunque molto interessante.

Mi aveva raccontato di Shanghai, di come la sua città era la più grande del mondo con i suoi 16 milioni di abitanti. Mi parlava di quello che faceva nella sua nuova casa, del fatto che fosse strano per lui essersi trasferito dalla periferia in un appartamento al sedicesimo piano di un grattacielo in centro.

Quando non riusciva a spiegarsi in inglese, Sung si aiutava con dei gesti e dei disegni su un blocco di carta che si portava sempre dietro; era stata la signora Spitfire a consigliargli quel metodo, che sembrava funzionare.

All'inizio Sung mi era sembrato antipatico ma con il passare dei giorni avevo capito che il suo modo di fare era dovuto al disagio, al fatto che si sentiva isolato e con grandi problemi per far comprendere a tutti noi cosa provava.

Più lo conoscevo e più capivo che alla fine non ero stato così sfortunato a capitare in camera con lui. Mi aveva anche detto che se avessi avuto dei guai con Helmut ci avrebbe pensato lui a difendermi, o perlomeno ad aiutarmi.

Lo avevo ringraziato ma gli avevo detto che credevo che non ce ne sarebbe stato bisogno. Sung era migliorato anche nel rendimento scolastico e in palestra: da quando dormiva meno era decisamente cambiato. Con il soprannome di *Little Dragon*, si divideva con Paulinho la palma di migliore fra noi dieci.

Si muoveva benissimo in tutte le simulazioni dei colpi e in tutti gli esercizi, in particolare era forte nei calci alti, perché mi aveva spiegato che sono gli stessi del kick boxing, che studiava da più di due anni.

Una notte mi aveva anche raccontato che suo nonno era cresciuto con Bruce Lee e che sulla parete della sua camera a Shanghai c'era appesa una sua foto autografata, che lo definiva *il più grande di tutti i tempi.*

Io gli avevo risposto che di Lee avevo solo sentito parlare da mio padre, ma che non ne sapevo più di tanto, allora lui aveva attaccato un racconto che non finiva più.

Ma era stato comunque interessante ascoltarlo e conoscere la storia di uno che nella vita doveva essere stato veramente un tipo giusto.

In Sung avevo trovato inaspettatamente un vero amico.

19

La pacchia era finita, sempre che di pacchia si potesse parlare... Gli allenamenti erano sempre più duri, l'ultimo poi era stato il più difficile e faticoso da quando ero arrivato alla Rumson.

Lo *scozzese* aveva assegnato agli studenti del college una doppia razione di lavoro: li aveva divisi in gruppi di dieci, sui due ring laterali, e li aveva messi sotto con una serie di colpi a *pieno contatto* che mi avevano lasciato a bocca aperta, tanto erano stati duri e violenti.

Ma a noi non era andata poi tanto meglio... Wingo ci aveva fatto lavorare molto più delle altre volte, soprattutto sulle tecniche di caduta al tappeto. Con l'aiuto di altri due istruttori, lui e Matt The Truth ci avevano fatto stendere a terra ed eseguire tre rotazioni consecutive sul corpo, che servivano per evitare i tentativi di sottomissione e le mosse finali. Poi dovevamo rialzarci e salire sulla seconda corda del ring, spingere con le gambe e tuffarci in avanti.

Per evitare che ci facessimo male i due istruttori accompagnavano l'atterraggio al tappeto con le loro braccia muscolose. Ma, nonostante l'aiuto e il fatto che il tappeto fosse molleggiato, la botta si sentiva eccome!

L'esercizio era diverso per le due ragazze, ma solo nella

parte finale, perché loro saltavano in verticale e ricadevano in piedi.

Senza mai fermarci avevamo ripetuto il tutto almeno dieci volte e vi assicuro che alla fine non sapevo proprio dove mettere la lingua, tanto ero affannato.

Dopo cinque minuti di riposo *Hot Rod* era venuto da noi e ci aveva invitato a seguirlo dall'altra parte della palestra, dove gli studenti stavano provando diverse *ankle lock*, una delle mosse fondamentali del wrestling.

«L'*ankle lock*», ci aveva spiegato, «può essere usata in vari modi, più o meno dannosi per l'avversario. In alcuni casi è così dolorosa che spesso costringe il lottatore che la subisce ad arrendersi prima del limite. Dipende tutto da come la si fa: se volete tentare quella terminale dovete far sì che la presa funzioni anche sul ginocchio, che è uno dei punti più vulnerabili di qualsiasi lottatore, perché intorno ai tendini non ci sono muscoli. Se l'*ankle lock* è eseguita correttamente, al vostro avversario non resterà che arrendersi...»

I ragazzi sui ring vicino al nostro stavano provando le varie possibilità di presa alla caviglia, senza però mai forzare. In pratica cercavano di memorizzare la tecnica delle mosse.

Ogni tanto *Hot Rod* interveniva per correggere dei particolari e modificare delle posizioni.

Saranno mancati una ventina di minuti alle cinque, quando lo *scozzese* si era rivolto di nuovo a noi e ci aveva chiesto se volevamo provare. Nessuno aveva risposto, allora lui si era affrettato a spiegare che oltre a non farci male saremmo stati in coppia con uno degli istruttori.

Tutti avevamo un po' paura, ma allo stesso tempo eravamo incuriositi da quello che stavamo per fare.

«Allora, forza, chi vuole iniziare con Wingo?»

Avevo alzato la mano e in un attimo mi ero ritrovato sul ring, di fronte alla mole gigantesca del mio istruttore.

Mi aveva preso la caviglia destra, poi, con un movimento velocissimo, mi aveva ribaltato come faccio io a casa con il mio cane Carlito, quando lo placco sul tappeto.

Mi ero ritrovato a pancia in giù, con la gamba chiusa a tenaglia tra quelle di Wingo.

«A questo punto», aveva commentato *Hot Rod*, «Luca non può più muoversi, perché ha lasciato che la mossa del suo avversario riuscisse perfettamente. In questo caso non è stata colpa sua, perché non sapeva e soprattutto non doveva reagire. Ma voi avete visto come si fa.

«Bene, ora vorrei che provaste tutti e poi invertiremo i ruoli, cioè sarete voi a tentare di portare un'*ankle lock* agli istruttori.»

Avevano accettato tutti, anche le ragazze che all'inizio avevano preferito stare a guardare.

Wingo mi aveva detto come muovermi e io avevo eseguito alla lettera i suoi consigli. Lui si era lasciato andare (altrimenti non so come avrei fatto a ribaltare un bestione del genere...) e alla fine ero riuscito ad afferrarlo per la caviglia e a stringerla tra le mie ginocchia.

«Ehi... Luke... fai piano!» aveva detto Wingo ridendo. «Se stringi ancora un po' mi fai male per davvero!»

Avevo chiesto subito scusa e avevo mollato la presa, ma lui invece di arrabbiarsi mi aveva dato una pacca sulla spalla e mi aveva fatto i complimenti e anche *Hot Rod* si era girato e aveva sorriso.

La mia prima mossa vincente sul ring!

20

Alla fine dell'allenamento avevo visto Sophie e Amanda che giocavano a saltare la corda vicino all'ingresso degli spogliatoi, ma quella che avevano in mano, non era una di quelle che utilizzano i ragazzi più grandi per fare fiato... Quella corda era molto più semplice, senza nemmeno le manopole alle estremità.

«Luca», mi aveva detto Amanda, «vuoi provare anche tu? È divertente sai...»

«No grazie», le avevo risposto, «sono troppo stanco. Ma perché non usate una di quelle che stanno nell'armadietto. Così non rischiate di farvi male alle mani?»

«Non ti preoccupare», aveva detto Sophie, «questa va benissimo e poi gira che è una meraviglia, sembra magica. L'abbiamo trovata l'altro giorno sulle scale dell'ingresso, probabilmente l'aveva persa qualcuno. Aveva una specie di fibbia di metallo con incisa una montagna o qualcosa di simile...»

Avevo annuito, abbastanza disinteressato, e le avevo salutate mentre Sophie continuava a saltare come una pazza, tra saltelli normali e incroci difficilissimi.

Avevo fatto il giro più lungo, non ero passato dai due cortili interni che collegano gli edifici. Volevo respirare un po' d'aria fresca, dopo la sudata sul ring. Avevo camminato attorno all'edificio e poi avevo attraversato un campo da baseball, pieno di ragazzi che giocavano.

Mi ero diretto verso il viale principale, che mi avrebbe portato sino all'*Hilton*, non senza fare un salto al *bookstore*, per vedere se era arrivata la rivista della WWE con il calendario di tutti gli incontri estivi.

All'altezza della *cafeteria*, avevo notato sulla sinistra una casetta che, chissà perché, non avevo mai visto prima.

Aveva un piano solo e dalle finestre arrivava della luce abbastanza forte, anche perché fuori cominciava a fare buio e minacciava di piovere.

Anzi, ci ero arrivato proprio davanti mentre cadevano le prime gocce, grandi abbastanza da riempire un bicchiere d'acqua.

Così, un po' per ripararmi e un po' per curiosità, avevo aperto la porta d'ingresso, una di quelle con la molla che la richiude automaticamente.

Dall'interno arrivava una musica di un genere che non avevo mai sentito, sovrastata ogni tanto da delle urla in un inglese con un accento molto particolare. Sempre più incuriosito, avevo aperto un'altra porta e mi ero trovato in una grande stanza tutta bianca con il pavimento in legno chiaro.

In mezzo c'era uno strano tipo, che mi dava le spalle. Era basso ma aveva un gran fisico, era pieno di tatuaggi e indossava un paio di pantaloni aderenti tagliati appena sotto il ginocchio.

Mi ero dimenticato di tenere la seconda porta, che si era richiusa e aveva fatto rumore, almeno quanto bastava perché lui si accorgesse della mia presenza.

Si era girato di trequarti, tanto che non ero riuscito a vederlo bene in faccia ma avevo notato che aveva gli occhi di un azzurro chiarissimo e un piercing sul sopracciglio destro.

Appena mi aveva visto aveva lanciato un urlo e subito dopo aveva cominciato a inveire in spagnolo mentre correva verso l'angolo opposto della stanza.

Lì, sempre senza mai girarsi del tutto, aveva indossato una maschera di pelle scura. Poi, mentre se la sistemava per bene sulla faccia, si era finalmente rivolto a me e mi aveva ordinato di uscire immediatamente da lì o avrebbe chiamato qualcuno della sicurezza.

Mentre mi parlava ero quasi svenuto, un po' per la certezza di averla combinata grossa per la terza volta (dopo il museo e la cena saltata) e un po' perché di colpo avevo realizzato chi mi trovavo davanti: era Rey Mysterio!

L'emozione che avevo provato per Triple H era niente paragonata a quella per Rey, ma vi rendete conto?

Rey era il mio idolo, forse il più grande e spettacolare atleta della WWE.

I suoi salti, le sue prese, le *planate* dalle corde erano mitiche... E poi c'era la 619, la sua inimitabile mossa finale. Max e io avevamo litigato mille volte davanti alla Playstation, perché tutti volevamo giocare con il suo personaggio. A un certo punto, stufi di scannarci, avevamo deciso che chi se lo voleva accaparrare doveva pagare un euro a tutti gli altri.

Qualche mese prima che io partissi Mysterio era venuto a Milano ed ero andato a vederlo al Teatro Smeraldo, dove lo avevano intervistato a pochi centimetri da me, che ero in prima fila con la mia macchina fotografica.

Rey mi era piaciuto tanto anche come persona, perché aveva detto delle cose molto intelligenti e ora ce l'avevo davanti, io e lui soli in una stanza: anche se, a dire la verità, avrei voluto scomparire per la figura che avevo fatto!

«Ragazzo», mi aveva detto, «per tua fortuna non mi hai visto in faccia, perché altrimenti l'avresti pagata cara. Non dovresti essere qui, questa è una zona privata, *off limits*. Qui noi wrestler ci alleniamo in gran segreto per preparare le nostre mosse, non è posto per un ragazzino curioso. Lo sai che sei il primo studente nella storia della scuola a entrare in questa palestra? Ma come hai fatto?»

«Be'», avevo risposto, «ho solo aperto una porta e poi un'altra e sono arrivato qui, nient'altro. Non credevo di fare una cosa sbagliata, stavo andando solo al *bookstore* a comprare una rivista quando ha cominciato a piovere e sono entrato qui per ripararmi.»

«Quei *cabrónes*!» aveva detto. «Non chiudono mai le porte, eppure per evitare che capitassero cose come questa avevamo fatto mettere i codici d'accesso a tutte le entrate. Non ci posso credere...»

Rey sembrava molto scosso da ciò che era successo e io non volevo certo farlo innervosire di più.

«Le chiedo ancora scusa e me ne vado, se lei permette...»

«Direi che faresti bene, e faresti ancora meglio a farlo subito», mi aveva detto a muso duro, anche se appena finita la frase aveva esitato, come pentito del tono troppo cattivo.

Ascoltandolo, mi ero girato e avevo afferrato la maniglia della porta senza più voltarmi, quando Mysterio mi aveva richiamato. Avevo ragione, era come se si sentisse in colpa, in fondo io avevo detto la verità e non ero certo lì per danneggiarlo.

«Un momento, ragazzo. Prima di andartene dimmi un po'... Chi è il tuo wrestler preferito? Non rispondere Rey Mysterio perché mi arrabbio davvero», aveva riso forte.

Non potevo certo dirgli che le mie preferenze si dividevano tra lui e John Cena, così avevo deciso per una volta di lasciare da parte il *chain gang soldier*, tanto non si sarebbe di sicuro offeso...

«Per non farla arrabbiare dovrei dirle una bugia. Lo so che sembra un modo per farmi perdonare e per farla calmare, ma io e i miei amici in Italia siamo tutti suoi fan, la prego di credermi.»

«Ah sì? Mi sa tanto di risposta diplomatica… Facciamo così, se vuoi che ti creda devi rispondere a due domande. Come si chiamano i miei due figli? Da dove viene la 619 che dà il nome alla mia mossa finale? Se sai le risposte vuol dire che mi conosci abbastanza bene e che sono davvero il tuo lottatore preferito… altrimenti hai detto una grossa bugia.»

«Credo proprio di non poter sbagliare. I suoi figli si chiamano Aliah e Dominic e 619 è il prefisso telefonico di San Diego, la sua città…»

Ricordavo bene quando Rey a Milano aveva parlato dei suoi figli e di quello che era successo con il povero Eddie Guerrero durante l'ultimo *Summerslam*. In più avevo letto da qualche parte la storia del prefisso, quindi ero sicuro di aver risposto in maniera corretta.

«*Perfecto amigo, perfecto!*» mi aveva detto mentre si batteva la mano sulla coscia. «Adesso posso cominciare a crederti!»

Mi ero sentito subito meglio, come uno che ha evitato una dolorosissima *submission*, e anche Rey mi era sembrato divertito e più rilassato.

Come Triple H, anche lui aveva voluto sapere che cosa ci facessi da quelle parti e, sentita la mia storia, mi aveva raccontato qualcosa di lui.

Mi aveva detto che fin da bambino aveva sempre voluto diventare un wrestler come suo padre. Io gli avevo chiesto che cosa ci facesse in piena estate alla Rumson e lui mi aveva risposto che aveva bisogno di provare un paio di nuove mosse per la stagione autunnale e che la Rumson era il posto migliore perché c'era gente che sapeva il fatto suo.

«In più», mi aveva detto, «volevo far vedere a Dominic dove ho imparato a combattere, così se un giorno vorrà continuare la tradizione di famiglia, saprà da dove cominciare.»

Alla fine del racconto mi aveva accompagnato alla porta, questa volta con gentilezza: «Adesso vai…»

«Luca, mi chiamo Luca», gli avevo detto.

«Okay Luca, adesso devi andare perché ho bisogno di allenarmi. Ma prima un'ultima domanda… Sei sicuro di non aver visto la mia faccia?»

«No, glielo giuro», avevo risposto mentre acceleravo impercettibilmente il passo.

«Va bene, ti credo. Ma se per caso non fosse così, ricorda che non devi mai dire a nessuno come sono sotto la maschera, capito?»

«Certo», avevo detto in fretta e furia, «ma non corre alcun rischio signore, perché non ho visto niente…»

La porta si era chiusa alle mie spalle e io avevo guardato l'ombra di Rey che, allontanandosi, si toglieva di nuovo la maschera. Quasi d'istinto mi ero voltato dall'altra parte, per non rischiare di vederlo in faccia nemmeno al di là della porta!

21

Da qualche notte riuscivo a dormire bene, quasi come nel mio letto a Milano, e anche i brutti sogni erano diventati meno frequenti. Il fuso orario italiano era ormai solo un ricordo e *grazie* agli allenamenti che facevamo ogni pomeriggio era impossibile non addormentarsi appena ci si sdraiava.

Inoltre Sung aveva improvvisamente smesso di russare, forse perché a forza di girarlo a faccia in giù alla fine si era abituato a dormire tranquillo in quella posizione.

Mai mi sarei aspettato quindi che il tizio senza volto dei miei incubi tornasse a trovarmi, e invece era successo di nuovo. Quella notte mi aveva parlato di un testo, di qualcosa che avrei dovuto leggere, ma come al solito tutto era molto confuso e il suo linguaggio quasi incomprensibile. Capivo una parola su dieci e lui più che parlare sussurrava, una cantilena inquietante.

Mi ero svegliato sudato, con le mani freddissime e avevo fatto molta fatica a riaddormentarmi, anche perché quel pomeriggio in palestra ci eravamo allenati molto, gli istruttori ci avevano massacrato di flessioni sulle braccia e sulle gambe e di addominali. O forse era l'incredibile incontro con Rey Mysterio a tenermi sveglio, chi lo sa.

Mentre continuavo a girarmi nel letto avevo sentito dei rumori in corridoio; non erano i soliti assestamenti del pavimento, piuttosto qualcosa di più pesante, come se qualcuno stesse tentando di aprire un armadio o una porta a martellate, così almeno mi immaginavo.

Per un po' avevo resistito alla tentazione di andare a vedere cosa fosse, non tanto per paura, piuttosto per pigrizia, perché non mi andava proprio di alzarmi dal letto. Poi però, quando i rumori si erano fatti molto più forti, mi ero infilato la tuta e le Nike ed ero uscito dalla stanza.

In corridoio c'era buio pesto, quel poco che si riusciva a vedere era grazie alle luci delle uscite di sicurezza.

In un primo momento mi era sembrato che i rumori giungessero dalla mensa, tanto che avevo pensato fossero i cuochi che rimettevano a posto la cucina prima di andarsene.

Ma poi era arrivato un altro colpo, ancora più netto, che mi aveva convinto che il rumore provenisse dalla scala che portava alle sale con le foto e i manifesti in cui mi avevano beccato la prima mattina.

A quel punto mi ero fermato e stavo per tornare a letto: col cavolo che mi sarei fatto sgridare un'altra volta! Poi la curiosità aveva preso il sopravvento.

Avevo percorso tutto il corridoio ed ero ormai di fronte alla scala che portava sia al pianoterra che a quello superiore, dove non ero mai stato e da cui arrivavano i rumori. Avevo deciso di salire.

Al terzo gradino avevo sentito uno scricchiolio violentissimo sotto i miei piedi, quasi si stesse staccando un pezzo di scala. In realtà si trattava solo di un asse di legno fuori posto, il cui rumore aveva fatto cessare quello che veniva dall'alto.

Era come se qualcuno avesse avvertito la mia presenza e avesse smesso di muoversi, in attesa.

Dopo qualche attimo, nel silenzio della notte, avevo udito dei passi che si allontanavano, qualcuno in fuga nella direzione opposta alla mia, verso il museo.

Poi, di colpo, più niente…

Ero fermo sulla scala, appoggiato al corrimano, e trattenevo il respiro. Non sapevo davvero cosa fare.

Di sicuro sarebbe stato più intelligente tornare in camera senza indagare oltre, ma ancora una volta avevo scelto di proseguire fino al secondo piano, che sembrava deserto.

Anche lì, come al primo, c'erano delle camere, ma queste davano l'idea di essere chiuse da molto tempo. Mi muovevo lentamente e cercavo di non fare troppo rumore sul pavimento di legno, ma non sapevo bene dove stavo andando.

A metà del corridoio, nella penombra, avevo guardato in alto e mi era sembrato di vedere un piccolo fascio di luce che arrivava da chissà dove.

Dal soffitto pendeva una corda che somigliava molto a quelle delle tapparelle di casa mia e allungandomi ero arrivato a toccarne l'estremità.

Avevo pensato che se mi fossi messo in punta di piedi sarei stato in grado di afferrarla e tirarla verso il basso così per la terza volta nella stessa notte avrei fatto esattamente il contrario di quello che avrei dovuto.

Prima ci avevo provato con una mano sola, poi, visto che non succedeva nulla, mi ero aggrappato anche con l'altra. Ero rimasto lì appeso come uno stupido per qualche secondo, ma proprio quando stavo per mollare la presa la corda aveva provocato un rumore identico a quelli che avevo sentito dalla mia stanza ed era venuta giù una specie di scala di legno con dei corrimani, simile a quella di una barca.

Immobile, aspettavo che arrivasse qualcuno a sgridarmi per il casino che avevo fatto.

Magari proprio il tizio con i capelli bianchi che mi aveva già rimproverato una volta...

Mi ero messo in un angolo ad aspettare, ma dopo qualche minuto di attesa, visto che non arrivava nessuno avevo deciso di vedere dove portava quella scala.

In cima ai gradini c'era ancora più buio ed era impossibile proseguire.

Stavo per tornare indietro quando con la mano avevo toccato per caso qualcosa che poteva essere un interruttore; lo avevo premuto e si erano accese un paio di lampadine piene di incrostazioni.

«Ma che razza di posto è questo?» avevo detto a voce alta. «Dove cavolo sono finito? Sembra un vecchio magazzino di abiti usati.»

Sia a destra che a sinistra c'erano un sacco di vestiti appesi a degli attaccapanni. Nonostante le lampadine, facevo fatica a capire che abiti fossero, anche perché quasi tutti erano ricoperti da cellophane impolverati.

Potevano essere costumi d'epoca, qualcosa di simile ad abiti di scena teatrali. Era come se in quella stanza il tempo si fosse fermato di colpo. Ne avevo preso uno e mi ero sporcato tutto di una polvere grigia che puzzava di muffa. Quando lo avevo tolto dal cellophane mi ero ritrovato tra le mani un gilet di pelle rovinato, un paio di blue-jeans elasticizzati e un cappello da cowboy pieno di buchi, con delle decorazioni indiane.

C'era un cartellino attaccato al cappello, con su scritto *Costume Number 56, Black Jack Mulligan*.

Non avevo idea di chi fosse questo Mulligan, forse un attore o magari un vero cowboy che era passato dalla Rumson, chissà quanto tempo prima. Avevo cercato altri indizi nel costume, ma non c'era niente che potesse dirmi di più.

Il mistero aveva aumentato la mia voglia di scoprire dov'ero finito e avevo quindi deciso di prendere un altro costume.

Era una specie di cappotto di velluto nero con delle bordature dorate e delle maniche molto larghe simile a quelli che avevo visto in un film sugli zar di Russia.

Insieme al cappotto c'era un colbacco piuttosto malconcio con in cima una specie di coda fatta dello stesso materiale delle bordature, dentro al quale avevo trovato un altro cartellino con scritto *Costume Number 2, Ivan Koloff.*

Koloff?

Dopo qualche secondo di smarrimento mi si era aperta una specie di finestra nella memoria: ma certo, si trattava proprio del tizio che mi era apparso sul computer per dirmi che avevo passato il turno e potevo continuare a giocare per il Superpremio del concorso *Superjam*!

Questi, avevo pensato, *devono essere tutti costumi di vecchi wrestler che per qualche motivo sono finiti qui in soffitta.*

Quel posto, anche se all'inizio mi aveva fatto un po' paura, stava diventando sempre più interessante e intrigante e mi faceva sentire come un archeologo davanti a una grande scoperta.

Avete presente gli scopritori delle tombe dei faraoni egizi? Ecco, io mi sentivo un po' come uno di loro...

Avevo rimesso a posto il cappotto di Koloff e mi ero diretto verso l'altra parte della stanza, sempre più curioso di scoprire altri personaggi.

Lì, tra tanti costumi e oggetti messi in fila su una panca di legno, mi ero fermato davanti a un lunghissimo mantello azzurro e bianco con il cappuccio e degli inserti argentati. Sembrava quello di un principe, anche se la polvere lo aveva fatto diventare molto più grigio di come doveva essere una volta.

Il solito cartellino, ingiallito e sporco, diceva *Costume Number 5, Little Kalik.*

Era molto bello e non avevo resistito, l'avevo provato; se mai fossi arrivato un giorno a essere un vero wrestler, mi sarebbe piaciuto presentarmi sul ring con qualcosa di simile!

Indossarlo mi aveva fatto mancare il respiro, perché la polvere si era sollevata tutta d'un colpo, ma dopo poco mi ero sentito subito a mio agio.

Purtroppo in quella soffitta non c'era uno specchio per guardarmi e così mi ero accontentato di immaginarmi.

L'avevo tenuto addosso per almeno dieci minuti e avevo cercato di capire chi diavolo fosse questo Kalik. Insieme al mantello c'erano anche un paio di scarpe a metà tra delle pantofole orientali e degli stivaletti da pugile. Mentre stavo per togliermi il mantello, avevo infilato quasi per caso una mano in una tasca nascosta all'interno, che prima non avevo notato.

Dentro c'era qualcosa che non avevo riconosciuto subito, perché piegata su se stessa e molto sporca. L'avevo aperta lentamente, per non romperla, e mi ero reso conto che quella che avevo in mano era una maschera vera e propria, tipo quelle che usa Rey Mysterio. Ci avevo soffiato su per cercare di togliere più polvere possibile, mi ero aiutato anche con le mani ed ero riuscito a vedere meglio come era fatta, i disegni che c'erano sopra, la sua forma e i colori.

Chi l'aveva posseduta doveva avere una testa davvero piccola oppure con il tempo la maschera si era rimpicciolita, e di molto!

A prima vista sembrava stretta anche per me, che non ho certo un testone enorme. La maschera era azzurra, con il contorno degli occhi e della bocca bianco, anche se ormai ingiallito dal tempo. Sulla fronte c'erano disegnate due ali, anche loro bianche, con una bordatura dorata.

All'altezza delle orecchie, c'erano due fori attorno ai quali c'erano due ali sporgenti.

Dietro, nella parte che copriva la nuca, c'erano invece tre simboli: un triangolo, un quadrato e un cerchio.

Sembravano i tasti della Playstation!

Manca solo la X per poter dimostrare che i videogiochi esistevano già tanti anni fa, avevo pensato.

Al tatto la maschera sembrava fatta di pelle molto leggera e non aveva né lacci né cerniere.

Per studiarla meglio mi ero spostato sotto la luce di una delle lampadine della stanza; mi chiedevo se avessi deciso di portarla via, che cosa mai avrei potuto farmene di un oggetto simile, se non conservarlo in un cassetto come un ricordo *vero* e non acquistato al *bookstore*.

Di certo non avrei potuto indossarla agli allenamenti e nemmeno farla vedere ai miei compagni, per non farmi prendere in giro fino alla fine dei corsi. Piuttosto l'avrei portata in Italia per farla vedere a Max, Dado e Alfredo e usarla per i nostri giochi.

Avrei voluto continuare a esplorare la soffitta, ma improvvisamente un botto molto forte mi aveva fatto spaventare.

Dopo il rumore avevo sentito anche qualche cosa muoversi sotto i miei piedi e avevo avuto la sensazione che il pavimento stesse cedendo, così, dopo aver rimesso a posto il mantello azzurro, con la maschera stretta fra le mani avevo spento la luce ed ero ridisceso velocemente di sotto.

Una volta sceso dall'ultimo gradino, la scala si era richiusa da sola con un rumore secco e mi aveva riempito la faccia di polvere e ragnatele.

Mi sembrava di vedere una grossa crepa sul muro vicino, ma c'era così poca luce…

22

La mattina successiva, saranno state le sette perché nessuno era ancora venuto a svegliarci, un vero e proprio boato aveva buttato tutta la Rumson giù dal letto.

Sembrava che fosse scoppiato qualcosa di molto grosso, il lampadario della camera aveva cominciato a ondeggiare e da sopra la porta era caduto dell'intonaco.

Dopo aver tirato giù dal letto Sung, che ovviamente non aveva sentito niente, mi ero messo addosso le prime cose che avevo trovato ed ero corso giù dalle scale.

In un attimo erano arrivati tutti i miei compagni. Sophie e Javier piangevano, Ewan aveva la faccia pallidissima, Amanda continuava a guardare per terra e gli altri, tutti gli altri non parlavano.

Mancava solo Paulinho.

«Secondo me», aveva detto Tyrone, «è scoppiata una bomba.»

«Ma quale bomba, cretino!» gli aveva replicato Helmut con i suoi soliti modi da maleducato. «Questo è un terremoto.»

«Non può essere un terremoto», era intervenuto Sung, incredibile ma vero! «Il terremoto è diverso. In Cina ne ho vissuti due e questo non c'entra niente. Non sentite che... la terra non trema?»

In effetti, botto a parte non era successo nient'altro e il pavimento sotto i nostri piedi non si era mosso.

Mentre discutevamo era arrivata di corsa anche la signora Spitfire, che non aveva comunque saputo darci alcuna spiegazione.

«Tutto bene ragazzi?» ci aveva domandato. «Nessuno si è fatto male, vero?»

Proprio mentre le rispondevamo di no ci aveva raggiunto anche Roddy Piper, anche lui agitatissimo, che ci aveva raccontato che era crollata una parte del secondo piano, fortunatamente vuota perché inutilizzata da tempo.

«Stanno arrivando polizia e pompieri per gli accertamenti», aveva aggiunto, «quindi vi prego di lasciare subito l'edificio e di radunarvi tutti alla *cafeteria*. Quando i pompieri ci diranno di cosa si tratta e se il pericolo sarà cessato, potrete rientrare nelle vostre camere. Per oggi, e credo che la signora Spitfire sia d'accordo con me, le lezioni sono sospese, sia in classe che in palestra.»

Eravamo usciti tutti in fila e ci eravamo diretti dall'altra parte del campus. Amanda si era addormentata quasi subito sul prato di fronte al *bookstore*, dopo avermi detto che se mai ci fosse riuscita, le sarebbe piaciuto diventare come Michelle McCool, una delle ragazze più belle del wrestling.

Io avevo parlato un po' con Javier, poi mi ero messo a guardare Mandy che dormiva.

Cavolo, avevo pensato, *è davvero carina. Magari un giorno, quando saremo grandi, potremo combattere insieme sui ring della WWE: Sid Girl e Little Rebus in un* tag team *misto. Che figata sarebbe...*

A metà pomeriggio *Hot Rod* era venuto a comunicarci che non c'era più alcun pericolo. Potevamo tornare in camera.

«Alle cinque, visto che oggi non abbiamo fatto nulla», aveva detto, «proietteremo in sala cinema l'ottava edizione di *Wrestlemania*, una delle più belle di tutti i tempi; sarà utile anche per farvi conoscere i lottatori della generazione precedente a quella dei vostri idoli.»

«Quindi c'è anche lei, signor Roddy?» aveva chiesto Sophie con un filo di voce, ancora spaventata da quello che era successo.

«Certamente! Mi vedrete in uno dei momenti più belli della mia carriera, quando lo *scozzese* non aveva rivali, Hulk Hogan compreso», aveva detto fiero Roddy.

«Certo certo», aveva commentato sottovoce Helmut. «Ma lo sentite questo? Io non me la bevo proprio. Mio fratello mi ha raccontato che per tanti anni Hulk non ha mai perso e nessuno si è mai neppure avvicinato alla sua cintura di campione del mondo.»

Per fortuna *Hot Rod* non si era accorto del commento del tedesco o forse aveva fatto finta di non averlo sentito. Ci eravamo incamminati verso l'*Hilton*, che dopo il crollo non mi sembrava più tanto un grande albergo...

Poco dopo, davanti all'enorme schermo della sala cinema avevamo scoperto tutti una cosa: Roddy era davvero un fenomeno! Le immagini di *Wrestlemania* erano spettacolari e lo *scozzese*, anche se non aveva un gran fisico, era riuscito a tenere testa a quel mostro di Bret *The Hitman* Hart fino all'ultimo e poi, con l'arbitro svenuto per terra, aveva quasi chiuso l'incontro usando la campanella del gong come arma.

Ma quando il pubblico gli aveva urlato di non farlo, lui si era fermato, pentito, e si era ricordato di essere prima di tutto un lottatore corretto. A quel punto Hart lo aveva colpito da vigliacco e aveva vinto il match, ma per il pubblico il vero trionfatore era stato solo lui, il nostro *Hot Rod*.

«Roddy sei un grande!» aveva urlato Tyrone dal fondo della sala cinema proprio mentre si riaccendevano le luci.

Alla fine della proiezione non mi ero fermato nemmeno un minuto a chiacchierare con gli altri ed ero tornato in camera, contento di quello che avevo visto ma anche con tanta voglia di scoprire cos'era realmente successo quella mattina.

Dopo aver aspettato che tutte le luci della Rumson si fossero spente e che tutti i rumori fossero cessati, ero ritornato al secondo piano. Non si trattava di insonnia ma di pura curiosità. Cos'era crollato? Dove? Insomma, io avevo una strana sensazione e cercavo conferme. Come da copione Sung non si era nemmeno accorto del fatto che fossi uscito nel cuore della notte, immerso com'era nei suoi strani sogni nei quali parlava veloce e senza pause in cinese.

Avevo fatto molta fatica a camminare senza inciampare o urtare oggetti, perché qualcuno aveva chiuso le tende di velluto delle finestre del corridoio, quelle che la notte precedente mi avevano regalato un po' della luce della strada principale.

Ricordavo che la soffitta segreta era poco più avanti della prima uscita di sicurezza, segnalata dall'unica luce accesa di tutto il piano. Dopo una decina di passi avevo cominciato a cercare la corda della scala d'accesso, ma proprio a quell'altezza c'erano delle transenne con appeso un cartello che senza illuminazione non potevo leggere.

In tasca avevo però una piccola torcia elettrica, un regalo di papà che tenevo sempre nel mio zainetto e che fino a quel momento non avevo usato per paura di farmi beccare. L'avevo accesa e avevo letto queste parole, scritte in rosso a caratteri cubitali: DANGEROUS – NO TRESPASSING! che volevano dire che era pericoloso proseguire.

Oltre le transenne c'erano mattoni rotti, pezzi di legno e sbarre di ferro ammonticchiati uno sopra l'altro. Avevo alzato la torcia e avevo scoperto che l'intero soffitto era crollato proprio nel punto in cui avevo trovato la stanza dei vestiti, che non esisteva più.

Le mie sensazioni erano giuste: era crollata l'intera soffitta che avevo scoperto per caso e forse ero stato proprio io a dare involontariamente il via al crollo.

Il *crac* che avevo sentito sotto i piedi era quasi di sicuro il rumore di qualche trave di legno che stava già cedendo. Pensare che tutto quell'inferno si sarebbe potuto scatenare con me dentro mi aveva fatto sudare freddo, ma avevo deciso di non lasciarmi impressionare. La debole luce della mia torcia non mi permetteva di capire se tra tutto quell'ammasso di detriti c'erano anche i vestiti dei wrestler o se erano andati persi nel crollo.

Da una parte speravo che qualcuno li avesse ritrovati, dall'altra mi piaceva considerare tutto quello che avevo visto come un mio piccolo segreto che nessun altro potesse mai più scoprire.

Stavo quasi per andarmene quando, abbassandomi, mi era sembrato di vedere spuntare un lembo del gilet di pelle di Black Jack Mulligan, ma non era così.

Si trattava di pelle, ma non di quella dei vestiti del vecchio wrestler. Era la copertina di un libro con le pagine ingiallite, rovinate dal tempo e piene di polvere.

Il testo era scritto a mano, in inglese, e alcune parole si leggevano a fatica, perché erano semicancellate. La calligrafia era elegante.

Mi ero messo in bocca la torcia per poter avere le mani libere e cercare di leggere almeno l'inizio di quello che sembrava essere il diario di un lottatore o comunque di uno che conosceva il wrestling.

Oggi finisce la carriera di Little Kalik, il piccolo principe del ring, diceva la prima pagina. *Dopo dieci stagioni di incontri, di vittorie, di gloria e felicità, ma anche di tristezza, dolori e nostalgia, anche per me è giunto il tempo di lasciare il ring.*

Per tanti anni ho dominato avversari molto più grossi e potenti di me, riuscendo sempre ad anticipare ogni loro mossa e ogni loro attacco. Oggi invece ho perso il mio primo e ultimo incontro e solo io so il perché.

La maschera ha fatto quello che ha potuto, io invece no, perché so bene che non avrei dovuto lasciarla nelle mani del Male. L'ho indebolita con il mio comportamento… Finché ho combattuto e vinto nessuno ha mai visto il mio volto e nessuno ha mai conosciuto il segreto della mia forza, segreto che in questo preciso momento affido al tempo e alle sue scelte.

Continuavo a leggere preso dalle parole di quell'uomo senza riuscire a smettere.

Sono sicuro che chi troverà la maschera di Little Kalik la saprà usare nel migliore dei modi, sia per vincere sul ring che per essere una persona degna e giusta nella vita di tutti i giorni, come avrebbe voluto il maestro Wong.

Non era possibile! Era davvero difficile credere alla coincidenza, ma quello che avevo appena trovato per puro caso lì per terra era il diario di Little Kalik!

Doveva essere stato in una tasca del mantello che avevo provato in soffitta oppure nascosto da qualche altra parte, perché io avevo trovato solo la maschera.

Ma quello che contava era che adesso avevo in mano una

sorta di *libretto delle istruzioni* della *mia* maschera e di quello che la stessa rappresentava, anche se era tutto da leggere e decifrare.

Avevo letto le prime tre pagine senza quasi respirare, anche se in certi punti avevo faticato a comprendere il significato delle frasi, perché mancavano molte parole, cancellate dall'usura del tempo. Se non mi sbagliavo, da quando questo Little Kalik si era ritirato nessun altro aveva mai più indossato la sua maschera, che adesso era in mio possesso...

Questa sì che era un'avventura!

Di colpo mi sentivo quasi come un predestinato, almeno stando al diario, anche se ancora non sapevo esattamente che cosa me ne sarei fatto di una maschera vecchia, polverosa e maleodorante.

A quel punto però era meglio tornare in camera e continuare lì la lettura, anche perché non volevo di certo che qualcuno mi trovasse vicino alle macerie, senza nemmeno una buona scusa da raccontare!

23

Quella domenica pomeriggio pioveva talmente a dirotto, che se guardavo fuori dalla finestra della mia camera non riuscivo neppure a vedere gli alberi di fronte.

A causa della pioggia la direzione aveva annullato la nostra gita ad Asbury Park, una piccola città in cui mi avevano detto che c'era un luna park gigantesco.

Sung era tutto preso dal suo libro di avventure e io leggevo senza troppa convinzione delle riviste di wrestling trovate in segreteria.

Stufo, avevo deciso di scendere al pianoterra per vedere un po' di televisione, ma trasmettevano una partita di baseball e dopo dieci minuti mi ero quasi addormentato, oltre a non averci capito nulla.

Mentre tornavo in camera avevo incrociato Tyrone e Sung che uscivano per andare in *cafeteria* a mangiare qualcosa.

«Ma siete matti?» gli avevo detto. «Non vedete che cosa sta succedendo fuori? Vi bagnerete e basta...»

Non mi avevano ascoltato ed erano usciti, senza neppure un ombrello con cui ripararsi.

Intanto avevo deciso di approfittare della pioggia per mettere un po' a posto i miei vestiti, che da giorni buttavo nell'armadio senza piegare.

Lì in un angolo, insieme a un mucchio di magliette, c'era anche la maschera di Little Kalik.

Non che me la fossi dimenticata, avevo solo deciso che l'avrei studiata meglio con un po' di calma. Era l'occasione buona, anche perché mettere in ordine non è per nulla divertente. L'avevo presa e mi ero seduto sul letto; a esaminarla con attenzione sembrava ancora più piccola di quando l'avevo trovata nella soffitta.

Ci avevo messo una mano dentro e avevo cominciato a girarla, per cercare di capire che effetto avrebbe fatto se indossata.

Era bella, con quei colori sbiaditi che però mi piacevano tanto. L'azzurro era da sempre il mio colore preferito.

Piccola o meno, prima o poi avrei dovuto provare a indossarla, anche se c'era la probabilità che si rompesse.

Forse era arrivato il momento di farlo smettendo di esitare, tanto più che non avevo veramente nient'altro di interessante da combinare.

Mi ero alzato in piedi e con la maschera in mano ero andato in bagno. Mi ero messo di fronte allo specchio, mi ero tirato indietro i capelli e avevo sistemato la maschera sulla fronte.

Avevo iniziato a tirare da ogni parte ma non c'era stato verso: non entrava!

Che era piccola l'avevo capito da subito, avevo pensato mentre mi guardavo allo specchio, *ma così forse è troppo!*

Avevo comunque deciso di riprovare, questa volta allargando i due buchi per le orecchie.

Stavo tirando talmente tanto che ero sicuro che la maschera avrebbe ceduto. Invece, in un attimo mi si era adattata perfettamente alla testa, con i fori degli occhi al posto giusto, così come quello per la bocca.

Dopo pochi istanti avevo cominciato a vedere tutto sfuocato e tentando di tornare verso il mio letto mi ero sentito svenire. Mi sembrava di essere finito su una giostra impazzita che girava sempre più forte. Poi, subito dopo, i muscoli si erano indolenziti, ma non come quando ci allenavamo tanto e la mattina dopo faticavo ad alzarmi dal letto. Era come se si stessero allungando, senza lo spazio per farlo. Per un attimo avevo visto una luce accecante, poi mi si era materializzato davanti, come in sogno, un tempio, sullo sfondo una montagna e un sole bellissimo. Poi, di nuovo, il buio più totale.

Avevo avuto paura, molta paura, anche perché non sapevo quanto tempo era passato da quando mi ero sentito in quel modo; poteva essere un minuto come un giorno o magari un mese, non ne avevo idea.

Stavo lì, disteso al buio, come quando ci si sveglia senza capire bene dove si è e chi si è, in pieno panico.

Cercavo di muovermi ma non sapevo da che parte andare, visto che intorno a me non c'erano riferimenti ma solo il nulla, o almeno così credevo.

Ero terrorizzato e non riuscivo a rendermi conto del perché di tutto ciò. La maschera, tutto era iniziato con la maschera, ma il resto, tutto il resto che senso aveva? Mi ero toccato la faccia e la maschera era ancora lì, al suo posto, e a dire il vero non mi dava neppure troppo fastidio. Ma dov'ero? Perché sapevo bene che non mi trovavo più nella mia stanza alla Rumson e non capivo come potesse essere successo.

Mi ero messo a sedere a fatica, quando una porta si era aperta di scatto e aveva lasciato entrare una luce molto forte.

Dopo qualche attimo di smarrimento mi ero guardato intorno. Per quel poco che potevo vedere, la stanza in cui ero finito doveva essere uno spogliatoio. Alle pareti c'erano degli armadi in legno e una panca coperta da cuscini rossi.

Sul muro in fondo alla stanza c'era appeso un televisore di quelli piatti, con vicino un frigorifero enorme a due sportelli e il distributore di ghiaccio.

Sul tavolo vicino a me c'era un gigantesco cesto di frutta e accanto un sacco di bibite e del caffè.

«Sei pronto Little Luca?» aveva urlato una voce, da dietro la porta di quella nuova stanza. «Tra qualche minuto tocca a te, forse è meglio che ti dai una mossa...»

Mi ero guardato in giro per cercare di capire dove fosse questo Little Luca che avevano appena chiamato. Magari ero finito in un'altra delle stanze vietate della Rumson, quelle riservate ai grandi lottatori e non avevo certo voglia di un'altra lavata di testa. Ma in quella stanza non c'era nessuno al di fuori di me.

Sarà in bagno, avevo pensato mentre guardavo una porta in fondo a sinistra che aveva tutta l'aria di essere quella della toilette.

«Ehi fratello!» aveva continuato la voce. «Almeno rispondimi, fammi capire che hai sentito...»

«Parla con me?» avevo risposto in qualità di unico essere vivente dentro quello spogliatoio.

«Certo che sì», aveva replicato la voce. «Non mi sembra ci siano tanti altri Little Luca in giro...»

«Ma io non sono Little Luca, io mi chiamo...»

Ma mentre rispondevo avevo alzato gli occhi e mi ero visto a uno specchio, che avevo davanti.

Oddio!

Avevo fatto un balzo all'indietro, cosa diavolo stava succedendo?

Lo sguardo era volato dalle mie braccia a tutto il resto del mio nuovo corpo, completamente coperto da una vestaglia azzurra bordata d'oro.

Poi ero passato a esaminare le scarpe: erano degli stivaletti neri da aerobica, uguali a quelli che usa mia sorella, solo che questi erano enormi, giganteschi, molto più grandi di quelli che erano i miei piedi da bambino, perché ora gli stivaletti mi calzavano alla perfezione. Avevano una strana punta, rivolta verso l'alto.

Ogni scoperta mi provocava uno strano senso di agitazione mista a euforia: chi e che cosa ero diventato? E come avevo fatto a trasformarmi?

Avevo aperto la vestaglia: incredibile!

Il mio corpo era completamente diverso. Ero molto più grosso, muscoloso, avevo dei peli sulle braccia e sulle gambe e le mani mi sembravano due pale gigantesche.

I miei polpacci erano come quelli di John Cena e avevo addosso un costume da bagno molto aderente dello stesso colore della maschera.

Sto sognando, avevo pensato, *è ovvio che sto sognando, non c'è altra spiegazione.*

Ma se quello era veramente un sogno, non volevo svegliarmi, tanto ero curioso di vedere come andava a finire.

Il tizio che era venuto a chiamarmi o, meglio, che aveva chiamato Little Luca, se ne stava ancora lì fermo davanti alla porta, vedevo la sua ombra agitarsi nel corridoio.

Mi ero finalmente mosso e mi ero spostato verso la porta del bagno; su uno degli armadi c'era una targhetta con il marchio della WWE e più sotto c'era scritto Little Luca. Sugli appendiabiti non c'erano vestiti appesi, mentre sulla panca, in mezzo ai cuscini, c'erano due enormi mazzi di fiori con due biglietti.

Uno diceva: *Buona fortuna guerriero italiano* e l'altro *Siamo tutti con te*. Il primo non era firmato e sul secondo c'era una sigla e la scritta LA COMUNITÀ ITALIANA DI LEXINGTON.

Lentamente cominciavo a farmi qualche idea su ciò che stava accadendo, ma dovevo ancora capire se stavo sognando.

A parte la faccia, che era coperta dalla maschera e che quindi non vedevo proprio, tutto il resto di me era molto diverso dal solito Luca.

Ero più alto (anche se non un gigante), avevo le spalle molto larghe e dei pettorali che facevano davvero scena.

Alle mani avevo dei guanti che assomigliavano a quelli che usano i ciclisti, con le dita tagliate.

Continuavo a guardarmi per decidere se mi piaceva o meno quello che avevo di fronte: mi ero trasformato in una persona adulta, ma il fatto è che non sapevo in *chi* mi ero trasformato.

La maschera era l'unica cosa che non era cambiata e mi faceva pensare che il mio nuovo me stesso doveva avere qualcosa a che fare con il wrestling e con Little Kalik.

Per ora sapevo solo di chiamarmi Little Luca, quello era il primo passo verso la verità. Ora bisognava scoprire se ero ancora alla Rumson o se quello era lo spogliatoio di qualche altro edificio che non avevo mai visto prima; e chi era quello con cui avevo parlato poco prima e perché mi aveva chiesto se ero pronto? E ancora, che cosa c'entrava la comunità italiana di Lexington con questo Little Luca? E poi... dove cavolo era Lexington?

Insomma, continuavo a farmi delle domande senza trovare mai una risposta. Una valanga di domande.

Lì, fermo come un ebete davanti allo specchio, avevo

deciso che la cosa migliore sarebbe stata uscire dallo spogliatoio e vedere che cosa c'era fuori ad aspettarmi, e così avevo fatto.

Davanti alla porta avevo trovato tre persone che mi aspettavano. Due di loro, enormi e vestiti di scuro, dovevano essere delle guardie del corpo, l'altro era un uomo di colore in giacca e cravatta, calvo e con degli occhiali piccoli e rotondi.

«È un piacere incontrarti Little Luca», mi aveva detto, e dalla voce avevo capito che era lo stesso che mi aveva strillato di uscire poco prima. «Io sono Theodore Long, il general manager di Smackdown, e volevo conoscerti prima che salissi sul ring. Sai, dall'Europa sono arrivate un sacco di voci su di te, su come sai essere spettacolare e al tempo stesso molto duro e cattivo.

«Un amico inglese mi ha telefonato per dirmi che nella sua vita non ha mai visto uno che con così poca esperienza combatte già come te. Sono curioso di vederti all'opera.»

Non so che faccia potessi avere mentre mi parlava, perché avevo la maschera e non c'erano specchi lì intorno, ma mi girava la testa e facevo di nuovo fatica a respirare, questa volta perché cominciavo a realizzare la situazione.

«Come sai», aveva detto Long, «questa sera debutterai in Smackdown contro un avversario che ci farà capire se sei veramente un talento come dicono o solo una bolla di sapone...»

Per un attimo mi era venuta voglia di dirgli che in realtà non capivo niente di tutto quello che mi stava dicendo (non sapevo neppure dove mi trovavo, figuratevi il resto...!); poi però avevo pensato che avrei fatto solo la figura dell'idiota e non avrei risolto nulla.

«Grazie», gli avevo invece risposto, «vedrà che non si pentirà di aver ascoltato il suo amico inglese...»

Il signor Long mi aveva salutato e se n'era andato da una parte, mentre io e le due guardie del corpo ci eravamo diretti dall'altra.

Eravamo finiti in un corridoio che curvava a sinistra, con tante altre porte che davano su degli spogliatoi come quello dove mi ero svegliato.

Su ogni porta c'era il nome di un wrestler e io avevo cominciato a leggerli, così per gioco: Johnny Nitro, Steven Richards, Christian, No Face, Chris Benoit, Orlando Jordan, Randy Horton... Batista!

Non può essere vero, mi ero detto, *qui ci sono tutti i wrestler più forti di Smackdown e io sono qui a un passo da loro. Anzi, sono UNO DI LORO.*

Mi ero pizzicato le braccia, per capire se in qualche modo riuscivo a svegliarmi, ma i miei muscoli erano talmente grossi e duri che non sentivo neanche un po' di fastidio. Altro che pizzicotti ci volevano!

Più i nomi diventavano importanti e più aumentava la gente davanti agli spogliatoi e di conseguenza anche gli uomini della sicurezza.

Di fronte a quello di Batista c'era una vera e propria folla che bloccava il corridoio, tanto che avevamo fatto fatica a passare, nonostante le mie due bodyguard avessero spinto via tutto quello che si trovavano davanti.

Alla fine eravamo arrivati in un atrio in cui tre lottatori che non avevo riconosciuto si stavano scaldando.

Sul muro alla loro destra c'era appeso un manifesto con il programma delle serata.

Sopra la foto di Batista, con tanto di cintura di campione

del mondo, c'era scritto: SMACKDOWN ARRIVA NELL'ARENA DI LEXINGTON, KENTUCKY, PER UNA NOTTE INDIMENTICABILE.

Era già qualcosa, almeno avevo capito dove mi trovavo. Che la serata per me sarebbe stata indimenticabile, ne ero certo.

Il fatto che non avevo idea di dove stesse il Kentucky rispetto alla Rumson ma, soprattutto, al mondo intero, non faceva molta differenza.

Più in basso avevo letto la lista dei cinque incontri principali della serata.

Il secondo prevedeva che Little Luca affrontasse un certo Psychosis, che non ricordavo di aver mai sentito nominare, nemmeno nei giochi della Playstation.

Mentre leggevo il resto del programma, che prevedeva come match principale la sfida tra Batista e Randy Horton seguita da quella tra Christian e un certo No Face (altro sconosciuto) avevo cominciato a rendermi conto di un piccolo particolare che nel casino di quello che mi stava succedendo non aveva preso in considerazione.

Io, Luca Arnaboldi o Little Luca che fossi, non avevo la minima idea di come combattere su un ring del wrestling!

Alla Rumson avevamo imparato poco sulle tecniche di lotta, anche perché non ci avevano mai fatto provare il contatto con l'avversario.

Quello che sapevo, lo avevo appreso osservando i più grandi, gli studenti del college che si allenavano e, come ovvio, ricordavo bene tutte le mosse dei wrestler della Playstation... Ma temevo che mi sarebbe servito davvero a poco. Mica potevo menare Psychosis con un joy pad!

A quel punto avevo sperato di nuovo di svegliarmi prima

che fosse troppo tardi, prima di prendere un sacco di botte perché se invece, a causa della maschera, stavo vivendo per davvero tutto ciò… be' allora ero nei pasticci!

Avevo due possibilità: potevo togliermi la maschera e vedere se per caso sarei tornato piccolo o continuare a vivere in un corpo che non era il mio e rischiare di fare la figura dell'idiota e di farmi veramente male.

Di fronte a me, a pochi passi, c'era il tunnel d'ingresso nell'arena. In fondo vedevo le corde del ring e tanta gente che urlava e si agitava.

Alle mie spalle c'era un'uscita di sicurezza che portava al parcheggio. Avevo deciso che non avrei mai potuto farcela sul ring. Magari l'avversario non era famoso, ma sapeva certamente cosa fare, sapeva come dare spettacolo e vincere l'incontro.

Mi ero girato di scatto e in un attimo avevo spinto il maniglione della porta.

Ero fuori, al buio, sotto un cielo pieno di stelle luminosissime. A pochi metri c'erano le unità mobili della produzione televisiva di *Smackdown* da cui avrebbero trasmesso la serata in diretta.

Se volevo togliermi la maschera dovevo fare in fretta perché continuava a passare un sacco di gente e prima o poi qualcuno si sarebbe chiesto che cosa ci facevo lì fuori da solo.

Avevo messo le mani sotto il mento e avevo cominciato a tirare verso l'alto, ma la maschera non voleva sfilarsi.

In un modo o nell'altro dovevo togliermela, anche a costo di romperla; tanto, visto gli effetti, non avrei mai più provato a indossarla!

Proprio in quel momento, però, sulle mie spalle all'improvviso si erano posate due mani. Avevo mollato la presa e mi ero girato di scatto.

Di fronte a me c'era una splendida ragazza bionda, con gli occhi azzurri e un gran sorriso, vestita di pelle nera con degli stivali da motociclista e sulla fronte una fascia con una W e una L ricamate.

«Non farlo Luca, non adesso», mi aveva detto a bassa voce. «Torna lì dentro e combatti, vedrai che andrà tutto benissimo.»

Mi aveva chiamato per nome come se mi conoscesse, ma io non l'avevo mai vista prima; e poi che cosa ne sapeva lei di come poteva finire un match?

«Ma tu chi sei?» le avevo risposto. «E soprattutto come fai a conoscermi e a dire che vincerò l'incontro di stasera?»

«Mi chiamo Sidney», aveva ripreso. «E sono anch'io una wrestler. Stasera combatterò subito dopo di te. So molte più cose di quanto tu possa credere, Little Luca! Ma adesso non posso dirti di più, devi muoverti.»

La porta di sicurezza dalla quale ero uscito si era riaperta e il signor Long, molto arrabbiato, era venuto verso di me.

«Ragazzo, si può sapere che cosa ti è preso?» mi aveva detto a muso duro. «Là dentro ti stanno aspettando tutti e tu sei qui a fare il fesso con la prima bionda che passa? Se non vuoi perdere il contratto ed essere squalificato a vita dalla WWE, sarà meglio che ti sbrighi, perché il tuo incontro inizia fra due minuti esatti...»

Ero fregato, a quel punto non potevo certo togliermi la maschera davanti a tutti.

Sidney, guardando il signor Long con aria di sfida, per come l'aveva definita, mi aveva spinto verso la porta...

24

Una campanella aveva suonato forte e una voce aveva gridato: «Signore e signori e ora, direttamente dall'Italia, per la prima volta qui con noi a *Smackdown*... Little Luca, *the italian spectacle*, lo spettacolo italiano! Littleee Luuuca!»

Qualcuno mi aveva buttato fuori dal tunnel e mi ero trovato in mezzo a un corridoio che portava al ring, nel centro dell'arena. Era strapiena di gente, ci saranno stati almeno ventimila spettatori se non di più, e tutti urlavano e gridavano come degli ossessi!

Quelli più vicini cercavano di toccarmi e di farsi dare un *cinque*, qualcun altro mi diceva delle cose in italiano, tipo: «Vai pizza boy!» o: «Vinci con la Forza di San Gennaro». In tribuna avevo visto anche un paio di cartelli con sopra il mio nome e delle frasi incomprensibili. Avevo preso la rincorsa ed ero salito sul ring saltando al di sopra della terza corda come se l'avessi già fatto centinaia di volte...

Poi mi ero girato verso l'ingresso perché la campanella aveva suonato ancora e lo speaker aveva annunciato il mio avversario: «E ora, dal Messico, dove è cresciuto con Rey Mysterio, dopo i successi di coppia al Great American Bash, ecco a voi... Psychooooosis!»

Dopo pochi secondi mi ero ritrovato davanti uno con

una faccia da vero pazzo, che spiegava perfettamente il motivo del suo soprannome.

Aveva capelli lunghi e neri che non gli cadevano sugli occhi solo perché trattenuti da una fascia rossa e indossava una tuta blu da meccanico senza maniche. Aveva un sacco di tatuaggi e al suo arrivo sul ring molta gente aveva cominciato a urlare *Messico, Messico!* E lui si era gasato, era salito in piedi sulle corde e si era messo a salutare come se avesse già vinto. Poi, richiamato dall'arbitro era venuto al centro del ring, dove ci avevano *presentati*.

Prima ancora che suonasse il gong di inizio match mi aveva dato una spinta, tentando di colpirmi alle gambe mentre l'arbitro era girato!

Per fortuna non mi ero sbilanciato troppo e avevo evitato il colpo. Tutto mi veniva perfettamente naturale, come se fossi un professionista. Le gambe e le braccia si muovevano da sole e la mente girava veloce.

Al gong Psychosis mi si era buttato addosso, ma io avevo reagito con un *european uppercut* che lo aveva subito messo in difficoltà.

Subito dopo avevo insistito con un *back drop* seguito da una *chin lock*, una presa al mento. Il bello è che i colpi mi venivano spontanei, automatici, come se qualcuno mi stesse manovrando con un telecomando.

Conoscevo i nomi delle mosse perché le avevo imparate in tivù ma non facevo neanche in tempo a pensarle che le avevo già eseguite.

Mi sembrava di volare, volteggiavo come un ballerino, le gambe si alzavano e giravano a una velocità che avevo visto solo nei film di kung fu.

Dopo la *chin lock* l'arbitro aveva iniziato il conteggio, ma al due Psychosis era riuscito a rigirarsi e mi aveva preso per i capelli, che anche se erano corti gli erano serviti per farmi male.

La mossa era irregolare e infatti l'arbitro era intervenuto e ci aveva rimesso entrambi in piedi.

Per qualche minuto avevamo continuato a darci fastidio senza però che nessuno dei due riuscisse a colpire duro. Io avevo deciso di studiarlo per cercare poi di mettere in pratica una mossa di sottomissione, anche se non avevo idea di quale potesse essere.

Ma ero sicuro che sarebbe arrivata d'istinto, come tutte le altre. Psychosis a un certo punto si era distratto perché a bordo ring era passata Candice, una delle ragazze di Smackdown, che aveva cercato di dirgli qualcosa che io non avevo capito. Lui si era girato e poi aveva ripreso posizione al centro del ring; lo avevo guardato negli occhi e mi era sembrato che fosse assente, pensieroso.

Io ne avevo approfittato ed ero partito con una serie di *chop* al petto che lo avevano fatto piegare e indietreggiare verso uno dei quattro angoli, dove gli avevo preso la testa e l'avevo sbattuta sulla protezione del paletto.

Il pubblico, che all'inizio era dalla sua parte, stava cambiando idea e sottolineava ogni mio colpo con un *oooh* di stupore.

Lo avevo staccato dall'angolo e spinto in mezzo al ring, e, dopo essere salito sulle corde, mi ero buttato su di lui con una mossa simile a quelle che Sung mi aveva raccontato quando parlava di Bruce Lee.

Lo avevo atterrato di schiena e gli avevo messo un braccio attorno al collo, poi avevo unito le mani per stritolarlo.

Il pubblico, guidato dalla voce dello speaker, aveva iniziato a scandire il mio nome.

Mentre l'arbitro cominciava a contare e a battere il palmo della mano sul tappeto, Psychosis aveva tentato di toccare una corda per fermare la mia azione, ma non c'era riuscito.

Il conteggio era arrivato a tre.

Avevo vinto!

Non sapevo né come né perché, ma ce l'avevo fatta e il trionfo era arrivato quasi senza fatica. Mollato il mio avversario, che aveva grugnito qualcosa ed era fuggito quasi subito dal ring, mi ero alzato e lo speaker, un tizio in smoking con i capelli grigi e il codino, mi si era avvicinato e mi aveva chiesto di spiegare alla gente che cosa fosse la *spaghetti lock*, la mia mossa finale.

Non avevo la benché minima idea di che cosa stesse dicendo, ma avevo deciso comunque di inventare qualcosa.

«Be', è una mossa che appartiene alla tradizione della mia famiglia. L'abbiamo chiamata *spaghetti lock* in onore delle mie origini italiane, ma anche perché somiglia a quello che fa uno spaghetto quando si attorciglia attorno alla forchetta, prima di essere mangiato...» avevo improvvisato.

«Fantastico!» aveva urlato lo speaker. «Speriamo di rivederti presto, perché sei un vero fenomeno. Signore e signori, salutiamo un nuovo campione, Littleeeee Lucaaa.»

Quando ero sceso dal ring per andare verso gli spogliatoi, la gente aveva fatto di tutto per toccarmi e abbracciarmi e c'erano volute quattro guardie del corpo per farmi arrivare fino all'atrio. Lì c'era il signor Long che mi stava aspettando per stringermi la mano.

«Niente male ragazzo, come prima uscita è stata notevole. Devi solo migliorare la parte scenografica del tuo incontro, devi far vedere alla gente che sei a tuo agio sul ring. Non so se hai capito. Più tardi vieni nel mio ufficio che parliamo un po'…»

Ero frastornato, non riuscivo a capire come avevo fatto a vincere e non riuscivo a immaginarmi che cosa sarebbe successo adesso a Little Luca, ma soprattutto… a Luca! Andando verso lo spogliatoio avevo incontrato Batista, che con una pacca sulla spalla mi aveva detto: «Ottimo lavoro, *italiano*!»

Poco più in là c'era Sidney, che prima di entrare sul ring mi aveva guardato e strizzato l'occhio.

Avevo osservato la sua mano destra e avevo notato il suo pollice, girato verso l'alto.

Ce l'avevo fatta!

25

Il signor Long mi aveva ricevuto nel suo ufficio e mi aveva parlato per una decina di minuti.

Mi aveva spiegato che cosa avrei dovuto fare negli incontri successivi, per migliorare la mia parte spettacolare.

«Devi far capire al pubblico, non tanto a quello che sta nell'arena, quanto a quello a casa davanti alla tivù, che sei italiano e hai il sangue caldo», mi aveva detto. «In palestra cerca di preparare qualcosa di più coreografico, che possa farti rimanere nella memoria della gente. Okay Luca?» aveva concluso.

Avevo annuito e prima che uscissi mi aveva afferrato per un braccio e aveva aggiunto: «Ci vediamo fra una settimana in New Jersey, dove troverai un avversario molto più impegnativo di Psychosis...»

Lo avevo ringraziato ed ero tornato nel mio spogliatoio; mentre passavo davanti al tunnel avevo visto Sidney sul ring e mi era sembrato che se la stesse cavando più che bene.

Avevo deciso di non guardare il resto degli incontri, anche se ero curioso di scoprire chi fosse questo No Face e come combattesse, ma ero troppo stanco e cominciavo a fare fatica a respirare con la maschera addosso.

Finalmente solo, ero pronto a togliermi la maschera, sia per vedere come fosse la mia faccia sia per capire che cosa mi sarebbe accaduto senza la strana eredità che mi aveva lasciato Little Kalik.

Ero andato in bagno davanti allo specchio e mi ero rimesso nella stessa posizione in cui mi trovavo quando mi ero guardato la prima volta per capire che cosa mi era successo.

Avevo tentato di sfilarmi la maschera, ma facevo una fatica tremenda anche solo a trovare dei punti dai quali afferrarla, tanto era diventata aderente. Appena tiravo verso l'alto, i bordi della maschera mi scivolavano via dalle mani. Potevo mettere le dita nei fori per le orecchie, vicino alle due ali sporgenti, ma l'avrei sicuramente rotta e nonostante non ne potessi quasi più di averla addosso, volevo poterla riutilizzare quando mi fosse tornata la voglia di farlo.

Non c'erano alternative: se non ci riuscivo avrei dovuto romperla. Stavo quasi per convincermi che non c'era altra soluzione, quando, appeso al muro avevo visto un asciugacapelli di quelli con il tubo di plastica snodabile. Mi ero ricordato che una volta papà in garage aveva usato il phon della mamma per staccare una camera d'aria di un pneumatico da bici che non veniva via da uno dei pali della nostra tenda da campeggio.

Papà lo aveva infilato lì sopra per cercare di non far passare l'acqua dalle giunture dei pali, ma poi non era riuscito più a levarlo. Con il getto caldo la camera d'aria si era allargata ed era venuta via in un attimo.

Avrei potuto fare la stessa cosa con la maschera, un ultimo tentativo prima di strapparmela di dosso.

L'aria calda però mi dava fastidio alla faccia, così avevo messo il tubo dietro al collo, sotto la nuca, e in pochi secondi la maschera era diventata più molle.

Avevo ricominciato a tirare con due mani e questa volta

la maschera era venuta via senza nessun problema e soprattutto senza rompersi.

Ora potevo finalmente guardarmi allo specchio per cercare di capire qualcosa di più, ma proprio quando avevo alzato lo sguardo per vedere la mia nuova faccia, una luce fortissima mi aveva accecato.

Era come guardare una macchina con i fari abbaglianti che ti viene addosso, senza poter chiudere gli occhi.

Avevo cercato di proteggermi con le mani, ma mi ero sentito come se mi mancassero di colpo le forze: dalla luce ero passato alla visione del tempio con la montagna e il sole, che mi sembrava più alto di prima sull'orizzonte.

Poi il buio più totale.

Mi ero svegliato perché qualcuno mi scuoteva.

Sung mi scrollava da chissà quanto tempo quando avevo aperto gli occhi e avevo visto la sua faccia preoccupata.

Ero di nuovo nella mia stanza, dunque.

«Luca», mi aveva detto, «credo che tu non stia bene, hai una brutta cera e poi che cosa ci fai qui per terra, vestito così?»

Mi ero guardato intorno: ero disteso su un materassino in palestra e avevo ancora addosso le scarpe e il costume con i quali avevo combattuto.

Nella mano destra tenevo stretta la maschera di Kalik.

Anche se avevo mal di testa e mi stava venendo da vomitare ricordavo alla perfezione quello che mi era successo.

L'unica cosa che non capivo era se si era trattato di un sogno o qualcos'altro.

«Non lo so Sung», avevo risposto, «non ne ho proprio idea!»

Gli avevo detto una bugia, ma era tutto ciò che potevo fare in quel momento.

«Ma di chi sono gli stivaletti che hai addosso?» aveva proseguito il cinese. «Sono enormi, uno solo basta per tutti e due i tuoi piedi...»

Avevo guardato in basso e gli stivaletti di Little Luca erano ancora lì, anche se adesso sembravano davvero enormi e pure il costume, che sul ring era aderentissimo, mi stava molto largo.

Prima che il mio amico se ne accorgesse avevo nascosto la maschera sotto un tappetino da ginnastica lì accanto.

«Non lo so, forse qualcuno mi avrà fatto uno scherzo...» avevo azzardato.

Sung aveva la faccia di uno che non capiva e d'altra parte sarebbe stato difficile dargli torto.

Prima che arrivasse qualcun altro, magari qualche insegnante al quale dover dare ancora delle spiegazioni, mi ero alzato, mi ero tolto gli stivaletti e avevo chiesto a Sung se per caso avesse visto in giro la mia tuta e le mie Nike.

Mi aveva risposto di no, ma si era offerto di andare in camera a prendermele. Non volevo farmi servire dal mio compagno di stanza, ma siccome aveva insistito tanto, alla fine avevo accettato.

Mi chiedevo solo cosa ci facesse anche lui lì in palestra, mi pareva strano che mi avesse trovato per primo.

Mentre lo aspettavo seduto sul materassino in un angolo della palestra, tre degli allievi più grandi della Rumson mi si erano fermati vicino con un giornale in mano.

Stavano leggendo un articolo che parlava di wrestling e di qualcosa che era successo durante il classico appuntamento di *Smackdown* nel weekend.

«Cavolo ragazzi», aveva commentato uno di loro. «Ma avete letto che incontro ha fatto Batista a Lexington? Dicono che sia stato uno dei più belli di sempre e che con questa vittoria ormai sia diventato il più forte in assoluto. Qui dicono che ha massacrato Randy Horton, che non è mai entrato nel match...»

Ero contento per Batista, che con me (anzi con Little Luca...) era stato molto simpatico e mi dispiaceva non aver visto l'incontro, soprattutto se era stato così straordinario.

«E di questo qui», aveva detto un altro puntando l'indice su una foto che non vedevo, «di questo Little Luca di cui nessuno sa niente e che ha spezzato in due quel fuori di testa di Psychosis, avete mai sentito parlare? Qui c'è scritto che anche se la WWE lo ha presentato come uno che aveva già combattuto in Europa, nessuno lo aveva mai sentito nominare, neppure i giornalisti più informati come Bob Lauriski, che ha scritto l'articolo.»

Lo studente con il giornale in mano aveva fatto una faccia perplessa.

«Dice che Little Luca sembra essere uscito dal nulla e che nessuno sa che faccia abbia, perché combatte con la maschera, un po' come Rey Mysterio. Pare che con il suo modo di stare sul ring abbia conquistato il pubblico, soprattutto con una mossa finale che si chiama *spaghetti lock*.»

«Spaghetti?» aveva riso il terzo. «Ma che nome è per una *submission*? Mi sembra una gran stupidaggine. Non è che vogliono montare questo Little Luca per qualche ragione particolare, magari pubblicitaria?»

«Boh», aveva risposto il primo, «io non lo so, per ora so solo che le ha date a Psychosis e a me Psychosis sta sulle palle. Già per questo mi è simpatico. Mi piacerebbe capire almeno come si presenta sul ring. Speriamo che nella prossima trasmissione di *Smackdown* ci facciano vedere qualche sua immagine...»

Ero rimasto ad ascoltarli in silenzio, anche se la voglia di intervenire non mi era mancata. Ma avevo pensato che qualsiasi cosa avessi detto mi avrebbe cacciato nei guai o che mi avrebbero preso per pazzo.

Ma dentro di me esultavo: era tutto vero, era successo veramente!

Sung era arrivato con i miei vestiti ed eravamo andati insieme verso la mensa, visto che ormai era ora di cena. Accanto all'uscita, appoggiato su una sedia, avevo trovato il giornale che i tre ragazzi di prima avevano finito di leggere.

Al suo interno c'era un articolo, il cui titolo diceva *LITTLE LUCA, A REAL ITALIAN RIDDLE*, che voleva dire «Little Luca, un vero rebus italiano».

Guarda caso avevano anche azzeccato il mio soprannome da Playstation!

Sung aveva commentato: «Il wrestling è pieno di lottatori strani, che arrivano e spariscono in un attimo. Mio padre direbbe che sono come il sole, la mattina sorge e la sera tramonta, ma il giorno dopo non è mai lo stesso. Domani, chissà, se sentiremo parlare ancora di questo Little Luca».

26

L'articolo sul giornale mi aveva aiutato a capire che cos'era successo quando avevo indossato la maschera di Little Kalik: quello che avevo vissuto non era un sogno, ma qualcosa di diverso.

Sdraiato sul letto, tenevo la maschera sotto il cuscino e ogni tanto la tiravo fuori per guardarla. Sembrava più nuova di quando l'avevo trovata in soffitta: l'azzurro, l'oro e il bianco mi parevano più vivi, ma forse era solo una mia impressione.

La testa mi faceva male e ogni tanto vedevo ancora dei pallini neri (forse a causa di quella luce accecante) così avevo deciso di spegnere la lampada sul comodino e di mettermi a dormire.

Sung, come al solito, non aveva resistito più di qualche minuto e si era addormentato vestito, con le scarpe addosso. Mi era capitato di togliergliele, ma quella sera non avevo proprio la forza di alzarmi.

Mentre lo osservavo, con la coda dell'occhio avevo visto spuntare dal cassetto del comodino il diario con la copertina di pelle di Little Kalik, di cui avevo letto solo le prime pagine.

Ricordavo che Kalik aveva scritto del suo ritiro dal wrestling e della sua decisione di affidare la maschera al tempo, nella speranza che chi la ritrovava potesse utilizzarla nel modo più giusto.

Mi ero fermato più o meno lì e da quel punto in poi sembrava che mancassero un sacco di pagine, almeno metà del diario doveva essersi persa o distrutta nel crollo.

Ma forse anche così mi sarebbe stato utile: se Kalik aveva deciso di non distruggere la maschera nel momento della sua uscita di scena, da qualche parte doveva esserci una specie di testamento per chi, un giorno, l'avesse ritrovata.

Tra le pagine c'era il biglietto d'ingresso per una riunione del 27 agosto 1966 a New York. Il biglietto costava un dollaro e sul retro c'era un autografo, una delle parole che lo componevano era *cara*, forse una dedica a qualcuno a cui il possessore della maschera era legato, con una firma indecifrabile.

Avevo cercato di proseguire nella lettura ma avevo trovato solo fogli illeggibili e altri strappati a metà o rovinati dal crollo della soffitta. *Peccato*, avevo pensato.

Poi, finalmente, la scrittura era ritornata a essere un po' più chiara.

Ormai sono sicuro che la mia maschera abbia dei poteri immensi, diceva, *e che solo io sono in grado di usarli. Sono arrivato alla decima vittoria consecutiva, la più dura e difficile.*

Mi sembrava di essere più debole del solito, meno attento alle mosse del mio avversario.

È stato come se la maschera per qualche motivo fosse un po' scarica e non mi trasmettesse la solita forza. Mi era già capitato qualche settimana fa, dopo aver litigato con Magisto (mio grande amico e primo compagno di tag team*). A pensarci bene oggi ho avuto una discussione con Susan, la mia fidanzata, che se n'è andata e per la prima volta non ha assistito a un mio incontro. Certo, ho vinto, ma alla fine ero stanchissimo e quasi non riuscivo ad arrivare allo spogliatoio…*

Il diario si interrompeva lì, mancava tutta la parte finale, quella più importante.

Le ultime frasi di Little Kalik erano chiare, anche se non si capiva bene perché la maschera avesse diminuito i suoi poteri e si fosse indebolita.

Forse dipendeva da qualcosa che succedeva nella vita del suo possessore?

E allora, mi ero chiesto, che cosa era successo prima dell'ultimo incontro di Kalik, quando aveva perso per la prima volta e aveva deciso di ritirarsi?

27

La mattina seguente, in classe, non avevo pensato ad altro. Il diario di Kalik era diventato la mia ossessione.

Avrei voluto sapere molto di più, di lui e di quello che gli era successo quando aveva perso e si era ritirato. Avevo usato il computer della classe, ero andato su Internet per cercare sue notizie ma avevo trovato poco o niente: sembrava che di lui non ci fosse traccia.

Avevo chiesto una mano anche a Russell, il nostro insegnante di informatica, con la scusa che mio padre una volta mi aveva parlato di un certo Little Kalik, un lottatore mascherato che aveva visto sui giornali tanti anni prima, quando anche lui era venuto in America per studiare.

Ovvio che non era vero, soprattutto perché papà a quell'epoca non sapeva nulla di wrestling, ma non potevo certo mettermi a spiegare a Russell il motivo del mio interesse per un personaggio del quale, tra l'altro, nessuno pareva ricordare nulla.

Russell mi aveva spiegato che quando si trattava di personaggi non troppo conosciuti, come i lottatori in attività prima degli anni Novanta, la ricerca su Internet doveva essere fatta con criteri diversi.

«Vedi», mi aveva detto, «se cerchiamo Little Kalik su Google, vengono fuori poche notizie, quasi solo quelle ufficiali. Questo succede perché negli anni Sessanta, quando questo tizio combatteva, il wrestling era veramente ai suoi albori e pochi giornalisti scrivevano dei suoi protagonisti. In più, a parte i quotidiani più famosi, nessuno teneva un vero e proprio archivio di quello che pubblicava.

«Ti faccio un altro esempio. Su Google, alla voce *Little Kalik Wrestling* abbiamo trovato sei pagine visitabili, adesso proviamo a fare la stessa cosa con un campione degli anni Settanta, che so... André The Giant!»

«Chi sarebbe questo Andrea?» gli avevo chiesto perplesso.

«André», mi aveva risposto, «André The Giant. Lui è stato probabilmente il primo lottatore *globale*, famoso in tutto il mondo, Europa compresa. Pensa che era alto due metri e venti e pesava più di 220 chili!»

«Non l'ho mai sentito nominare», gli avevo risposto mentre cercavo di immaginarmi come poteva essere un uomo di quelle dimensioni, per giunta in grado di combattere su un ring!

In quel momento si erano avvicinati a noi anche Vassily e Sophie, che avevano terminato l'esercitazione al computer.

«André The Giant», ci spiegava Russell, «era nato in Francia ma è arrivato presto qui in America, per imparare a combattere meglio, anche perché a casa sua non trovava né avversari né insegnanti. Aveva deciso di diventare un wrestler sin da piccolo, dopo aver visto al cinema un film sulla lotta. Ha combattuto negli Stati Uniti per quasi vent'anni, vincendo tutto... Ma scusate», si era di colpo interrotto e ci aveva guardato sorridendo, «invece di raccontarvelo, perché non proviamo a cercarlo tutti insieme su Internet?»

Alla voce André The Giant erano usciti più di due milioni e mezzo di risultati! Il primo era il *link* del suo sito ufficiale, in cui venivano raccontate la sua vita e le sue imprese e c'erano un sacco di foto.

«Adesso ragazzi», aveva proseguito Russell, «stampiamo un po' di pagine, così potrete leggere con calma la storia di questo straordinario personaggio. Come potrete vedere lui era un buono, forse il più buono di tutti, ed è per questo che il pubblico lo adorava. Tutti ricordano i suoi match con Hulk Hogan, che a quei tempi invece era un cattivo vero. Ricordo un incontro micidiale a *Wrestlemania III*, con novantamila persone in tribuna a Detroit tutte a tifare per André... Indimenticabile», aveva concluso con lo sguardo sognante.

La stampante aveva sputato le pagine con la storia di The Giant e Russell, mentre le distribuiva, aveva ripreso il discorso su Kalik.

«Luca mi ha chiesto di dargli una mano nelle ricerche su un lottatore che in pochi conoscono, Little Kalik.»

Vassily, Sophie ed Helmut, che si era aggiunto al gruppo, erano rimasti in silenzio senza alcuna idea di chi fosse quel misterioso personaggio, anche se il tedesco continuava a sbuffare come se stesse rompendosi le scatole.

«Con la ricerca classica abbiamo trovato pochissime notizie. A questo punto dobbiamo usare un nuovo metodo. Proviamo a inserire *lottatori mascherati* visto che Kalik lo era...»

In pochi attimi sullo schermo del computer era apparsa una lunghissima lista di risultati che contenevano quelle due parole. C'era di tutto, da The Destroyer, il primo lottatore mascherato della storia, a una serie di personaggi mai sentiti.

Ma quasi niente su Kalik.

«Non dobbiamo scoraggiarci», aveva proseguito Russell. «Se ha frequentato a lungo i ring del wrestling, qualcosa in più ci deve pur essere. Ho un'idea, aggiungiamo una delle sigle delle società che ai tempi organizzavano le riunioni, per esempio... la NWA.»

Questa volta Google aveva prodotto di tutto, anche su Kalik. Si trattava della trascrizione di un po' di articoli degli anni Sessanta pubblicati dal «Tallahassee Morning News», un giornale della Florida che sembrava essersi interessato molto alla vita del nostro wrestler.

Ci saranno stati un centinaio di articoli, troppi per stamparli e leggerli tutti, così Russell mi aveva proposto di prendere il primo, uno a metà e l'ultimo, tanto per avere un'idea di chi fosse veramente Little Kalik.

Solo Sophie era rimasta lì con me e Russell davanti al computer ad aspettare che stampassi; Vassily ed Helmut avevano invece preferito non perdere altro tempo lì in classe, visto che ormai era l'una passata e la mensa era già aperta.

«Guarda», mi aveva detto Sophie, «lì c'è una foto del tuo Kalik», e aveva indicato con un dito l'immagine sfuocata di un tizio mascherato che stava in piedi sulla terza corda.

C'era anche un'altra foto: un arbitro che alzava il braccio destro di Kalik e lo proclamava vincitore di un incontro; a fianco, si vedeva l'avversario sconfitto ancora al tappeto.

Kalik non sembrava altissimo, ma paragonato all'arbitro nemmeno così piccolo da giustificare il soprannome Little.

Un altro mistero.

Alla fine avevamo stampato trenta pagine con almeno una decina di foto.

«Direi che può bastare», aveva concluso Russell. «Credo

che con tutto questo materiale da leggere potrai soddisfare le tue curiosità.»

Lo avevo ringraziato e avevo preso i fogli, poi io e Sophie ci eravamo diretti verso la *cafeteria*, anche perché era troppo tardi per mangiare in mensa.

28

Le foto di Little Kalik mi incuriosivano e avevo deciso che volevo sapere il più possibile su di lui e su quello che gli era successo.

Per riuscirci dovevo tornare al secondo piano e cercare le pagine che mancavano tra le macerie del crollo; se c'erano, dovevano per forza essere lì da qualche parte.

Per la prima volta da quando eravamo arrivati alla Rumson era stato Sung a svegliarmi, dieci minuti prima dell'ora della colazione.

Avevo dormito mezzo seduto, con la schiena appoggiata al cuscino, e quando il cinese mi aveva scosso mi ero accorto che avevo ancora le pagine su Kalik in mano.

Il collo mi faceva un male cane a causa della posizione in cui ero rimasto per tante ore e per alzarmi dal letto ci era voluto un bel po', molto più del solito.

In bagno, mentre mi lavavo i denti, avevo già in mente il mio piano: dopo la colazione sarei andato a cercare l'altra parte del diario.

Per fare in fretta avevo mangiato poco, solo una *Superjam* con un bicchiere di succo di mela; così, mentre gli altri erano ancora a tavola, ero tornato dove qualche giorno prima avevo trovato la maschera e il diario senza che nessuno lo notasse.

Era giorno e come ovvio c'era molta più luce, il che mi aveva permesso di trovare la strada senza usare la pila, ma una volta salite le quattro rampe della scala di legno, là dove qualche notte prima avevo visto le macerie del crollo... non c'era più niente!

I mattoni caduti erano stati rimossi e una squadra di operai era già all'opera.

«Cerchi qualcosa ragazzino?» mi aveva domandato uno di loro.

«Non proprio, signore», gli avevo risposto. «In realtà ero solo curioso di vedere cosa stavate facendo. Posso chiederle dov'è finita tutta la roba che c'era qui sul pavimento?»

«L'abbiamo portata di sotto, nel cortile sul retro. È ancora lì, anche se prima o poi qualcuno la butterà via...»

Lo avevo ringraziato e come un fulmine avevo ridisceso le scale e al pianterreno ero corso verso il museo.

A metà del corridoio ricordavo di aver visto una porta a vetri che portava al cortile di cui parlava l'operaio.

L'avevo aperta e davanti a me avevo trovato proprio quello che volevo. Ora il problema era come recuperare le pagine: a meno di un colpo di fortuna pazzesco, per scovare qualcosa sotto quel mucchio di roba ci avrei messo come minimo un mese. Avevo iniziato a rimuovere le macerie con le mani, ma dopo più di un'ora non avevo trovato nient'altro che non fosse mattoni o pezzi di intonaco.

Cominciavo a sospettare che trovare quello che volevo lì in mezzo sarebbe stato davvero impossibile, anche perché non potevo rimanere nel cortile per tutto il giorno: prima poi qualcuno sarebbe passato di lì e si sarebbe chiesto che cosa stessi facendo.

Purtroppo non c'era alternativa: se la seconda parte del

diario era alla Rumson, non sarei mai riuscito a trovarla e non avrei mai saputo chi era davvero Kalik, quale il motivo del potere della sua maschera e perché mai la sua carriera era finita in quel modo.

Mi ero tolto la polvere dai vestiti ed ero rientrato dalla porta del cortile. Mi sentivo strano e mi faceva male la testa, così avevo sbagliato strada e invece di andare verso l'*Hilton* avevo preso il corridoio che portava al museo.

Mi ero accorto quasi subito dell'errore e proprio quando stavo per tornare indietro lungo il muro avevo visto un portabiti di metallo, con appesi dei vestiti che sembravano tanto quelli che avevo trovato nella soffitta.

Era probabile che qualcuno del museo li avesse tolti dalle macerie e ora li stava rimettendo a posto, prima di esporli da qualche parte.

C'erano tutti quelli che avevo visto la prima volta, da Koloff a Black Jack Mulligan, da Atlas a... Kalik!

Il suo mantello pieno di polvere era appeso in fondo a tutti gli altri costumi.

L'avevo preso in mano e scosso, per cercare di capire se da qualche parte, come era successo per la maschera, ci fossero le pagine mancanti. Quando stavo per rassegnarmi definitivamente avevo notato che una delle decorazioni del cappuccio sembrava scucita. La mia mano non era sufficientemente piccola da passare nello spazio privo della cucitura, ma tastando si sentiva chiaramente che c'era qualcosa tra i due strati della stoffa. Mi dispiaceva un po' per il mantello, che aveva resistito per quarant'anni in una soffitta polverosa, ma non avevo scelta: dovevo aprire quel buco sul cappuccio per cercare di prendere le pagine del diario, sempre che di quelle si trattasse!

Dopo aver fatto saltare i primi due punti ecco il miracolo: dalla fodera era uscito quello che stavo cercando, la parte mancante del libro di Little Kalik!

Le pagine erano perfettamente conservate, molto meglio di quelle del diario. Probabilmente lo stesso Kalik le aveva separate dalle altre perché le reputava più importanti, chissà! Mi era venuta la tentazione di cominciare a leggerle subito, ma sapevo che non era il caso e avevo rimesso il mantello al posto per arrivare appena in tempo in classe per l'inizio della lezione di inglese.

Con il passare dei giorni anche le letture che Julie ci assegnava erano sempre più difficili e per questo era fondamentale cercare di non perdere nemmeno un minuto delle due ore di inglese.

Quella volta avevamo tradotto dei brani tratti da l'*America* di G.B. Tindall e D.E. Shi, un libro di più di mille pagine sulla storia degli Stati Uniti, prima che toccasse a Russell e che potessimo rilassarci e scoprire su Internet un programma che permetteva di vedere tutto il pianeta dal satellite, tanto nel dettaglio che ero riuscito a individuare addirittura l'immagine di casa mia. Al termine delle lezioni avevo detto agli altri che non sarei andato in mensa per il pranzo. Avevo troppa voglia di cominciare a leggere le pagine nuove del diario. Ero andato verso la *cafeteria* e mi ero seduto sul prato, in un angolo, per rimanere il più possibile da solo.

Il tempo era davvero volato e alle tre ero ritornato in palestra con il cervello affollato di tutte quelle notizie incredibili.

Ripensavo a quello che avevo letto su Kalik, al fatto che il suo vero nome fosse Bruno Landolfi e che fosse figlio di immigrati italiani arrivati in America alla fine della seconda guerra mondiale.

La sua era una storia abbastanza triste, come molte di quel periodo: con la mamma, il nonno e la nonna era sbarcato a New York. Il padre era morto in guerra. Ma la vita aveva riservato a Kalik molte sorprese.

Prima il trasferimento in Florida, poi la palestra e l'incontro con un maestro orientale di lotta, i primi match e i primi soldi. A quanto pareva Little Kalik era diventato una specie di idolo locale e aveva combattuto nelle varie fiere di paese e nei luna park, ma dopo un po' quel palcoscenico gli era diventato stretto e aveva esordito in riunioni più importanti.

Sul perché fosse mascherato e dove avesse trovato la maschera non avevo ancora però letto niente.

Dopo le ore in palestra ero ritornato in camera per riposarmi un po': la giornata era stata molto diversa dal solito!

Avevo cercato subito la maschera ma non era al suo posto, dove ero sicuro di averla messa prima di uscire, ma appesa sulla maniglia della porta del bagno!

Qualcuno l'aveva trovata e spostata, ma speravo che non l'avesse provata. Non poteva essere stato Sung, che era con me a lezione e non era ancora tornato, né quelli che facevano le pulizie perché erano già passati di mattina.

Con la maschera in mano, preoccupato che si fosse in qualche modo rovinata, ero entrato in bagno e mi ero fermato davanti al lavandino per mettermela di nuovo.

Ricordavo bene quello che mi era successo la prima volta che l'avevo messa, ma nonostante tutto mi era tornata la curiosità di vedere dove potevo arrivare e la voglia di risalire sul ring e combattere era aumentata.

A scuola, nonostante quello che avrebbe voluto fare Helmut, non potevamo provare nessuna delle mosse che vedevamo fare agli studenti più grandi, l'unica cosa che ci consentivano era fare *vuoto*, cioè ripetere le mosse da soli senza un avversario davanti.

Ma io sapevo che potevo andare molto più in là: non solo mi sarei trasformato in Little Luca, ma se tutto andava come la prima volta avrei combattuto e vinto davanti a un pubblico in delirio, sempre che la maschera si fosse comportata come contro Psychosis.

Tutto mi era sembrato più semplice di qualche giorno prima, la maschera l'avevo infilata senza troppi sforzi.

Avevo sentito molto caldo, le gambe e le braccia avevano iniziato a ingrossarsi, anche se non mi facevano male.

Tutto girava sempre più forte fino a che non era arrivata la luce, fortissima, con la montagna, il tempio e il sole, che era ancora più luminoso e alto.

Poi il buio.

«Little Luca, Little Luca!» Una voce mi chiamava da dietro una porta: «Tra cinque minuti inizia la diretta e quelli della UPN hanno bisogno di metterti il microfono e l'auricolare...»

«Okay, arrivo», avevo risposto al volo, senza nemmeno pensarci. Questa volta sapevo che stava parlando con me, l'esperienza insegna!

Mi ero guardato intorno e mi era sembrato di essere nel bagno del camper di zio Luciano, quello che i miei cugini usano per le vacanze e con il quale eravamo andati in Spagna due anni prima. Nello specchio vedevo dei muscoli potenti e gonfi, i miei; avevo aggiustato la maschera sulle orecchie e aperto la porta, ero uscito e poi mi ero guardato indietro: era una roulotte, in effetti.

Fuori c'era una ragazza che mi aspettava.

«Seguimi», mi aveva detto e mi aveva preceduto lungo delle scale che portavano a un parcheggio.

Poco più in là c'era un furgone enorme, di quelli che avevo visto solo in qualche telefilm americano, con la scritta *Friday Night Smackdown sulla UPN*.

Alle mie spalle c'era il palazzo dello sport in cui avrei dovuto combattere più tardi, con tutta probabilità. Una grande insegna luminosa diceva Continental Arena, ma non c'era indicazione della città. Sul furgone mi era venuto incontro il conduttore del programma.

Era un tizio grassoccio vestito in giacca e cravatta, con degli stivali da cowboy e una cintura con una fibbia enorme.

Aveva un cappello bianco in testa, sempre da cowboy, dal quale sbucava una coda unta di gel.

«Salve ragazzo», mi aveva detto, «sono Steve Ortmayer, ma se vuoi puoi chiamarmi Ort.»

Dopo qualche minuto era entrata anche un'altra ospite del programma, Ortmayer me l'aveva presentata come Wonder Lady.

La tipa era vestita esattamente come la protagonista del telefilm *Wonder Woman*, che avevo visto su un canale satellitare una mattina che avevo l'influenza.

Le avevo dedicato uno sguardo distratto, poi l'avevo guardata meglio e il cuore aveva cominciato a battere forte: era Sidney, la ragazza che a Lexington mi aveva convinto a non mollare!

«Ciao Sidney», le avevo detto con voce tremante per l'emozione, «quasi non ti riconoscevo vestita così. Ma hai cambiato nome?»

«Sì, adesso mi chiamano tutti così. Quando ci siamo

conosciuti ci stavo già pensando, non so se ricordi che sulla fascia che portavo in testa c'era scritto WL, che sta per Wonder Lady. Poi quella sera sul ring sono andata fortissimo e allora con il signor Long abbiamo scelto di usare un nome più aggressivo. Tu piuttosto... Vedo che dalla settimana scorsa, quando stavi per mollare tutto, sono cambiate molte cose! Ora parlano di te come della nuova rivelazione della WWE e la tua *spaghetti lock* è diventata una mania.»

Non ero riuscito a risponderle perché proprio in quel momento Steve Ortmayer ci aveva chiamati entrambi e ci aveva fatto sedere su un divano di pelle e aveva preso posto dietro un tavolo di fronte a noi. Poco dopo una voce aveva fatto il conto alla rovescia, «Cinque, quattro, tre, due, uno... in onda!» ed era partita la sigla del programma.

Ort aveva salutato i telespettatori e ci aveva presentato.

«Appassionati di *Smackdown*, questa sera ospitiamo due tra i nuovi volti più strepitosi, tra i nomi più caldi della WWE. Pensate che tutti e due hanno un solo incontro da professionisti alle spalle, ma quell'incontro è bastato a conquistare il pubblico. Vi presento Wonder Lady e Little Luca, pronti a combattere nella riunione di stasera. Allora ragazzi, come state vivendo questo incredibile momento della vostra carriera?»

«È tutto perfetto», aveva risposto Sidney ed era stata una fortuna, perché io non sapevo proprio cosa dire. «Tutto sta andando per il meglio e stasera sono sicura che vincerò ancora. In settimana ho preparato un paio di mosse che sorprenderanno Torrie Wilson...»

«E tu, Little Luca, cosa mi dici? JBL, il tuo avversario di stasera, è uno dei più difficili del circuito, gioca sporco e cerca sempre di sistemare le cose con i soldi, quando non ci riesce con il fisico...»

Mi erano venuti i brividi, perché fino a quel momento non sapevo chi sarebbe stato il mio avversario e scoprire così di chi si trattava non era stato facile da digerire.

Sarà anche scorretto, avevo pensato, *ma rispetto a Psychosis questo è uno vero, che combatte da anni e che sa cosa fare sul ring e come trattare il pubblico.*

«Be' Ort, direi che il match è alla mia portata», avevo detto la prima cosa che mi veniva in mente. «JBL è forte ma resta un cialtrone, uno che con i dollari crede di risolvere tutto. Ma alla fine dell'incontro vedrete dove dovrà mettersi i suoi bigliettoni verdi.»

Non potevo credere a quello che avevo appena sentito uscire dalla mia bocca, *dove dovrà mettersi i suoi bigliettoni verdi...*!?!

«Oh oh, direi che il nostro Little Luca sta imparando molto velocemente come comportarsi anche fuori del quadrato», aveva commentato Ortmayer divertito. «Molto bene, vedremo se entrambi manterranno le promesse sul ring, per ora dallo studio di *Smackdown*, proprio qui fuori dalla Continental Arena di East Rutherford, New Jersey, è tutto. Linea alla regia e poi tutti pronti per il nostro *Friday Night...*»

Quando lo avevo sentito dire New Jersey avevo capito che la maschera non mi aveva portato troppo lontano da casa; non sapevo quanto, ma la Rumson doveva essere vicina.

Insieme a Sidney e a quattro guardie del corpo ci eravamo diretti verso l'ingresso dell'Arena.

Mentre entravamo un gruppo di persone aveva cominciato a urlare: «*Spaghetti lock*, *spaghetti lock*!»

«Te l'ho detto», aveva commentato Wonder Lady. «Non aspettano altro che vedere la tua mossa finale, altro che la *FU* di Cena o la *tombstone* di Undertaker, adesso tutti vogliono la tua… pasta!»

29

Andando verso il mio spogliatoio mi ero fermato vicino a una porta laterale, per dare un'occhiata a quello che succedeva sul ring.

Sul quadrato c'erano Rob Van Dam e SKM, un'altra delle novità di Smackdown o almeno così mi avevano detto. Fin dalle prime battute Van Dam era stato messo in difficoltà dallo stile karate del suo avversario, che lo aveva sorpreso per tutto il match e lo aveva finito con una spettacolare mossa di sottomissione.

La gente, che ormai aveva riempito la Continental Arena in ogni ordine di posti, pareva essersi molto divertita ed era soddisfatta della vittoria di SKM. Tutti mimavano il gesto classico del karate, quello con un braccio teso in avanti e uno all'altezza del petto, entrambi con il pugno chiuso.

Non ero l'unico a usare le tecniche orientali, quel lottatore aveva schiantato Van Dam a suon di calci alti.

Lo spogliatoio era molto più grande di quello del mio primo incontro con Psychosis. Doveva essere quello occupato dalla squadra di basket dei Nets, perché sui muri e sulle panche c'erano i simboli del club e i nomi dei giocatori. Al centro della stanza c'era un tavolo con ogni ben di dio, sembrava un banchetto in cui al posto di vino e champagne si sarebbe brindato con un'infinità di lattine di bibite energetiche e di tè verde al ginseng. C'era talmente tanta roba che per finirla tutta mi ci sarebbe voluto più di un mese e avrei dovuto invitare Max e tutti gli altri miei amici a darmi una mano.

Sulla sinistra, dalla parte opposta rispetto alle docce, c'era un grande divano bianco con sopra dei cuscini e davanti un televisore enorme al plasma, che trasmetteva le immagini di un vecchio incontro tra Hulk Hogan e il nostro direttore, Roddy Piper.

Lo spogliatoio era diviso in due e l'altra metà era arredata e disposta esattamente come la mia, solo che invece di *Casa della Spaghetti lock*, c'era un cartello con scritto *Rispetto alla Batista bomb*.

Se non avevo capito male... avrei diviso lo spogliatoio con Batista!

Roba da matti.

Il mio *compagno di stanza* non era ancora arrivato, forse perché avrebbe combattuto più tardi, nel *main event* della serata. Sudavo per l'emozione quando il signor Long era entrato per salutarmi. Con lui c'erano due ragazze meravigliose, roba che di così belle non ne avevo mai viste.

«Allora figliolo», mi aveva detto, «come va, tutto bene? Loro sono Stacey e Christie. Sono appena arrivate e rimarranno con noi per un po' di tempo. Su ragazze, salutate Little Luca!» aveva chiesto loro.

«Ciao Little Luca», avevano subito risposto le due in coro. Sembravano un po' stupide ma erano veramente carine.

Lo avevo rassicurato e gli avevo detto che mi sentivo bene, in gran forma.

«Hai ascoltato il mio consiglio? Hai lavorato sulla parte coreografica?» mi aveva allora incalzato lui.

«Certo, signor Long!» gli avevo detto bleffando come

sempre, perché in realtà non avevo potuto fare né preparare niente durante la mia vita da bambino di nome Luca, allievo della Rumson…

«Bene, molto bene, sappi che la gente si aspetta molto da te questa sera. Come sai qui in New Jersey ci sono molti italo-americani e tanti di loro sono venuti a vederti; molti arrivano anche da Manhattan e dal Connecticut. Abbiamo impostato la campagna di lancio della serata soprattutto sul tuo nome. Posso fare qualcos'altro per te?» aveva concluso.

«Be'… in realtà io un favore da chiederle ce l'avrei. Non ci sarebbe un'altra musica per accompagnare la mia entrata? Sa, quella del primo incontro era bella, ma non proprio del genere che piace a me…»

«Vedrò cosa posso fare», mi aveva risposto Long mentre si scambiava un cenno d'intesa con un collaboratore alle sue spalle.

Lo avevo ringraziato, le due ragazze mi avevano baciato ognuna su una guancia e mi avevano augurato buona fortuna, poi tutti e tre se n'erano andati, sostituiti nella stanza da un massaggiatore e dal responsabile delle uscite sul ring, che dopo aver consultato la sua cartelletta mi aveva detto: «Little Luca, tu combatterai nel terzo incontro della serata, dopo quello tra Chris Benoit e Christian e dopo un match femminile tra Melina e Wonder Lady. A occhio dovresti essere pronto fra poco meno di un'ora».

Il tizio se n'era andato parlando all'auricolare e mi aveva lasciato nelle mani del massaggiatore, che aveva cominciato a lavorare sulle mie gambe.

«Sono un po' dure», mi aveva detto. «Ti sei allenato molto in questi giorni?»

Come sempre avevo risposto in maniera corretta: «Be' sì... Ho fatto parecchi pesi e anche un po' di corsa...»

«Non c'è problema, te le sciolgo io, vedrai che fra dieci minuti saranno soffici come un cuscino e scattanti come un elastico.»

Mentre mi massaggiava sentivo che i miei muscoli si rilassavano. Ora che mi ero abituato al nuovo corpo, mi rendevo conto che mi piaceva proprio: i polpacci, i pettorali, le spalle e il collo erano perfetti. Ero molto simile ai personaggi che creavo quando giocavo alla Playstation con i miei amici. L'unica cosa che forse avrei cambiato era l'altezza, dieci centimetri in più non ci sarebbero stati male, soprattutto se avessi dovuto incontrare wrestler tipo Undertaker...

Il momento del mio incontro era ormai arrivato.

Il tizio con l'auricolare era rientrato nello spogliatoio e mi aveva chiamato. Io mi ero messo addosso la vestaglia, avevo bevuto un ultimo sorso di bevanda energetica ed ero uscito in corridoio. Le solite quattro guardie del corpo mi avevano circondato ed eravamo arrivati al tunnel d'ingresso, da cui avevo visto le ultime battute del match di Sidney, che aveva vinto non senza difficoltà.

Al momento di uscire mi era passata accanto e mi aveva accarezzato la maschera, poi mi aveva sussurrato all'orecchio qualcosa che non avevo capito. Era molto bella anche se sulla fronte aveva un bernoccolo che stava diventando di colore blu, probabilmente per un colpo preso durante il match, quando era finita contro la scala di metallo che porta al ring.

«E ora, direttamente dall'Italia, 100 chili di peso, un metro e novanta di altezza... Liiiittle Luuuuca...»

Quattro petardi molto forti erano esplosi dopo l'annuncio e qualche secondo dopo le note della *Canzone del Capi-*

tano di Dj Francesco avevano invaso l'Arena. La musica era perfetta, era una delle mie canzoni preferite... Chissà come avevano fatto a trovarla... La gente sembrava divertirsi e batteva le mani a tempo.

Vedendo tutta quella gente che urlava e aveva in mano un sacco di cartelli con frasi in italiano mi ero emozionato. Uno diceva *Spaghetti per tutti*, mentre su un altro c'era scritto *Piccolo Luca, grande vittoria*.

Ero salito sul ring di corsa, mi ero buttato di schiena sotto la prima corda e avevo cominciato a fare stretching in uno degli angoli, quando improvvisamente le luci dell'Arena si erano abbassate e dal soffitto erano cominciate a piovere delle banconote da cento dollari con la faccia di JBL al posto di quella dei presidenti americani.

«E ora, originario del Texas, direttamente da New York City colui che ha detenuto più a lungo il titolo di campione del mondo nella storia della WWE... Signore e signori... John Bradshaw Layfield, JBL...!»

Il mio avversario aveva fatto il suo ingresso nella Continental Arena accompagnato da una musica country; durante il percorso fino al ring aveva continuato a baciare tutte le ragazze che aveva incontrato tra il pubblico e a lanciare soldi in tribuna. Era vestito con un giubbotto nero, un cappello da cowboy di panno bianco e degli stivaletti alti e lucidi. Quando me lo ero trovato davanti mi aveva guardato con una faccia che non mi era sembrata molto intelligente e sapevo che la sua forza non era certo la furbizia ma la capacità di portare dalla sua parte, con il potere dei soldi, manager, arbitri e (a volte) avversari.

Quando si era tolto il giubbotto dalla tasca interna era scivolato sul tappeto un orologio d'oro che JBL aveva fatto finta di non vedere. L'arbitro dell'incontro se lo era messo in tasca, come se nulla fosse.

Mi sarebbe piaciuto intervenire e denunciare il tutto al signor Long, ma non l'avevo fatto, forse perché la maschera mi faceva sentire tranquillo e più forte di quella porcheria. A quel punto, ancor prima che il gong suonasse, JBL mi aveva attaccato, senza aspettare neppure un gesto dell'arbitro che in quel momento era girato.

Aveva eseguito una *spear*, un placcaggio tipo football americano, e mi aveva fatto fare un volo tremendo fuori dalle corde. Ero quasi finito tra il pubblico seduto in prima fila. Avevo accusato la botta, mi faceva male la schiena e mi girava anche la testa, ma dovevo reagire, altrimenti rischiavo di perdere in pochi secondi, un po' come avevo visto fare a Orlando Jordan durante il *Summerslam*.

JBL era sceso con calma dal ring e si era avvicinato a Tazz e Michael Cole, i due telecronisti della UPN, dai quali si era fatto passare un bicchiere di qualcosa che aveva cominciato a sorseggiare come se fosse a un party. Mi stava prendendo in giro!

Poi era venuto verso di me, che nel frattempo ero riuscito a rialzarmi, aveva preso una sedia di metallo da sotto il ring e aveva cercato di colpirmi sul fianco. Con un gran salto ero riuscito a schivare la botta ed ero atterrato su due piedi per piazzargli immediatamente un bel calcio dritto sul ginocchio. Aveva cambiato espressione, forse cominciava a sentire il dolore!

Approfittando del momento ero tornato sul ring, senza portare con me la sedia, perché l'idea di vincere sporco non mi piaceva. Anche il mio avversario ci stava risalendo. Eravamo di nuovo vicini e avevamo cominciato a scambiarci una serie infinita di pugni. Né io né lui cedevamo di un passo! Per smuovere un po' la situazione avevo deciso di tentare un *drop kick* basso. Mi ero messo in posizione, mi ero staccato da lui e lo avevo colpito ancora sulle gambe, dove mi sembrava debole.

Era crollato in ginocchio.

A quel punto avevo pensato che ci sarebbe stata bene una mossa a effetto e approfittando della sua condizione ero salito sulle corde e avevo eseguito uno *springboard drop kick*, un calcio in caduta in stile orientale che prevedeva l'uso delle corde come fossero un grande elastico.

Non sapevo da dove mi arrivavano tutte quelle idee, anzi, diciamo che lo sapevo ma non capivo come potesse succedere così velocemente. Era come se il mio corpo e il mio cervello fossero collegati alla maschera di Kalik, che trasmetteva senza pause energia positiva.

JBL però aveva schivato il calcio e io ero finito sul tappeto. Avevo battuto una spalla ed ero rimasto con un ginocchio a terra, tenendomi un braccio al petto. Lui si era buttato su di me e aveva cominciato a prendermi a gomitate, ma non sentivo dolore, era come se la maschera mi proteggesse il viso. JBL mi aveva sollevato e mi aveva rimesso in piedi per tentare un *vertical suplex*, una mossa che se bene eseguita può essere letale; ma con una contorsione ero riuscito a liberarmi. Per un po' avevamo continuato a rincorrerci, senza colpirci, quando all'improvviso mi era venuta in mente una serie di mosse per tentare di chiudere l'incontro. Il pubblico sembrava tutto dalla mia parte, per quel che riuscivo a sentire c'era solo un grido, «Little Luca, Little Luca», che rimbombava nell'Arena. JBL si era distratto per un attimo e io ne avevo subito approfittato, lo avevo attaccato e gli avevo restituito la *spear* iniziale. Era finito nella posizione giusta per provare una *side deadlock*, una chiusura laterale che poteva aprirmi la strada per la mossa finale. La *deadlock* era riuscita alla perfezione e passare da lì alla *spaghetti lock* era stato uno scherzo.

«Uno, due, tr...» niente da fare, proprio mentre l'arbitro stava contando il tre JBL era riuscito a staccare la schiena dal tappeto e a rimanere nell'incontro. Ma sentivo che stava per cedere, i suoi muscoli erano molto più *molli* rispetto all'inizio del match, che durava già da quasi mezz'ora. Se volevo finire in fretta dovevo comunque riprovare subito la stessa sequenza, dal lato opposto. Ero ripartito con una nuova *side deadlock* e subito dopo era arrivata la *spaghetti*, con lui a terra e io sopra, le braccia avvolte attorno al collo e le mie mani ben intrecciate.

«Uno, due, tre...» E la mano dell'arbitro aveva battuto per la terza volta sul tappeto. Il conteggio era andato sino in fondo e JBL non aveva reagito.

Avevo vinto anche il mio secondo incontro, anche se questa volta era stata decisamente più dura della prima!

La maschera aveva funzionato benissimo, ma la qualità del mio avversario era stata superiore a quello dell'esordio.

Mentre l'arbitro mi alzava il braccio destro in segno di vittoria e il pubblico non faceva che urlare «Spaghetti! Spaghetti!» mi ero sentito davvero bene e avevo deciso che se ce l'avessi fatta non mi sarei fermato a quella vittoria.

Avrei cercato di capire fino a dove sarebbero arrivati Little Luca e la sua maschera meravigliosa.

30

Il ritorno nello spogliatoio era stato trionfale, tutti volevano qualcosa da me: chi un autografo, chi una stretta di mano, e chi, addirittura, avrebbe fatto follie per un pezzo di stoffa, purché lo avessi indossato io.

Prima di potermi riposare un po' sul divano avevo sostenuto una decina di interviste e posato per centinaia di foto; tra i tanti giornali che avevano voluto sapere qualcosa in più su di me c'era anche la «Gazzetta dello Sport», il cui corrispondente da New York mi aveva fatto l'intervista più lunga.

Avevo dovuto raccontare un sacco di bugie sulla mia storia, ma ormai ero un professionista anche in quello e il giornalista si era bevuto tutto. D'altra parte non poteva certo immaginare chi si nascondesse dietro a quel travestimento.

Mi aveva chiesto se potevo togliermi la maschera per i lettori italiani, per farmi fotografare con la mia vera faccia.

Mi era venuto da ridere, non tanto per la richiesta assurda ma piuttosto al pensiero della faccia che avrebbe fatto se si fosse trovato all'improvviso di fronte a un bambino. Mentre stavo finalmente per chiudermi nello spogliatoio, era passato davanti alla porta il signor Long, questa volta con Eric Bishop, il general manager di RAW.

«Dobbiamo parlarti ragazzo», mi aveva detto. «Nei prossimi giorni ci sarà il *draft* tra Smackdown e RAW, in cui le due leghe si scambieranno alcuni atleti, più adatti all'una piuttosto che all'altra. Bishop mi ha confermato che RAW avrebbe intenzione di prenderti e se così fosse dovrai cambiare lega già dal prossimo weekend. Hai qualche cosa in contrario? Perché se non ti va bene puoi sempre rifiutare.»

La notizia mi avevo colto un po' di sorpresa, anche perché non capivo bene il motivo di quella proposta. Da un lato sapevo che John Cena aveva fatto lo stesso e il passaggio a RAW aveva aumentato ancora di più la sua popolarità, dall'altro non comprendevo perché Smackdown accettasse di cedermi così, dopo che avevo appena dimostrato di essere uno da titolo. C'era anche il fatto che a RAW gli incontri sono più violenti, perché in pratica non ci sono regole che tengano... Ma di quel problema, nel caso, mi sarei preoccupato più avanti.

«Signor Long», avevo risposto, «per quanto mi riguarda accetto quello che deciderete voi. Se dovrò andare a RAW lo farò con la mentalità giusta, se invece dovessi rimanere con voi sono già pronto per il prossimo match...»

«Bene, ci sentiremo più avanti, dopo il *draft*. Ah, un'ultima cosa prima di lasciarti: durante la settimana non sparire un'altra volta. Capisco che hai bisogno di allenarti e che preferisci stare da solo, ma ci sono anche degli altri impegni, come quelli promozionali, ai quali desidererei che tu potessi partecipare. Certo che se non ti troviamo è un po' dura...»

«Vedrò di fare il possibile», gli avevo risposto, ma di certo c'era solo che non potevo rimanere Little Luca per una settimana intera, senza mai togliermi la maschera. «Il problema, è che già stasera», avevo inventato lì su due piedi, «devo tornare in Italia perché si sposa una mia cugina, dalle parti di Firenze.»

Mica male come scusa, considerata la situazione di emergenza.

«D'accordo, ragazzo, rimanderemo di qualche giorno le sedute dai fotografi, ma una cosa non possiamo proprio posticiparla. La più grande industria di giocattoli del mondo ha deciso di creare il tuo pupazzo. Devono farti firmare un contratto. Se vuoi lo facciamo mandare al tuo agente, altrimenti, vedi tu...»

Agente? Ma quale agente?

Mi ero messo a ridere sotto la maschera. Io con un agente, come i calciatori? Non ci avevo mai pensato ed era un po' improbabile trovarne uno in quel momento.

L'idea del pupazzo mi sembrava comunque una vera figata.

«Non si preoccupi, lo firmerò io il contratto. Mi dica quando e dove e io ci sarò...»

«Che ne dici di venerdì sera a Miami, prima del tuo debutto a RAW? Dirò loro di venire nel tuo spogliatoio per la firma.»

«Perfetto, grazie signor Long, e... a presto signor Bishop!»

Non ne potevo veramente più. Era tempo di una bella doccia.

31

Nello spogliatoio avevo trovato Batista che mangiava della frutta con il suo staff. Mi aveva salutato con la bocca ancora piena, aveva sorriso. Visto da vicino, senza l'accappatoio addosso, era davvero enorme, forse l'uomo più muscoloso che avessi mai incontrato. Uno dei suoi mi aveva offerto da mangiare, ma avevo rifiutato perché non avevo fame e presto avrei dovuto togliermi la maschera per tornare alla Rumson.

«Forse preferiresti degli spaghetti o dei tortellini... Magari al *dante...*» mi aveva allora detto Batista, con la sua classica voce profonda. «Ma caro Little Luca, in tal caso ti è andata male, perché io prima dei match mangio solo fibre naturali, niente carboidrati, è una mia regola... Niente *maccaroni* my friend», e mi aveva strizzato l'occhio.

Figuratevi se in quel momento, stanco com'ero, pensavo alla pasta! Tra l'altro, se anche in Italia non mi aveva mai fatto impazzire, in America la detestavo proprio, era quasi sempre immangiabile e scotta.

«No grazie», gli avevo risposto, «comunque si dice al *dente*, non al *dante...*»

Mentre lo correggevo mi ero dato dello stupido, pensando di averlo offeso con la mia precisazione. Batista invece aveva sorriso di nuovo e aveva insistito nella sua offerta: alla fine avevo ceduto e avevo preso una banana e del succo di frutta. Dovevo stargli particolarmente simpatico perché a differenza di quello che avevo sentito su di lui, che soprattutto prima dei match non parlava mai con nessuno, da me aveva voluto sapere un sacco di cose. Tra le tante risposte inventate che gli avevo dato, qualcosa di vero c'era e riguardava proprio la Rumson, dove gli avevo detto che avevo imparato a combattere.

«Anch'io», mi aveva risposto, «ho passato lì un paio d'anni della mia vita. Venivo dal body building, ero già un wrestler professionista ma solo nelle leghe minori e non riuscivo a fare il salto nella WWE. Così ho seguito il consiglio di un *coach*, mi sono iscritto alla Rumson e dopo due anni ero alla corte di McMahon...»

Lo stavo ad ascoltare e lo guardavo mentre continuava a riempirsi la bocca di frutta. Ma come avrebbe fatto a salire sul ring dopo pochi minuti, con tutta quella roba nello stomaco?

«È un po' che non torno da quelle parti», aveva continuato. «Se per caso ci ripassi, mi saluti la signora Spitfire? C'è ancora, vero...?»

Mentre stavo per rispondergli un tizio aveva bussato alla porta e gli aveva comunicato che il match prima del suo stava per finire e che in dieci minuti avrebbe dovuto essere pronto. Batista non lo aveva quasi guardato e con un gesto lo aveva allontanato. Poi si era alzato e per un paio di minuti aveva fatto uno strano riscaldamento che sembrava quasi un vero e proprio rito. Poco dopo, seguito dal suo staff, era uscito dallo spogliatoio salutandomi con un «cinque alto» e dandomi appuntamento alla riunione successiva.

Il bello è che ormai mi sembrava tutto normale! Io e Batista che chiacchieriamo amabilmente, lui che mi dà un «cinque alto»...

Ero finalmente rimasto solo.

Avevo deciso di lasciar perdere la doccia e di non riposarmi nemmeno un attimo sul divano, ma di sfilarmi subito la maschera, perché sentivo che cominciavo a far fatica a respirare proprio come dopo il primo incontro.

Bye bye New Jersey...

32

Il ritorno alla Rumson era stato meno difficile della prima volta: togliendomi la maschera avevo visto la solita luce fortissima, ancora una volta la montagna, il tempio con il sole alto sull'orizzonte e poi nient'altro. Riaprendo gli occhi, ero rimasto abbagliato di nuovo dalla luce, ma questa volta ero sul prato della scuola, davanti al *bookstore*. A svegliarmi ci avevano pensato due poliziotti della sicurezza della Rumson che stavano facendo il loro giro di controllo.

«Ehi ragazzo», mi aveva detto quello dei due con la torcia in mano, scrollandomi con fin troppa forza, «ci spieghi cosa stai facendo qui, sul prato, in piena notte, invece di essere in camera tua? E come mai sei vestito così? Sembri reduce da una festa in maschera, ma ad Halloween mancano ancora più di tre mesi...»

«Mi scusi signore», avevo risposto dopo qualche attimo di smarrimento, «è che ero stanco, molto stanco, e oggi pomeriggio mi sono sdraiato qui, dopo aver provato a indossare questo costume che ho trovato in un ripostiglio. Volevo vedere l'effetto che faceva sentirsi come uno dei grandi wrestler che combattono... Ma che ore sono e soprattutto che giorno è...?»

«È appena passata la mezzanotte di venerdì», mi aveva risposto, guardandomi con un'aria tra il seccato e l'incredulo.

Questa volta ero stato «via» praticamente mezza giornata, molto meno della prima volta, o almeno credevo; in più c'era il tempo che avevo passato intontito, sul prato del *bookstore*.

«Grazie», gli avevo detto rialzandomi. «Corro subito in camera, sperando che non mi abbiano chiuso fuori...»

«Un momento», aveva esclamato l'altro poliziotto, «io ti conosco. Tu non sei quello che ho beccato mentre si aggirava per le stanze che portano al museo?»

Era vero. Avevo riconosciuto il viso e anche la voce dell'uomo che mi aveva fermato la mia prima mattina alla Rumson, quando non riuscendo a dormire, gironzolando, ero arrivato nelle stanze con i manifesti e le foto degli atleti storici del wrestling.

«Non credo, signore», avevo risposto, «ma se lo dice lei...»

Il poliziotto si era tolto il cappello e ancora una volta avevo incrociato il suo sguardo, assente e triste.

«Non so se questa sia una coincidenza o se tu sia uno di quelli che amano le escursioni "particolari". Comunque adesso puoi andare, ma se capiterà ancora, non finirà certo così...»

Salutando e ringraziando ancora gli uomini della sicurezza, ero tornato di corsa al dormitorio, cercando di trovare una buona scusa per la signora Spitfire, quando avevo sentito alle mie spalle la sua voce inconfondibile.

«Luca», aveva esordito, «lo sai che mezza Rumson ti sta cercando da stamattina? Ma dove diavolo eri finito? Spero che tu abbia una storia credibile da raccontarmi, altrimenti temo proprio che dovrò rimandarti a casa, anche perché, se non ricordo male, non è la prima volta che ti cacci nei guai.

Prima la cena saltata, poi la lite con Helmut, adesso quest'altra bravata...»

Non sapevo davvero cosa risponderle anche perché, ovviamente, non potevo raccontarle dov'ero stato. Se solo ci avessi provato, o mi avrebbe preso per pazzo o per uno che voleva prenderla in giro e allora, il mio ritorno a casa, sarebbe stato molto più veloce del previsto.

«Stanotte sono stato male», avevo cominciato a spiegare, «e non ho praticamente dormito, così stamattina alle sette sono uscito a fare un giro per il campus. Camminando ho visto una porta aperta sul retro di un edificio che non conoscevo e mi ci sono infilato. Subito dopo, qualcuno ha chiuso la porta alle mie spalle e sono rimasto prigioniero. Era una specie di deposito per gli attrezzi che qualcuno usa per allenarsi. Dentro c'era veramente di tutto, anche se, con la poca luce che arrivava, non è che ho visto molto. Se non mi crede, può controllare lei stessa. L'accompagno, se vuole...»

Durante il mio racconto la faccia della signora Spitfire non aveva cambiato mai espressione, e i suoi occhi mi fissavano in un modo che cominciava a farmi paura. Avevo la sensazione che non aveva creduto a una sola parola di quello che le avevo raccontato.

«E poi, che cosa è successo? La polizia del campus mi ha detto che ti ha ritrovato addormentato su un prato, non in un deposito...»

«All'inizio», avevo proseguito, «ho tentato di uscire, ho provato anche a chiamare aiuto ma nessuno mi sentiva. Non so quanto tempo sia passato. Poi la porta si è riaperta e mi sono trovato davanti un uomo che al primo momento non ho riconosciuto. E invece era Triple H! L'ho ringraziato e sono uscito. Gli avrei anche chiesto un autografo, ma non avevo la penna...»

L'idea di coinvolgere nella mia storia un nome importante mi era venuta come per le mosse sul ring, senza che me ne accorgessi. Se mi fosse andata bene, la Spitfire l'avrebbe bevuta anche perché Triple H, nei giorni scorsi, era stato veramente alla Rumson per allenarsi e io l'avevo incontrato. Se invece si fosse accorta che le stavo raccontando una balla, be' allora ero già sull'aereo per l'Italia...

«Mi sembra tutto davvero strano», aveva risposto la Spitfire, «ma potrebbe essere realmente successo. Però non capisco perché sei finito a dormire davanti al *bookstore*.»

«Come ho detto ai due poliziotti, ero stanco, molto stanco. Dopo essere uscito da quella "trappola" sono andato a comprare qualcosa da mangiare ma era troppo tardi, il negozio era già chiuso. Allora mi sono seduto sul prato pensando di rimanerci qualche minuto e invece...»

«E invece ti sei cacciato nei guai fino al collo! Adesso vai a dormire che è già mezzanotte passata, domani ne riparleremo con calma. Devo riflettere su ciò che è successo e per farlo mi serve un po' di tempo. Cercherò anche Triple H per sapere sei hai detto la verità, poi deciderò. Ma non sentirti al sicuro, perché l'hai fatta grossa, e non sei il solo, perché sembra che anche Paulinho sia scomparso ancora una volta. Se fosse così, lo faccio rispedire a casa di certo...»

Pensando che, con lei, non mi ero neppure giustificato per il costume che avevo addosso quando mi avevano ritrovato, ero entrato in camera dove, tanto per cambiare, Sung stava russando alla grande. Come al solito, lo avevo girato a pancia in giù per farlo smettere, ma senza successo. Dal comodino, mentre stavo per mettermi a letto, avevo preso le pagine del diario che avevo trovato nel cappuccio del mantello di Kalik e, con l'aiuto del dizionario che mi aveva dato la mamma, avevo ricominciato a leggere la sua storia.

Più che una seconda parte del diario, sembrava invece quasi un'anticipazione della prima, dove Little Kalik raccontava di uno strano incontro avuto in giovane età quando stava imparando a combattere grazie al proprietario di un piccolo circo che era arrivato alla periferia di Tallahassee, la città della Florida in cui abitava.

L'uomo aveva preso in simpatia Bruno e lo faceva allenare con gli acrobati del circo, dai quali il ragazzo aveva imparato delle tecniche di combattimento davvero uniche che qualche tempo dopo lo avrebbero reso famoso e invincibile. Nella palestra di periferia che frequentava, gli avevano insegnato le prime tecniche del wrestling, ma era stato con gli atleti del circo che gli si era aperto davanti un nuovo meraviglioso mondo.

Per più di un mese Bruno aveva seguito la carovana nei suoi spostamenti, delle volte dormendo persino nelle roulotte del personale, pur di non perdersi un allenamento. Gli acrobati gli avevano insegnato molti movimenti, che con il wrestling, almeno a prima vista, avevano poco a che fare, come saltare da più di tre metri d'altezza atterrando con una capriola e rimettendosi in piedi dopo essersi toccati, in volo, le punte delle scarpe, oppure salire e scendere da un cavallo in corsa tenendo tra le mani una specie di spada.

Tra un allenamento e l'altro, gli acrobati passavano ore intere a meditare in cerchio, in mezzo alla pista del circo, inspirando ed espirando, e Bruno faceva lo stesso.

L'arte che velocemente il giovane Bruno stava imparando, anche se forse non se rendeva conto, altro non era che il kung fu insegnato alla maniera Shaolin.

Per un attimo mi ero fermato nella lettura per cercare di capire meglio quello che il piccolo wrestler stava raccontando nel suo diario. In sostanza, Bruno era capitato in un circo che aveva a che fare con i monaci Shaolin, che io conoscevo bene, perché li avevo visti alla tivù nel cartone animato *Xiaolin Showdown*, su Cartoon Network. Sempre più incuriosito, avevo ripreso a leggere.

Kalik spiegava che il kung fu aveva origini antichissime; si dice infatti che sia nato in Cina quasi tremila anni fa. Erano stati i monaci Shaolin, per ragioni molto difficili da spiegare, a unire la religione Zen, quindi un aspetto spirituale, a un'attività fisica come il kung fu. Inizialmente il kung fu si limitava a essere una «boxe mimica», ovvero una specie di sceneggiata dove i combattenti non si toccavano mai realmente, sfiorando il bersaglio senza colpirlo.

Cavolo, avevo pensato, *praticamente quello che ci fanno fare alla Rumson, dove noi «piccoli» non possiamo mai avere un contatto con i nostri avversari…*

Col tempo le cose erano cambiate, diceva il diario, e i monaci si erano trovati a doversi difendere dai tanti nemici che attaccavano i loro monasteri. E quale difesa poteva essere migliore del kung fu? Anche in battaglia, i monaci-soldati rimanevano pur sempre dei religiosi Zen educati a essere «calmi come un albero» mentre si difendevano e «aggressivi come una tigre» quando attaccavano.

Principi come questi erano stati insegnati a Bruno durante il periodo trascorso al circo «Mount Song» dal proprietario, che Kalik definiva un giapponese convertito alla cultura cinese. Leggendo, pensavo a Sung e alle sue conoscenze di kung fu e al fatto che avrei potuto chiedergli se sapeva qualcosa sui monaci Shaolin e sulla loro storia.

Il signor Zong, questo era il nome del proprietario del circo, era stato a lungo in Cina, a Zhengzhou, la capitale dello Stato di Henan, dove il Shaolin kung fu era diffusissimo. Dopo essere stato nominato «maestro» era ritornato in Giappone dalla sua famiglia, che da generazioni lavorava in un circo. Purtroppo il lungo soggiorno in Cina, eterna nemica del Sol Levante, e il rientro in patria con delle nuove idee e con addirittura un nuovo nome, Takashi, che aveva sostituito quello di famiglia, non era piaciuto a molti e così Zong era stato prima isolato e poi addirittura allontanato dal circo di famiglia.

Per lui, in Giappone, rimanevano ben poche possibilità di continuare a svolgere il suo lavoro, così nel 1940 era sbarcato in America, doveva aveva ricominciato da zero con un circo e degli acrobati tutti suoi.

Gli inizi erano stati difficilissimi, anche perché, dopo Pearl Harbour e la seconda guerra mondiale, i pochi giapponesi che vivevano negli Stati Uniti erano visti come dei veri e propri nemici, ma con il tempo le cose erano migliorate e il circo «Mount Song» aveva iniziato ad avere successo.

La lettura era veramente interessante ma la mia giornata era stata faticosa e per questo, nonostante la storia mi prendesse molto, mi ero addormentato pensando a come poteva essere stato Bruno, prima di nascondersi per sempre dietro la maschera di Little Kalik…

33

La mattina seguente avevo dormito più del solito, approfittando del fatto che fosse sabato e che quindi non c'erano lezioni, né in palestra né in classe.

La mia notte non era stata delle più tranquille, perché avevo risognato il tizio senza volto. Aveva tentato di dirmi anche questa volta qualcosa che, al solito, non avevo capito. L'unica cosa che intuivo era il riferimento a una *corsa* o a una *forza*, ma il resto rimaneva incomprensibile.

Per mezzogiorno avevamo organizzato una partita di football, quello nostro, non quello americano, nella quale la nostra squadra avrebbe sfidato quella degli allievi più grandi che, sebbene più forti fisicamente, non sapevano proprio da che parte iniziare con il calcio. Poi noi avevamo Javier, che giocava nei pulcini del Betis di Siviglia, e neppure io me la cavavo tanto male.

Mi stavo ancora rigirando nel letto, con la stanchezza del match con JBL nelle gambe, quando, improvvisamente, avevo messo una mano sotto il cuscino per cercare la maschera e non l'avevo trovata. Allora mi ero alzato di scatto cercandola per la stanza, senza riuscire a vederla da nessuna parte.

Nel casino che era seguito al mio risveglio sul prato e alla predica della signora Spitfire, l'avevo evidentemente lasciata da qualche parte, ma chissà dove!

Stavo sudando freddo, non capivo come avessi potuto lasciarla in giro. Probabilmente era rimasta là sul prato dove i poliziotti mi avevano trovato. Questa disattenzione poteva costarmi cara: senza la maschera, infatti, non sarei mai più potuto *diventare* Little Luca, non sarei mai più riuscito a salire su un ring della WWE e sconfiggere il mio avversario con le mie mosse volanti e la *spaghetti lock*, e non avrei mai saputo come sarebbe andata a finire la mia seconda vita nel mondo del wrestling.

Ero confuso, non capivo più nulla. Avevo cercato di nuovo sotto il letto, fra le coperte, nell'armadio, ma ero sicuro che non c'era, perché e non mi ricordavo di averla riportata in camera con me la sera prima.

Non sapevo cosa fare e non potevo nemmeno chiedere a qualcuno se l'avesse ritrovata, dato che non avrei mai potuto spiegare da dove proveniva e magari, considerato che era un oggetto speciale, qualcuno mi avrebbe accusato di averla rubata nel museo della scuola.

Ero davvero disperato.

Dopo essermi vestito al volo, ero sceso per le scale in cinque secondi per poi correre verso il prato davanti al *bookstore*, dove gli istruttori avevano già montato le porte per la nostra partita di calcio.

Nel punto in cui mi ero svegliato non c'era niente, né nell'erba né su un muretto a qualche metro di distanza.

Avevo cercato lì intorno per più di mezz'ora, arrivando sin dietro la *cafeteria*, ma della maschera meravigliosa non c'era davvero traccia.

Senza espormi troppo, avevo chiesto alla ragazza del bar se aveva visto una specie di maschera, ma lei mi aveva risposto che non aveva la minima idea di che cosa stessi cercando.

Avevo fatto la stessa domanda a due addetti alle pulizie che stavano svuotando i cestini della spazzatura, ma anche loro non l'avevano vista.

Ero triste e nello stesso tempo arrabbiato con me stesso per la leggerezza che avevo commesso, anche perché non sapevo se la maschera avrebbe funzionato solo con me o con chiunque l'avesse indossata.

Mi immaginavo già qualcun altro al mio posto che, trasformato, stava combattendo in qualche riunione della WWE, magari con il soprannome di Little Luca, facendo credere a tutti di essere quello vero.

Chissà, magari proprio in quel momento Wonder Lady gli era vicino e gli stava dando i suoi consigli credendo di avere me al suo fianco, come aveva fatto quando avevo deciso di togliermi la maschera e non combattere. Oppure quelli di RAW, che mi aspettavano per il mio debutto dopo il mio cambio di lega, in quel preciso istante stavano parlando con lui e non con me di strategie future. O forse la maschera di Little Kalik avrebbe funzionato solo con chi l'avesse ritrovata per primo, cioè io, ricevendo direttamente dal destino i poteri del piccolo grande wrestler.

La speranza che la maschera, in qualche modo, senza di me, fosse come «spenta», ovviamente c'era, ma i dubbi che mi tormentavano erano più delle certezze.

In quelle condizioni non avevo per niente voglia di giocare a calcio, anche perché avrei fatto sicuramente una brutta figura tanto avevo la testa da un'altra parte.

Lo stavo dicendo a Wingo che stava distribuendo i pettorali alle due squadre, insieme a Matt The Truth, quando, in fondo al campo, impegnato a parare delle vere e proprie «mine» che gli stava tirando Javier, avevo visto con la coda dell'occhio Helmut con addosso la «mia» maschera.

Era supergasato e continuava a urlare che il portiere mascherato le avrebbe parate tutte. E in effetti, lo spagnolo, non riusciva proprio a fargli gol.

Non ci potevo credere, fra tutti quelli che avrebbero potuto trovare la maschera, proprio a quel pallone gonfiato del tedesco doveva capitare!

Era talmente tanta la mia rabbia, che non me n'ero neppure accorto: anche se come portiere era un fenomeno, Helmut non si era affatto trasformato indossando la maschera. Notandolo, mi ero tranquillizzato, sia perché adesso avevo la certezza che la maschera funzionava solo su di me, sia che Helmut non aveva la minima idea di che cosa aveva addosso. Probabilmente le sue incredibili parate erano solo un caso, o magari era veramente bravo in porta.

Comunque, non me ne importava molto. Adesso dovevo riprendermi la maschera e, visto il personaggio, non sarebbe stato facile. Avrei dovuto aspettare la fine della partita che stava per iniziare e che, vista la mia assenza, unita al fatto che Sophie e Amanda non avevano voluto giocare, era diventata una specie di amichevole a squadre miste.

In attesa di agire, mi ero seduto su un muretto che divideva il prato davanti al *bookstore* dal campo da baseball della scuola, vicino a due ragazze che stavano parlando delle Winx e delle Witches.

Amanda, vedendomi arrivare, mi aveva chiesto che cosa mi stava succedendo: «Perché non sorridi più, Luca? È da stamattina che guardi sempre per terra e non parli con nessuno. Ti senti male?»

Le avevo risposto di no, che andava tutto bene, anche

perché non sapevo proprio come raccontarle quello che mi era successo e che il tedesco aveva addosso la maschera meravigliosa.

Durante tutta la partita, per me, il resto del mondo non era esistito, Amanda compresa. Era come se, sulla terra, ci fossimo solo io, Helmut e la maschera: lui ce l'aveva, io dovevo riprendergliela. Punto e basta. Come, non lo sapevo proprio, visto che di certo non potevo sfilargliela dalla testa. La sua reazione sarebbe stata esagerata: solo per aver detto che non era giusto provare le mosse del wrestling tra di noi, mi aveva quasi messo le mani addosso!

No, dovevo cercare di riprendermela senza fargli capire quanto per me la maschera fosse importante, ma avrei dovuto aspettare che la partita terminasse.

Un quarto d'ora e un sacco di spinte e botte dopo, Matt The Truth aveva fischiato la fine di un match dove quei pochi che avevano tentato di giocare erano stati ostacolati da tutti gli altri che, di un pallone tra i piedi, non sapevano davvero cosa farsene.

Helmut se l'era cavata bene, parando diversi tiri, ma alla fine la sua squadra aveva perso 2 a 1. Sudato fradicio, anche per il gran caldo che faceva, si era tolto la maglietta e i calzoncini. Rimasto in costume, era andato verso la piscina per fare il bagno con tutti gli altri, la maschera sempre in testa.

Improvvisamente, Tyrone, Ewan e due ragazzi più grandi lo avevano afferrato e, senza preoccuparsi né del fatto che sapesse nuotare o meno né che avesse la maschera ancora sulla faccia, lo avevano buttato in acqua.

Io avevo assistito alla scena da lontano e quando Helmut era finito in acqua mi ero sentito nuovamente perso. La maschera, bagnandosi, si sarebbe di sicuro rovinata e molto probabilmente ristretta: già faticavo a infilarla prima, figuriamoci, se mai ne fossi rientrato in possesso, se avrei potuto rimettermela. Inoltre, con l'acqua poteva aver perso anche tutti i suoi poteri magici. Insomma, era una vera catastrofe!

Helmut era tornato subito a galla, urlando qualcosa nella sua lingua e cercando di aggrapparsi alla scaletta della piscina. Con molta fatica ce l'aveva fatta e sedendosi sul bordo si era tolto la maschera, quasi strappandosela dalla testa e l'aveva lanciata sul prato, vicino a un cestino della spazzatura. «Idioti», aveva urlato, «io non so nuotare e stavo quasi annegando; con quella roba addosso, poi, non riuscivo neppure a respirare! Ma me la pagherete, soprattutto tu, Tyrone e tu, Ewan: aspettatevi di tutto, da una *irish whip* a un *head scissors*, ma non quelle finte che ci fanno provare in palestra, questa volta ve le farò assaggiare davvero...»

Il tedesco era arrabbiatissimo e della maschera sembrava davvero non importargliene più nulla. Per un po' ero rimasto a osservare la scena, poi quando tre di quelli più grandi avevano tentato di calmarlo, portandolo verso la *cafeteria*, ero andato a raccogliere la maschera. Era ridotta malissimo: ovviamente era bagnata, le cuciture sul retro avevano ceduto e la pelle si stava spaccando. L'avevo avvolta alla meglio in un asciugamano e l'avevo messa nello zainetto.

Credevo non mi avesse visto nessuno, ma evidentemente non era così perché Amanda, venendomi incontro, mi aveva chiesto cosa avessi trovato, lì per terra.

Non avevo risposto facendo finta di non aver sentito. Poi, data la sua insistenza, le avevo detto che era una specie di maschera-giocattolo che Helmut aveva usato e poi buttato via.

«E tu cosa te ne fai?» mi aveva domandato.

«Niente. Volevo solo vedere di che cosa si trattava...»

«Ne sei proprio sicuro? Sei stato triste per tutto il pomeriggio e quando Helmut è finito in acqua sembravi sconvolto, sino al momento in cui non ha gettato via la maschera. In quell'istante hai cambiato espressione, come se per te, quella cosa, avesse un significato particolare. Guardati adesso: stai quasi sorridendo...»

«Ma che dici, Mandy, per me "questa cosa" non significa nulla, è solo che mi ricorda le maschere dei Power Rangers...»

«Non so di cosa stai parlando», mi aveva detto. «Comunque, io e Sophie torniamo in camera, vieni con noi?»

Non so se Amanda mi avesse creduto o meno, ma non mi importava più di tanto perché da quel momento dovevo occuparmi solo della maschera: asciugarla, rimetterla il più possibile «in forma» e pregare che avesse mantenuto i suoi poteri magici: quelli di RAW mi stavano aspettando.

34

Una volta tornato in camera avevo approfittato dell'assenza di Sung per controllare meglio le condizioni della maschera. Un po' di azzurro era rimasto sull'asciugamano bianco in cui l'avevo avvolta, e anche un po' dell'oro che circondava le due ali bianche se n'era andato; nonostante le mie paure, però, la maschera non era molto rovinata. Era ancora bagnata e avrei dovuto aspettare che si asciugasse per capire meglio i danni reali, ma guardandola mentre la stendevo sul davanzale della finestra, mi ero quasi convinto che l'avrei potuta riutilizzare.

Il problema vero era la cucitura sul retro che era praticamente saltata e che da solo non sarei mai riuscito a riparare. Helmut l'aveva rotta, infilandosi la maschera, e il suo bagno imprevisto aveva peggiorato le cose.

Pensando a tutto quello che avevo rischiato perdendola, dopo cena mi ero addormentato mezzo vestito, troppo stanco per mettermi in pigiama... tanto alla Rumson non c'era mica la mamma a sgridarmi!

Forse perché ero andato a letto troppo presto o forse perché tutto quello che mi stava succedendo in quei giorni mi rendeva nervoso, alle cinque ero già sveglio, con gli occhi sbarrati.

Avevo tentato di riaddormentarmi ma non ce l'avevo proprio fatta; in questi casi mi mancava un po' casa mia, la mia cameretta e il mio cane. Se fossi stato a Milano, infatti, avrei potuto giocare con la Playstation o provare a finire il modellino dell'elicottero che stavo costruendo con papà. Lì invece non avevo davvero niente da fare.

Così mi ero alzato per controllare se la maschera si era asciugata. Era solo un po' umida. Prendendola in mano avevo avuto la tentazione di mettermela ma, all'ultimo momento, mi ero fermato, pensando che, se fossi sparito così presto un'altra volta, la signora Spitfire non me l'avrebbe fatta passare liscia.

Sul letto di Sung, tra il lenzuolo e il materasso, avevo visto dei fogli stampati da Internet. Per un momento avevo creduto fossero altre foto di Kalik, poi, riflettendoci, mi ero detto che il cinese non avrebbe potuto averle, perché non sapeva assolutamente niente di lui. E infatti erano le pagine del sito ufficiale della WWE, che venivano distribuite a tutti gli allievi ogni sera a cena, dove si annunciava il *draft*, ovvero lo scambio tra i wrestler di Smackdown e quelli di RAW.

Non sembravano esserci grossi cambiamenti. John Cena era rimasto a RAW, anche se in molti dicevano che non vedeva l'ora di tornarsene indietro; Batista era rimasto con Smackdown, nonostante le continue richieste da parte di Eric Bishop per un suo passaggio di lega.

La notizia «bomba», almeno per me, era piuttosto qualche riga più sotto, dove si diceva che «il vero e unico cambio significativo di "maglia" che era stato deciso era quello del talento emergente del wrestling, ovvero Little Luca. "*Spaghetti lock* passa a RAW"...»

In pratica era successo quello che Teddy Long mi aveva anticipato: il mio terzo incontro da wrestler l'avrei fatto nel mondo più difficile e pericoloso di RAW.

«Per Little Luca e le sue spettacolari mosse italiane», c'era ancora scritto, «l'appuntamento è fissato per lunedì sera, in diretta televisiva su USA Network, quando dalla American Airlines Arena di Miami debutterà a RAW contro Carlito, il campione intercontinentale.»

Leggendo le ultime righe mi era mancato il respiro. Il giorno dopo avrei dovuto combattere contro Carlito, uno che più bastardo non si può.

Pensando alle sue mele marce, masticate e poi sputate in faccia agli avversari sconfitti, avevano cominciato a sudarmi le mani, ma il vero problema era che avrei dovuto ritrasformarmi molto prima di quanto avessi pensato, per essere pronto quando Eric Bishop e i suoi mi avrebbero accolto sul ring di RAW.

Dovevo cercare al più presto un modo perché la mia assenza, questa volta, non fosse notata da nessuno, e forse l'unica maniera era far diventare mio «complice» proprio Sung…

35

Avevo aspettato che il cinese si svegliasse, pensando intanto a come spiegargli che cosa avevo bisogno da lui. Non era affatto facile, perché, se gli avessi raccontato tutta la storia, di sicuro non mi avrebbe creduto e si sarebbe rifiutato di darmi una mano. D'altra parte, se volevo la sua complicità, qualcosa avrei dovuto dirgli, magari alternando bugie a verità.

Come al solito, Sung ci aveva messo una vita ad alzarsi ed era rimasto per almeno mezz'ora in bagno, nel silenzio più assoluto. Cosa facesse, là dentro, lo potevo immaginare, ma tutto quel tempo, senza aprire nemmeno un rubinetto, mi sembrava davvero troppo.

Forse, i cinesi meditano anche lì, avevo pensato ricordandomi che in *Xiaolin Showdown* si diceva che la loro forza veniva dalla meditazione, cosa che peraltro avevo anche letto nelle pagine del diario di Little Kalik.

Proprio mentre stavo per bussare alla porta del bagno, visto che ormai la mezz'ora era diventata quasi un'ora, Sung era uscito con in mano un libro marrone che si portava dietro ovunque andasse. «Manuale di vita», aveva commentato. Indossava solo i pantaloni della tuta e, guardandolo, avevo notato che la cicatrice sul fianco adesso era di colore rosso fuoco, come se per qualche motivo si fosse riaperta.

Non gli avevo chiesto niente, anche perché, come la prima volta, l'aveva subito nascosta, mettendoci sopra un asciugamano e rivestendosi in fretta.

Avevamo cominciato a parlare di quello che era successo il giorno prima, e di come si era comportato Helmut. Il cinese, sul tedesco, non aveva mai detto nulla, tenendosi alla larga sia dalla *quasi* rissa dei primi giorni, quella sul divieto per noi ragazzi di provare le vere mosse del wrestling, che dallo scherzo in piscina. Era difficile capirlo; sembrava infatti che del mondo non gli importasse nulla e che vivesse da tutt'altra parte. Parlando con me, non era mai andato oltre a qualche frase lasciata a metà e a qualche accenno di sorriso, e non più a causa dell'inglese, perché dopo più di un mese alla Rumson anche Sung era in grado di farsi comprendere da tutti.

Gli avevo chiesto se, negli ultimi giorni, era riuscito a incontrare qualcuno di famoso lì al college, come era successo a me con Rey Mysterio e Triple H. Lui ci aveva pensato su un attimo e poi mi aveva detto che, proprio la mattina precedente, aveva visto Orlando Jordan in palestra, ma non aveva avuto il coraggio di avvicinarsi per conoscerlo.

«Stava parlando con due giornalisti», aveva proseguito Sung, «e raccontava di come JBL fosse uscito a pezzi dal suo ultimo incontro e di come lui avesse voluto aiutarlo, ma di come la security glielo avesse impedito. Orlando poi ha nominato un certo Little Luca che aveva battuto il suo amico JBL. A quanto pare è uno veramente bravo che per tutto l'incontro non ha sbagliato praticamente nulla. La sua mossa finale, questa *spaghetti lock* che nessuno conosceva, è davvero letale.»

Mentre il cinese stava finendo di raccontarmi il suo incontro con Jordan – che, per essere chiari, è forse uno dei personaggi che io non riesco proprio a sopportare per come si comporta dentro e fuori dal ring – mi era improvvisamente venuta un'idea su cosa dire a Sung per cercare di farmi coprire per il giorno dopo, quando sarei dovuto letteralmente «sparire». Mi ero inventato al momento una storia che coinvolgeva proprio il mio alter ego Little Luca, che avrei usato come scusa per uscire dalla Rumson.

«Sung», gli avevo detto, «a proposito di Little Luca, non te l'ho detto finora, ma pare proprio che lui e io, anche se molto alla lontana, siamo parenti… Me lo ha scritto in una e-mail mio padre l'altro giorno, dopo aver saputo di come era diventato popolare. Sembra che uno zio di mia madre, che era venuto in America cinquant'anni fa, sia suo padre…»

Il cinese mi aveva guardato con aria strana, come se si stesse chiedendo perché mai gli stavo raccontando una storia del genere.

«Papà mi ha anche scritto», avevo continuato, «che la famiglia di Little Luca, che di cognome fa De Ambrosis, vive alla periferia di New York, a meno di un'ora di treno da qui, e mi ha dato anche il loro numero di telefono, dicendomi di chiamarli per vedere se potevano venirmi a trovare…»

Adesso la faccia di Sung era meno strana ma più distratta, come se quello che gli stavo dicendo non gli interessasse affatto.

«Il problema», avevo ripreso, «è che loro non possono venire qui alla Rumson perché sono anziani e fanno fatica a spostarsi, così ho pensato di andare io a trovarli. Tra l'altro, domani, mi hanno detto che Little Luca, passerà da loro per pranzo, così potrò conoscerlo di persona. Non capita tutti i giorni di avere una superstar in famiglia…»

A quel punto il cinese, molto calmo, mi aveva chiesto perché gli stessi raccontando tutto ciò.

«Hai bisogno di qualcosa... Alnaboldi?» mi aveva domandato storpiandomi il cognome, non riuscendo a pronunciare la erre.

«Be', non proprio», gli avevo detto, «anche se... in effetti sì, ma niente di impegnativo, non dovrai fare praticamente nulla...»

«Da noi diciamo: parla prima di parlare, domanda prima di domandare», mi aveva risposto, intendendo, almeno credo, che la dovevo smettere di girare intorno al problema e decidermi a dirgli che cosa volevo da lui.

«Domani mattina», avevo ripreso cercando di rendere il resto della storia il più credibile possibile, «vorrei riuscire a prendere un autobus che parte dalla stazione di Rumson alle otto e dieci – ho visto su Internet gli orari – per essere da loro per le nove e mezza. Dalla stazione a casa loro ci sono dieci minuti a piedi, almeno così mi ha detto mia zia. Quello che ti chiedo è di "coprirmi" per un giorno solo, visto che non posso certo dire la verità alla signora Spitfire, che non mi lascerebbe mai andare. Domani, tra l'altro, è festa qui in America quindi non ci sarà nemmeno lezione... Basterà che tu dica a tutti che sono rimasto in camera perché mi sentivo un po' di influenza. Non penso sarà difficile... Qualcuno potrebbe chiederti di venire in camera per vedere come sto, in quel caso o riuscirai a convincerli a non farlo o dovrai dire che sono andato a fare un giretto perché mi sentivo meglio...»

Ascoltandomi, Sung non aveva fatto una piega. Poi si era alzato dallo sgabello dove si era seduto appena uscito dal bagno e, lasciando la stanza, mi aveva semplicemente detto:

«Va bene, farò come vuoi. Ma la prossima volta inventati una storia un po' più credibile. A Shanghai, mio padre, ogni volta che gli racconto una bugia, dice sempre: "Meglio tradire che mentire"».

36

Trasformarmi con la maschera meravigliosa stava diventando sempre più facile, forse perché ormai conoscevo già quello che sarebbe successo subito dopo.

Nonostante le mie paure per quello che le era successo con Helmut, avevo indossato la maschera senza problemi; anzi, le cuciture saltate avevano facilitato l'operazione. Anche questa volta, la luce aveva lasciato spazio alla montagna con il tempio e il sole, poi era diventato tutto buio e alla fine mi ero ritrovato dentro il corpo di Little Luca.

Le uniche differenze rispetto alle due volte precedenti erano state il sole, che questa volta era molto più alto sulla montagna; e il fatto che già sapevo, prima di «partire», dove mi sarei trovato di lì a poco.

Sul giornale della WWE avevo già letto che il mio esordio in RAW sarebbe avvenuto a Miami; infatti, guardando fuori dal finestrino della macchina dove mi ero svegliato, avevo visto il mare, i grattacieli e, poco più in là, l'arena dove avrei dovuto affrontare Carlito.

L'interno della vettura dove stavo seduto era gigantesco, pieno di piccole luci azzurre sul tettuccio e con un televisore acceso a sinistra e delle bottiglie di whisky con dei bicchieri sulla destra. Al mio fianco c'era un tizio con una giacca grigia e i capelli corti e biondi; di fronte a me, invece, un uomo in giacca e cravatta mi fissava.

«Ben svegliato, amico», mi aveva detto quest'ultimo. «Il mio nome è Vince McMahon e sono il presidente e amministratore delegato della WWE. Ci tenevo a darti personalmente il benvenuto in Florida, dato che, in occasione dei tuoi due precedenti incontri, non ci eravamo mai visti. Lui invece è Eric Bishop, il general manager di RAW, che già conosci», aveva concluso.

Avevo stretto la mano a entrambi e, chiedendo scusa per essermi addormentato, avevo chiesto qualche informazione sulla serata.

«Fra qualche istante», aveva risposto Bishop, «arriveremo alla American Airlines Arena, dove la riunione inizierà alle nove precise. Il tuo combattimento sarà il quarto e, per importanza, sarà inferiore solo a quello tra John Cena e Edge, l'evento della serata. Come ti avranno detto, dovrai vedertela con Carlito, il che, fossi in te, caro *italiano*, mi metterebbe già in agitazione. Il caraibico è pronto a farti a pezzi in meno di un minuto e ti ha preparato una "discreta" accoglienza nella *Carlito's cabana*.

«Come saprai, lui a Miami gioca in casa, visto che è nato a pochi chilometri da qui, e non vorrà fare sicuramente brutta figura davanti a migliaia di tifosi. Se vuoi un consiglio, giocatela fino a quando riuscirai a stare in piedi, ma poi arrenditi, perché altrimenti non ti ricorderai più nemmeno come ti chiami e quando ti sputerà in faccia i pezzi di mela, sarai talmente rimbambito che non te ne accorgerai neanche.»

Mentre pensavo al «rito» della mela di Carlito, al termine di ogni match vinto, non riuscivo a comprendere perché Bishop mi stava trattando così, come se fossi un nemico invece che uno dei suoi. D'altra parte avevano insistito loro perché andassi a RAW, altrimenti, per quanto mi riguardava, me ne sarei rimasto tranquillamente a Smackdown, dove ero ormai un campione.

«Grazie per i consigli, ma non credo che Carlito avrà l'occasione di sputarmi in faccia qualcosa, perché sarò io a uscire vincitore dal ring, mentre lui, la mela, non saprà dove mettersela...»

Sinceramente non sapevo come mi fossero venute le parole per rispondergli così a tono, ma ero contento di averlo fatto, soprattutto perché avevo dato l'idea di essere uno tosto.

«Ma come ti permetti?» mi aveva risposto alzando la voce, proprio mentre la macchina faceva il suo ingresso nel garage dell'Arena. «Sei proprio un presuntuoso che verrà presto punito. Lo sapevo che con voi italiani era impossibile avere un rapporto civile ed è per questo che non ho mai voluto che Nunzio cambiasse lega e venisse in RAW. Avrei fatto meglio a lasciarti dov'eri, visto il gran pezzo di...»

Eric Bishop non era riuscito a terminare la frase, perché McMahon lo aveva interrotto, afferrandolo per un braccio.

«Chi ti autorizza a parlare così a Little Luca?» gli aveva urlato. «Sei il solito piantagrane incapace di gestire una qualsiasi situazione. E pensare che ti ho affidato l'intera RAW! Ora mi pento amaramente di averlo fatto. Ti avverto, se vai avanti così, prima o poi ti licenzio: là fuori c'è la fila per prendere il tuo posto e, te lo assicuro, sono tutti meglio di te.

«Little Luca», aveva detto rivolgendosi a me, «ti prego di scusare questa ignobile scenata. Voglio che qui a RAW ti senta a casa, che combatta sereno e che vinca il match con Carlito. Sono stato proprio io a decidere il tuo cambio di lega, perché volevo vederti combattere a un altro livello, decisamente più duro.»

In quel momento, la macchina si era fermata e io, scendendo, avevo ringraziato McMahon, salutandolo. Avrei voluto fare la stessa cosa con Bishop ma lui si era voltato dall'altra parte, biascicando una frase del tipo: «Tanto non vincerai mai, te ne accorgerai subito dove sei capitato...» McMahon aveva fatto sicuramente finta di non sentire, per non riprendere la discussione appena interrotta.

L'aria di Miami era molto calda e umida per quei pochi attimi che avevo potuto respirarla prima di infilarmi nell'ingresso degli spogliatoi dell'Arena. Fuori, ad aspettare i wrestler che stavano arrivando, c'erano un sacco di persone a caccia di un autografo.

Quelli della security mi avevano detto di non fermarmi perché poteva essere pericoloso e così mi avevano portato praticamente in braccio sino al mio spogliatoio. Questa volta non dovevo dividerlo con nessun altro. Non che mi dispiacesse stare solo, ma l'aver potuto conoscere da vicino Batista in New Jersey era stata una bella esperienza.

Intorno a me c'era il lusso più sfrenato, molto più che a Smackdown dove comunque ero stato trattato molto bene. Un televisore enorme, di quelli al plasma, sintonizzato su MTV stava di fronte a un divano di velluto blu, che sembrava un letto matrimoniale, tanto era grande. Per terra avevano sistemato dei tappeti che assomigliavano a quelli nel soggiorno di casa mia, mentre alle pareti c'erano appese delle foto di wrestler. Nella terza da destra c'ero anch'io con Psychosis mentre concludevo la mia prima sfida con la *spaghetti lock*.

Mi ero seduto sul divano cercando di concentrarmi, ma non riuscivo a togliermi dalla testa quello che mi aveva detto

Bishop. Dalle sue parole sembrava quasi che comunque mi fossi comportato sul ring, Carlito mi avrebbe battuto. E siccome lui a RAW era il capo, e quindi gestiva anche gli arbitri, mi stavo convincendo che la vittoria sarebbe stata praticamente impossibile. Poi, ricordandomi della maschera meravigliosa e dei suoi poteri, mi ero rialzato e, guardandomi allo specchio, avevo deciso che, Bishop o no, avrei fatto di tutto per tornare imbattuto alla Rumson.

37

«Amici di Miami, da queste parti mi sento come a casa. Ci sono il sole, le palme, il mare, le spiagge, la musica dei Caraibi e le ragazze sono bellissime; per questo, stasera, non vi deluderò, vincendo il mio incontro e rimanendo campione intercontinentale della WWE, titolo che dedico già da ora a tutti voi...»

Carlito stava preparandosi il terreno per il nostro match, parlando al microfono con il pubblico, come faceva sempre prima di combattere. Quelli di RAW mi avevano spiegato che, prima di entrare, dovevo aspettare che lui finisse il suo discorso, poi sarebbe toccato a me. Un minuto più tardi, con la musica di Dj Francesco in sottofondo, avevo fatto il mio ingresso sul quadrato, con la voce femminile che tante volte avevo sentito in tivù. Annunciandomi aveva detto: «E ora, direttamente dall'Italia, l'assoluta novità di RAW, Little Rebus, lo "spaghetti master", insomma, chiamatelo come volete, tanto lui vi sorprenderà sempre e comunque: signori e signore, un metro e novanta per 100 chili, ecco a voi Little Luca...»

Andando verso il ring ero inciampato in un bidone della spazzatura tutto ammaccato, dimenticato dopo il match appena finito, quello «senza regole» tra Big Show e Jim Snitsky, dove era volato veramente di tutto, tavoli e gong compresi.

Ormai avevo davanti a me le corde del quadrato, dove mi stava aspettando Carlito, nella sua *cabana*. Sul ring c'erano due sedie a sdraio gialle, un'amaca, un tavolo con dei cocktail e in ognuno dei quattro angoli aveva fatto mettere una palma. Dopo essersi presentato al pubblico di Miami, Carlito si era messo sull'amaca e mi aveva aspettato lì, dondolandosi e giocherellando con una delle sue mele.

«Così tu saresti la nuova scoperta di RAW, eh?» mi aveva detto alzandosi in piedi. «E allora fatti vedere, caro Little Luca, perché la Florida ti vuole conoscere. Sai, io sono stato molte volte in Italia, e mi sono sempre trovato bene, tutti mi hanno trattato nel migliore dei modi, ho mangiato meravigliosamente, ho visto città e posti fantastici tanto che avevo persino deciso di sposarmi, nel tuo Paese. Per questo, durante il mio ultimo viaggio, mi ero fatto raggiungere dalla mia fidanzata e da molti nostri amici. Tutto era pronto: la chiesa, il ricevimento, il viaggio di nozze... Ma la sera prima del matrimonio lei ha conosciuto un ragazzo italiano, si è innamorata di lui e ha mandato a monte le nozze, lasciandomi solo davanti all'altare...»

Lo stavo osservando, mentre continuava a parlare, e mi chiedevo dove volesse arrivare. «Da quel momento ho cominciato a odiare l'Italia e tutto quello che è italiano. La pasta mi fa schifo, le Ferrari mi disgustano, la musica di Pavarotti mi fa vomitare. Sino a oggi, non ho trovato sulla mia strada nessun italiano a cui far pagare il fallimento del mio matrimonio, ma adesso ci sei tu, che hai osato sfidarmi entrando con le note di "Capitan Uncino", una canzone orribile! Adesso sei qui, non mi puoi scappare e la pagherai per tutti i tuoi connazionali.»

In quel momento, il pubblico di Miami era esploso in un

boato, mentre io ero rimasto in silenzio. Carlito mi sembrava realmente arrabbiato e l'incontro sarebbe stato duro. Mi si era avvicinato porgendomi il microfono per farmi rispondere alle sue provocazioni, ma proprio quando stavo per prenderlo, mi aveva colpito con una manata sulla testa. Non aspettandomelo assolutamente, ero caduto sul tavolino con i bicchieri e mi ero fatto male alla schiena.

Il match era iniziato senza che nemmeno l'arbitro fosse salito sul ring, ma d'altra parte questo era il suo modo di combattere, un modo davvero sporco.

Mentre mi stavo rialzando, mi aveva colpito di nuovo, questa volta con un *elbow drop*, ovvero una caduta di gomito, finendomi addosso. Poi mi aveva dato due pugni in faccia che mi avevano fatto male.

Non capivo perché, ma non riuscivo a reagire. La maschera meravigliosa non stava funzionando come nei due primi incontri: le stavo prendendo e non mi veniva nessuna idea su come tirarmi fuori da quella situazione.

Da terra, l'avevo visto togliersi la maglietta con scritto sopra «I know cool». Poi il tentativo di colpirmi con una delle sdraio che erano sul ring era andato a vuoto. Ero di nuovo in piedi.

Mentre era girato, gli avevo mollato un gran bel calcio: era il mio primo colpo del match! Subito dopo, approfittando del fatto che avesse accusato il colpo, me lo ero caricato sulle spalle e, con un *over and out*, lo avevo lanciato fuori dal ring, facendolo finire quasi tra le prime file.

Il pubblico, che sino a quel momento era tutto dalla sua parte, aveva cominciato a gridare il mio nome e qualcuno anche «*spaghetti lock*». Mi stavo gasando e sentivo che la maschera, anche se molto lentamente, stava iniziando a ritrovare i suoi poteri.

Carlito era risalito a fatica sul ring e aveva ricominciato a offendermi, tirando in ballo di nuovo le mie origini, ma questa volta aggiungendo anche qualcosa di troppo su mia madre e tutta la mia famiglia. Se voleva provocarmi, c'era riuscito perfettamente: aveva davvero esagerato!

Sentendo che la maschera era tornata quella di sempre, lo avevo placcato poco sopra il bacino, facendolo rimbalzare sulle corde, poi gli avevo fatto una bella *irish whip*, con una delle sue palme che gli era crollata addosso, e per finire, prendendolo da sotto il collo, avevo tentato un *suplex*, ma lui aveva resistito abbastanza bene. Adesso il pubblico era passato nettamente dalla mia parte e sembrava non aspettare altro che la *spaghetti lock*.

Rialzandosi, Carlito era andato a parlare con l'arbitro, che si era messo ad ascoltarlo come se non ci fosse un match in corso: avevo cercato di protestare ma l'arbitro mi aveva detto di tacere minacciandomi addirittura di squalifica se avessi insistito. Con la coda dell'occhio, intanto, avevo visto Bishop alla sinistra del ring. Stava sorridendo, come se pregustasse qualcosa, mentre i due continuavano a parlare e il pubblico a innervosirsi.

Improvvisamente, l'arbitro mi aveva chiamato vicino a lui dicendomi che Carlito aveva chiesto l'annullamento del match perché io stavo combattendo in modo scorretto! Non ci potevo credere: io, scorretto? Ma se non avevo fatto assolutamente nulla di irregolare? Lui piuttosto: per squalificarlo bastava aver visto come aveva iniziato l'incontro...

Mentre stavo ascoltando l'arbitro, con le spalle girate, Carlito mi aveva improvvisamente colpito da dietro con una sedia che qualcuno gli aveva passato sul ring. Ero finito di nuovo per terra e poco dopo lui mi era arrivato sopra, cercando di chiudere il match con la sua *swinging neckbreaker*, una mossa spezzacollo che nessuno vorrebbe mai subire.

Ancora una volta, però, la maschera mi aveva aiutato, perché con una capriola all'indietro mi ero rialzato e lo avevo colpito subito con un *hip toss* e poi con un fantastico *leg drop* «stile ghigliottina».

Mi sembrava di volare, le gambe avevano ricominciato a girare e a muoversi perfettamente. Voltandomi su me stesso lo avevo colpito con un calcio in faccia da destra prima, e da sinistra subito dopo. Al suo accenno di reazione, ero salito sulle corde e con un salto con le gambe avanti, alla Bruce Lee, l'avevo centrato in pieno.

Carlito era ormai per terra, e io ero pronto per la *spaghetti lock*. Mentre stavo per eseguirla, mi ero fermato per un attimo, ricordandomi le parole del signor Long, che mi aveva raccomandato di spettacolarizzare il più possibile la mia presenza sul ring.

Allora avevo messo le mani sulle orecchie, chiedendo al pubblico di farsi sentire. Per due volte avevo ripetuto il gesto e quando tutta la American Airlines Arena stava urlando «Spaghetti, spaghetti», l'avevo messa in atto, avvolgendogli la testa con le mie braccia, mentre lo stavo schienando. L'arbitro aveva contato sino a tre e... io avevo vinto, contro tutti e contro ogni previsione.

L'arbitro mi era venuto incontro e, alzandomi la mano, mi aveva dichiarato vincitore consegnandomi la cintura di campione intercontinentale.

Me l'ero subito messa in vita. Pesava tantissimo e avevo fatto fatica a sollevarla, ma una volta indossata, mi stava veramente bene.

Spostandomi, avevo visto sulla destra del quadrato il cesto delle mele di Carlito, mi ero avvicinato e ne avevo presa una cominciando a masticarla. Poi ero ritornato verso di lui, che era ancora al tappeto, per sputargliela in faccia, come di solito fa lui con quelli che sconfigge, ma all'ultimo momento mi ero fermato. *No, io non posso, sono un bravo ragazzo e non è nel mio carattere fare una cosa del genere*, avevo pensato. Così, prima di scendere dal ring, gli avevo semplicemente appoggiato sul petto la mela morsa a metà, inghiottendo quello che avevo già masticato.

Vicino al tunnel che portava negli spogliatoi, Eric Bishop sembrava impazzito, continuava ad agitarsi e urlare, prendendosela con quelli della security che cercavano in tutti i modi di calmarlo. Evidentemente non gli era andata giù la sconfitta di uno dei suoi protetti che, per giunta, era stato ridicolizzato davanti al suo pubblico.

38

Andando verso il mio spogliatoio avevo incontrato McMahon che, pur andando di fretta, mi aveva fatto i complimenti: «Ci avevo visto giusto, ragazzo, sei stato bravissimo. Per quanto mi riguarda, potrai restare qui a RAW quanto vorrai, perché sei uno di quelli su cui punteremo per il futuro. Adesso scusa, ma devo volare subito a Chicago, dove ho un meeting importantissimo... Se comunque ti serve qualcosa, parla pure con Eric Bishop...»

Salutandomi, si era infilato nella stessa macchina che mi aveva accompagnato all'Arena, una limousine bianca lunghissima. Riflettendo su quello che mi aveva detto e pensando che, dopo quanto era successo sul ring, mai e poi mai avrei chiesto qualcosa a Bishop, ero quasi arrivato allo spogliatoio quando avevo visto, davanti a una specie di gabbia, Carlito e Chris Masters che stavano discutendo molto animatamente.

Avevo fatto finta di non accorgermi della loro presenza e avevo tirato dritto, anche perché non avevo certo voglia di rincontrare così presto il «caraibico», quando proprio lui mi aveva chiamato.

«Ehi *italian lover*, vieni un po' qui che ti devo spiegare un paio di cose», mi aveva detto. «Lo so che hai paura di me e che sul ring hai solo approfittato di un paio di situazioni fortunate per vincere l'incontro e portarmi via la cintura di campione intercontinentale. Io me l'ero guadagnata combattendo. Tu invece sei un codardo, come tutti gli italiani...»

Era troppo, mi ero voltato di scatto e lo avevo affrontato, muso contro muso, senza parlare. Non so quanto saremmo rimasti così, quando, improvvisamente, da dietro mi era arrivata una ginocchiata in mezzo alla schiena che mi aveva fatto sbattere la faccia sulla sua.

Carlito allora aveva reagito, colpendomi con un pugno che mi aveva fatto girare quel che bastava per trovarmi davanti a Chris Masters: era stato lui a darmi quel calcio. Immediatamente Masters mi aveva immobilizzato con la sua *Master lock*, prendendomi da dietro e girandomi verso il caraibico che aveva cominciato a colpirmi, ricoprendomi di insulti.

Tutto attorno si era fermata molta gente che voleva vedere che cosa stava succedendo, ma nessuno aveva avuto il coraggio di intervenire. In mezzo a questo pubblico improvvisato, avevo visto Bishop che, guardando la rissa, parlava al cellulare ridendo di gusto. *Che schifo di persona*, avevo pensato.

Stavo prendendole di santa ragione, e soprattutto la maschera meravigliosa sembrava non funzionare affatto in una situazione simile, fuori dal ring. Per questo, mi ero guardato, tra un pugno e l'altro: ero ancora Little Luca, ma non bastava. Proprio quando stavo cominciando a sentire il dolore dei colpi, improvvisamente dal fondo del corridoio era arrivato come un treno Ric Flair, il nemico giurato di Carlito, che si era gettato su di lui a testa bassa, colpendolo dritto alla bocca dello stomaco.

Flair era vestito come un manager aziendale, in abito grigio, con una camicia azzurra e la cravatta, ma nonostante un abbigliamento non propriamente da wrestler, si muoveva benissimo, tanto che dopo la testata aveva cominciato a prendere a sberloni, con il dorso della mano, la faccia paonazza del mio avversario.

Io, intanto, ero prigioniero della *Master lock* e non potevo veramente muovermi, ma del resto nemmeno Chris Masters poteva fare nulla per il suo compare, senza mollare la presa.

Nature Boy aveva intanto annientato Carlito che era finito praticamente kappaò, festeggiando quella strana vittoria con un triplo «woo», il suo grido di battaglia. E anche se mi avesse aiutato solo perché non sopportava Carlito, speravo che, a quel punto, desse una mano anche a me, visto che cominciava realmente a mancarmi il respiro.

Dopo aver tolto la giacca ed essersi sistemato la cravatta, Flair si era rivolto a Masters, ordinandogli di mollare la presa: «Te lo dice Nature Boy e tu devi obbedire...» Ma al «capolavoro» le parole del wrestler più anziano attualmente in attività erano entrate da un orecchio e uscite dall'altro. Anzi, posso dire che lo avevano eccitato ancora di più, visto che aveva stretto ulteriormente la presa.

Vedendo che non mi mollava, Nature Boy aveva allora girato intorno a Masters, che intanto aveva cercato di mettersi con la schiena contro il muro per proteggersi, anticipandolo però nettamente e scaricandogli sui fianchi una mitragliata di pugni.

A quel punto Masters mi aveva lasciato andare e aveva tentato di rispondere a Flair che però, molto più veloce nonostante l'età, lo aveva bloccato con una *sleeper* praticamente perfetta.

In quel preciso momento era arrivata la polizia, che aveva fatto allontanare i curiosi e aveva cercato di capire che cosa fosse successo. Ci avevano divisi e avevano cominciato a chiederci come mai stavamo combattendo in un luogo pubblico e fuori dal ring.

Prima che potessimo rispondere, era arrivato Bishop che, dopo essersi qualificato con i poliziotti, li aveva tranquillizzati, dicendo che, in realtà, era stato tutto un gioco tra amici che volevano divertirsi un po'.

Alla faccia del divertimento, avevo pensato, *quello quasi mi strozzava.*

Mentre Bishop continuava a parlare con i poliziotti, Ric Flair mi si era avvicinato, presentandosi: «Piacere ragazzo, io sono Nature Boy, quello a cui viene tutto facile, sia sul ring con gli avversari che sul materasso con le donne», mi aveva detto. «Questa sera ti ho visto combattere e mi sei piaciuto moltissimo, anche perché, non so se lo sai, hai vinto un incontro truccato, che dovevi perdere per forza. Sei stato più bravo di tutti loro messi insieme a partire da quel disonesto di Bishop, che ha tentato di farti perdere fino all'ultimo, quando ha messo in mano a Carlito la sedia per colpirti. Così, vedendoti in difficoltà ho voluto aiutarti, intendiamoci l'avrei fatto con chiunque, ma in questo caso mi sono anche divertito...»

L'avevo ringraziato e, dopo aver raccolto la mia vestaglia, salutandolo, ero andato verso il mio spogliatoio: non ne potevo veramente più, ero stanco, letteralmente a pezzi. Il collo mi faceva un male cane, le braccia facevo fatica a sentirle e le gambe mi sembravano di marmo. Non vedevo l'ora di tornare alla Rumson, prima che succedesse qualcos'altro. Per questo, avevo deciso di non vedere né il match di John Cena, né quello femminile, dove, avevano annunciato gli organizzatori, ci sarebbe stata una grande sorpresa per il pubblico di USA Network e della American Airlines Arena.

Per evitare che qualcuno, a scuola, mi ritrovasse addormentato da qualche parte ancora vestito da Little Luca, avevo deciso di mettermi addosso, maschera a parte, qualcosa di normale. In un ripostiglio dello spogliatoio avevo trovato una tuta blu, di quelle da lavoro, con la chiusura lampo. Doveva essere di quelli delle pulizie, perché vicino c'erano dei secchi e degli spazzoloni. Mi ero sfilato il costume e gli stivaletti e l'avevo indossata. Stavo quasi per togliermi la maschera quando avevo sentito una voce di donna che mi chiamava.

«Luca, posso? Sono entrata senza bussare perché mi sembrava che non ci fosse nessuno e volevo solo lasciarti questo biglietto...»

Mi ero voltato e mi ero trovato davanti lo splendido viso di Sidney, già vestita da Wonder Lady.

«Ma tu, che cosa ci fai qui a RAW?» le avevo domandato.

«Non hai saputo?» mi aveva risposto. «Sono finita anch'io nel *draft* e, come te, mi hanno voluta da queste parti. In tutto abbiamo cambiato lega in tre, oltre a noi è passato anche No Face. Io esordirò stasera in un match difficilissimo contro Trisha, dove parto nettamente sfavorita, ma visto quello che è successo a te, e come sei stato bravo, magari qualche possibilità ce l'ho anch'io...»

Allora era lei, la sorpresa al femminile che tutti aspettavano: era Sidney, forse l'unica persona che mi importava veramente di rivedere quando mi trasformavo. Qualche giorno prima, sul prato della *cafeteria* della scuola, riflettendo su quello che mi stava succedendo, avevo pensato a lei e avevo provato qualcosa di strano, di diverso. Mi era venuta una gran voglia di vederla di nuovo, anche se, passando a RAW, sarebbe stato davvero difficile; e invece, ora, l'avevo davanti a me, con quegli occhi meravigliosi e con quel sorriso magnifico.

«Non so cosa dire, sono esterrefatto, vieni siediti qui a parlare un po' con me», le avevo detto indicando il divano di velluto blu.

«Vorrei tanto», mi aveva risposto, «ma il prossimo incontro è il mio. Perché non ti fermi a vederlo? Così poi, sia che vinca o perda, andiamo da qualche parte insieme. Qui a Miami ci sono i migliori ristoranti e locali d'America. In dieci minuti di taxi si arriva a South Beach, dove ci si diverte un casino...»

Avrei voluto dirle di sì, ma sapevo di non potere. Dovevo ritornare entro la fine della giornata alla Rumson, altrimenti avrei messo nei casini anche Sung, che non avrebbe più potuto coprirmi.

«Farò il possibile», le avevo detto, «anche se domani mattina mi aspettano a New York e la WWE ha un aereo privato che parte per la Grande Mela fra un'ora. Adesso parlo con il mio agente e vedo cosa si può fare», avevo concluso, bleffando alla grande.

Lei mi aveva ringraziato e, tenendomi il viso tra le mani, mi aveva dato un bacio sulla bocca, uscendo subito dopo dalla stanza.

39

Quando avevo riaperto gli occhi mi ero davvero spaventato. Come le altre volte, ritornato alla Rumson, non sapevo esattamente dove mi trovavo, ma in questo caso, addormentato a due passi da me, c'era qualcuno che conoscevo bene. Con in testa il suo cappellino di lana che gli copriva tutta la fronte, con degli strani occhiali da sole, vestito con una felpa nera con il cappuccio ma senza i suoi classici pantaloni larghissimi, Paulinho sembrava morto.

Dopo qualche attimo di smarrimento, avevo trovato l'interruttore per accendere la luce nella stanza dove mi ero ritrovato con il brasiliano, lo avevo osservato e, proprio quando gli stavo per togliere il cappello da sopra la faccia, avevo visto che respirava.

Non capivo perché fosse lì, con me, ma la cosa che mi preoccupava di più era che stesse bene, e per questo avevo cominciato a scuoterlo per cercare di svegliarlo. Dopo qualche minuto, Paulinho, all'improvviso, si era messo a sedere sul pavimento, dicendo qualcosa in portoghese, impossibile da capire. Subito dopo mi aveva preso per la tuta che indossavo e aveva cominciato a spingermi verso il muro come se mi volesse picchiare. Avevo tentato di dirgli qualcosa per cercare di calmarlo ma lui sembrava non sentirmi, e aveva proseguito a parlare, metà nella sua lingua metà in inglese, continuando a urlare.

Ero sempre più impaurito e non capivo davvero più niente. Il brasiliano dalle spinte era passato ai pugni e alle sberle, come fosse in preda a un raptus, anche perché io, a lui, non avevo mai fatto niente e quindi non c'era motivo di avercela con me.

Non sapevo più cosa fare: se avessi reagito, probabilmente le avrei prese e poi non avrei risolto nulla; se avessi chiesto aiuto, non avrei saputo come giustificare tutta la situazione. Alla fine avevo deciso di mettermi a gridare, cercando di attirare l'attenzione di qualcuno.

Un attimo prima, però, una porta si era aperta di colpo e due tizi erano entrati nella stanza, senza quasi accorgersi della nostra presenza. I due stavano parlando tra loro dell'ultima riunione alla quale avevano partecipato e di quando sarebbero partiti per la prossima al Madison Square Garden di New York.

Non riuscivo a vederli in faccia, perché davanti a me c'era una specie di muretto, ma li sentivo chiaramente.

«Possiamo andare dopodomani con la limousine», aveva detto quello che era entrato per primo, «non ci dovremmo mettere più di un'ora, soprattutto se partiamo prima delle quattro.»

«Fosse per me», aveva risposto l'altro, con un accento strano che ero sicuro di aver già sentito prima, «prenderei l'elicottero che mi diverte anche, ma se preferisci la limo, va bene lo stesso, magari ci portiamo dietro anche due belle ragazze, che non fa mai male.»

Sentendoli entrare, Paulinho si era fermato, con le mani ancora attorcigliate alla mia tuta e anch'io avevo trattenuto il respiro, sapendo comunque che ci avrebbero scoperti di sicuro.

«Okay, allora, faccio chiamare dal mio agente la macchina», aveva continuato il primo. «Sai dove sono finiti i sali per l'idromassaggio? Ci starò dentro almeno un'ora, tanto sono stanco.»

«Dovrebbero essere lì», aveva indicato l'altro, «guarda su quello scaffale. Anch'io non ne posso davvero più, l'aver perso ieri sera e in quel modo mi sta veramente sul ca...» Si era interrotto di colpo. «Ma chi cavolo sono quei due lì per terra?» aveva esclamato improvvisamente.

«Ehi, voi due, ma che diavolo state facendo qui dentro, vestiti in quel modo, e poi chi siete? Non sapete che in questi bagni possono entrare soli gli atleti della WWE e nessun altro?»

Paulinho era rimasto muto e rannicchiato su se stesso in un angolo, io invece ero lì, fermo, come imbalsamato, seduto sul pavimento che guardavo dal basso quei due che mi sembravano enormi.

«Signore», avevo tentato di rispondere, «non ho davvero idea del perché siamo qui. Potrei inventare una scusa qualsiasi ma non saprei veramente da dove iniziare. Le dico solo che mi sono risvegliato qui, vicino a lui che è un mio compagno di scuola, qui alla Rumson, non sapendo neppure dove eravamo.»

Mentre parlavo, avevo improvvisamente capito chi mi trovavo davanti e non ci potevo credere! Uno dei due era Edge con ancora in faccia i segni dell'ultimo combattimento con Matt Hardy, per la questione «Lita», e fin lì non era grave che non l'avessi riconosciuto perché non l'avevo mai visto prima dal vivo. Il secondo, invece, avrei dovuto capire chi era sin dalle sue prime parole: davanti a me c'era infatti Carlito.

Non è bastato il match e poi la rissa, avevo pensato, dimenticando per un attimo che non ero più nei panni di Little Luca, *adesso me lo ritrovo anche qui a scuola.*

«Ma voi due», aveva riattaccato il caraibico, «da dove venite?»

«Io dall'Italia», avevo risposto subito, senza pensare alle conseguenze.

«E io dal Brasile», aveva aggiunto Paulinho, che nel frattempo si era rialzato.

«Chi schifo, l'Italia», aveva subito attaccato Carlito. «Ho appena perso un incontro con un italiano che è una vera carogna e che ha imbrogliato per tutto il match. Alla fine, però, dietro le quinte gliela abbiamo fatta pagare a quel disonesto. Invece tu sei brasiliano. Io adoro il vostro popolo, e mi sento uno di voi», aveva detto mettendo un braccio sulle spalle a Paulinho. «Ma come hai fatto a finire qui dentro insieme a un italiano? Fossi in te me ne andrei di corsa, amico, quelli come lui è meglio perderli che trovarli...»

Il caraibico lo aveva quasi spinto fuori dalla porta dicendo nel frattempo a Edge di chiamare la security. Per fortuna il fidanzato di Lita gli aveva risposto che, se dovevano farlo, era giusto denunciare entrambi e non uno solo...

«Sì, ma quell'altro è italiano», aveva risposto ancora una volta Carlito.

«Questo non c'entra niente», gli aveva detto Edge. «A quelli della sicurezza dobbiamo consegnarli tutti e due.»

«Va bene, mi hai convinto», aveva concluso Carlito. «Forza, uno e uno due, fuori di qui, che per questa volta vi è andata di lusso...»

Paulinho, sull'ultima parola, era già sparito dalla porta, io, invece, ringraziando Edge mi ero trattenuto a stento da dare un bel calcio sugli stinchi al caraibico.

Tanto ti ho già fatto un mazzo così a Miami, avevo pensato, stringendo i denti.

40

Ormai pensavo proprio di essermela cavata, almeno questa volta. Nonostante la presenza inaspettata di Paulinho, il suo strano comportamento e l'incontro con Edge e quel disonesto di Carlito, il mio ritorno «a casa» era andato meglio delle altre volte. Sung mi aveva detto che quasi nessuno aveva chiesto di me, solo Helmut aveva fatto qualche battuta sul fatto che, probabilmente, non mi ero fatto vedere, perché ero chiuso in bagno a farmela sotto per la paura di incontrarlo.

La «copertura» aveva quindi funzionato, anche se quando il cinese, sorridendo, mi aveva chiesto come stavano i parenti di Little Luca, lo avevo guardato come se non capissi, poi, mi era ritornata in mente la scusa che gli avevo raccontato e gli avevo risposto: «Benissimo, sono anche simpatici. Lui purtroppo non è potuto passare a trovarli e quindi non l'ho conosciuto, ma sua madre mi ha fatto delle lasagne che erano davvero fantastiche...»

Anche questa volta, dalla sua faccia, era chiaro che non aveva creduto a una sola parola che gli avevo detto, ma a me andava bene lo stesso, perché, in un modo o nell'altro, mi aveva tenuto il gioco.

Tornato in camera, avevo messo via la maschera per evitare di perderla ancora una volta e mi ero liberato della tuta da meccanico con la quale ero ritornato alla Rumson. Mi stavo per rimettere a leggere il diario di Kalik, ansioso di sapere come continuasse la sua storia, quando sulla porta era comparso Roddy Piper.

«Luca», mi aveva detto, «ho bisogno di parlarti immediatamente, vieni nel mio ufficio.»

«Certo signor Piper, arrivo, mi dia il tempo di vestirmi e sarò subito da lei.»

Senza dire altro, *Hot Rod* era sceso al piano inferiore, dove c'era il suo ufficio, accanto a quello della signora Spitfire.

Poco dopo, ero di fronte a lui. Davanti al suo tavolo c'erano due sedie, una era vuota, sull'altra c'era seduto Paulinho, anzi Caresma, come chiedeva a tutti di chiamarlo, le poche volte che rivolgeva la parola a qualcuno. Al solito, non aveva detto nulla vedendomi, nemmeno un cenno di saluto.

«So che voi due», aveva cominciato Piper, «non andate molto d'accordo, almeno mi sembra. Allora mi volete spiegare che cosa ci facevate, insieme, nel reparto "wellness" dello spogliatoio degli atleti? Siccome non sono stupido, penso proprio che eravate lì per rubare qualcosa, e adesso mi dovete dire che cosa, prima che io vi denunci alla sicurezza e racconti tutto alla Spitfire.»

Stavo sudando freddo, non solo Carlito e Edge avevano spifferato tutto, ma avevano anche fatto capire a Piper che stavamo rubando, e lui ci aveva creduto. Visto che Paulinho, al solito, non parlava, avevo risposto io. «Signore, come ho già detto a Edge e a Carlito, non so davvero che cosa ci facessi in quel posto, e come me credo anche lui», avevo detto, indicando il brasiliano.

«Parla per te o taci, razza di str...» Paulinho, dal nulla, aveva avuto una reazione violenta, alzando la voce, ma quasi senza muovere la faccia. «Se non hai il coraggio di dire le cose come stanno, allora è meglio che stai zitto», aveva proseguito.

Non capivo davvero di che cosa stesse parlando e dove volesse arrivare.

«Signore», aveva continuato sempre a testa bassa, «io so che cosa stavamo facendo lì. Lui mi aveva dato appuntamento in quegli spogliatoi perché voleva farmi vedere il "segreto del wrestling", ovvero delle pillole che, dice lui, i lottatori prendono per essere più forti durante i combattimenti. All'inizio io non volevo andarci, ma poi Luca mi ha convinto.»

Incredibile, il brasiliano stava raccontando a *Hot Rod* una storia assurda, totalmente inventata. Non capivo perché lo stava facendo e soprattutto, più ci pensavo, più mi chiedevo perché mi ero svegliato con lui accanto e che cosa avesse a che fare lui con me, la maschera e i miei viaggi nel mondo della WWE.

«È vero quello che mi sta dicendo?» mi aveva domandato Piper con la faccia sempre più arrabbiata.

«Assolutamente no, signore. Non so di che cosa stia parlando...»

«E allora, se non è così, che cosa ci facevi lì, Luca?»

A quel punto dovevo inventarmi qualcosa e al più presto. Se, ancora una volta, avessi risposto che non lo sapevo, *Hot Rod* avrebbe dato ragione a Paulinho e io sarei rimasto fregato.

«E va bene, signore, glielo racconto. Io ero andato lì per vedere se, da quelle parti, fosse capitato Rey Mysterio. Sapevo che era alla Rumson per allenarsi e speravo che nello spogliatoio si togliesse la maschera, così finalmente avrei potuto vederlo in faccia. Sa, lui è il mio idolo da quando l'ho visto per la prima volta alla tivù, due anni fa...»

«E io dovrei credere a questa storia?» mi aveva risposto.

«Sissignore, glielo giuro. Se vuole lo può domandare a Rey. Già una volta l'ho incontrato e avevo tentato di vederlo senza la maschera. Lui si era molto arrabbiato e di sicuro, se glielo chiede, si ricorderà...»

«Lo faccio subito», mi aveva detto, «così chiariamo come stanno le cose. Lo chiamo immediatamente sul cellulare e sentiamo cosa mi dice...»

Roddy Piper, con il telefono in mano, era andato nell'altra stanza, dove l'avevo sentito parlare, anche se non avevo capito bene di che cosa. Poco dopo era ritornato dicendo che Mysterio gli aveva detto di ricordarsi, molto vagamente, di un ragazzino che lo aveva quasi visto a viso scoperto e che sapeva tutto sulla sua vita...

«Ero io, signore, ero io», avevo urlato. «Conosco tutto di lui, il nome dei figli, da dove arriva, cosa vuol dire "619"...»

«Okay, okay. Ma allora, se tu hai detto la verità, perché Paulinho mi ha raccontato tutta quella storia?»

Il brasiliano non aveva risposto, rimanendo sempre curvo su se stesso, con la testa fra le mani.

«Ho detto a te, ragazzo», gli aveva detto il signor Piper prendendolo per un braccio, «perché mi hai detto delle cose non vere?»

A quel punto, come se fosse una specie di robot, Paulinho era scattato in piedi, aveva preso il braccio dello *scozzese* e, piegandoglielo dietro la schiena, gli aveva dato una gomitata in faccia con l'altro braccio.

Io ero rimasto immobile a guardare una scena davvero incredibile, anche perché Caresma si stava muovendo con una forza che non era certo quella di un ragazzino. Per certi versi, sembravo io con la maschera sul ring, quando le mosse mi venivano senza che io sapessi come.

Lo stesso Piper, all'inizio, non aveva neppure reagito, anche lui sorpreso da quello che stava succedendo.

«Non sono affari tuoi, vecchio schifoso», gli aveva detto Paulinho mentre gli teneva il braccio dietro la schiena. «Quello che faccio e perché lo faccio, lo so solo io, capito?»

Non sapevo se intervenire o cercare aiuto, di sicuro però qualcosa dovevo fare. Ero uscito dall'ufficio di Piper sperando di trovare qualcuno e, mentre correvo, avevo quasi sbattuto contro la signora Spitfire, che stava attraversando l'atrio della scuola.

«Arnaboldi», mi aveva detto, «tu devi essere impazzito. Mi sai dire dove stavi andando di corsa e con quella faccia sconvolta?»

«La prego di credermi, sta succedendo una cosa pazzesca, chiami subito la sicurezza e la faccia venire nell'ufficio del signor Piper.»

Non avevo ancora finito di parlare che la porta a vetri dell'ufficio dello *scozzese* si era rotta, sfondata dallo stesso *Hot Rod* con sopra aggrappato il brasiliano. La signora Spitfire si era messa a urlare, mentre, con una forza eccezionale, Paulinho stava avendo la meglio su Piper, che, a terra, aveva la faccia sporca di sangue.

Mentre i due sul pavimento lottavano come fossero sul ring per un match, erano arrivati i due poliziotti della sicurezza del campus che, alla fine, erano riusciti a staccare il brasiliano dal signor Piper. In due, facevano fatica a tenerlo, mentre lo *scozzese* si stava rialzando, tamponandosi con un fazzoletto che gli aveva dato la signora Spitfire il sangue dalla faccia.

Intanto Paulinho continuava ad agitarsi, scalciando e dicendo delle cose terribili, che riuscivo a capire a stento. Sulla sua caviglia sinistra si intravedeva un tatuaggio molto strano.

«Ti porterò via la forza... e tu tornerai... da dove sei venuto...» aveva gridato. Gli occhiali non li aveva più, ma il cappello gli era sceso completamente sugli occhi, quindi non si capiva realmente dove guardava mentre urlava, ma io, chissà perché, ero sicuro che quelle parole fossero per me.

Lo stesso poliziotto della security che mi aveva trovato sia sul prato che nelle stanze del museo, aveva detto all'altro di lasciare a lui il brasiliano, che se la sarebbe cavata da solo. Subito dopo, nonostante l'età che aveva, o che almeno dimostrava, lo aveva bloccato da dietro facendolo finire sul pavimento.

Ma non si era fermato lì, quasi avesse qualcosa di personale contro Caresma: gli era saltato sopra e lo aveva definitivamente immobilizzato con una specie di mossa di sottomissione. Paulinho aveva cominciato a urlare di mollarlo, che gli stava facendo male, ma lui aveva continuato sino a quando, il suo collega, lo aveva letteralmente staccato dal ragazzo.

«Quelli come te, so io come trattarli», aveva commentato l'anziana guardia, parlando a denti stretti, «se non li fai soffrire, e molto, non capiscono...» Continuando poi a parlottare, se ne era andato verso la macchina, proprio mentre stava arrivando una pattuglia della polizia della città di Rumson.

«Per adesso, questo viene con noi, poi domani vedremo», avevano detto i due poliziotti appena giunti sul posto.

«È meglio che non me lo facciate più vedere», aveva risposto Piper, «perché, anche se è un ragazzino, la prossima volta gli faccio capire chi comanda da queste parti...»

Paulinho era stato trascinato via di peso, strisciando con le gambe per terra, mentre la signora Spitfire aveva cercato di capire che cosa era successo nell'ufficio dello *scozzese*. Lui, tenendosi il fazzoletto sulla parte destra della faccia, le aveva raccontato l'accaduto, dicendole che mentre, all'inizio, aveva sospettato di me, io in tutta la storia non c'entravo praticamente niente.

«Eri comunque nello spogliatoio, Luca, e questa è l'ennesima volta che ti metti nei pasticci», aveva replicato lei, guardandomi, «e io mi sono stufata. Domani mattina parlerò con quelli della *Superjam* per farti tornare subito a casa, perché credo sia sufficiente quello che hai combinato, per mandarti via...»

Avrei voluto dire qualcosa a mia discolpa, ma non ne avevo avuto la forza, dopo tutto quello che era successo nelle ultime ore. Le avevo solo chiesto di ripensarci e che mi dispiaceva dei problemi che le avevo creato, poi ero ritornato in camera mia, salutando Piper.

41

Pensare a quello che avevo visto poco prima mi turbava molto più delle minacce della signora Spitfire, intenzionata a rimandarmi a casa in anticipo.

La reazione di Caresma e la sua velocissima trasformazione mi avevano messo i brividi e dormire con tutta quella confusione in testa era impossibile, così avevo ripreso in mano il diario di Little Kalik, abbandonato per stanchezza qualche sera prima.

Il signor Zong, continuava a raccontare il piccolo wrestler, curava personalmente la sua iniziazione alle arti orientali e in particolare al kung fu. Era sempre presente agli allenamenti mattutini di Kalik, quando si esercitava con i suoi acrobati, e lo aveva affidato alle cure di Ka Li Wong, un vero maestro Zen nato a Zhengzhou, la città sacra per l'intero movimento Shaolin.

Ka Li Wong sembrava un uomo senza età e senza tempo, avrebbe potuto avere cent'anni per come era saggio oppure trenta per l'agilità nei combattimenti simulati.

Bruno aveva passato intere giornate con lui a provare mosse su mosse, a meditare sulle cose meravigliose che il saggio gli aveva raccontato del Monte Song, la montagna sulla quale, secoli prima, la filosofia Zen si era fusa con il kung fu dei monaci Shaolin.

La lettura era molto interessante anche se non è che fosse semplicissimo capire tutto quello che Bruno Landolfi aveva scritto, ma la sensazione era quella di essere molto vicini al colpo di scena che mi avrebbe spiegato l'origine della maschera. Ka Li Wong aveva parlato del tempio Shaolin costruito alla base della montagna sacra, quel Monte Song che i monaci avevano dovuto imparare a difendere dagli attacchi dei nemici che nei secoli avevano tentato di conquistarlo.

La difesa del tempio era sempre avvenuta senza armi, con la sola forza che la mente trasmetteva al corpo. Giorno dopo giorno Ka Li Wong aveva raccontato al piccolo wrestler come i monaci fossero diventati invincibili e come, sfidando la morte a viso aperto, non avessero mai avuto paura di perdere, nemmeno contro dei nemici armati sino ai denti.

In due pagine ancora più fitte e difficili da decifrare, Bruno elencava i poteri dei monaci: *la capacità di penetrare il legno di un albero con le dita di una mano fino a dieci centimetri di profondità, senza provare dolore; la capacità di resistere a dei colpi di bastone sulla pancia rimanendo in piedi, senza cambiare espressione del viso e quella di rimanere in equilibrio su due dita di una mano, con le gambe verso l'alto, in verticale.*

Mi pareva sempre più di essere entrato in una storia fantastica, in cui il confine tra la realtà e la fantasia non esisteva e i monaci, così come li descriveva il futuro Little Kalik, sembravano dei veri e propri supereroi.

Il maestro Ka Li Wong voleva che anche lui, un giorno, facesse sua la filosofia Shaolin e la utilizzasse al meglio applicandola al wrestling.

Intanto Bruno alternava la sua presenza al circo con i combattimenti nelle riunioni che gli venivano proposte.

La sua tecnica era migliorata ma non riusciva a diventare quello che avrebbe voluto: un vincente. Se portava a casa la vittoria era più che altro grazie allo scarso valore degli avversari, wrestler improvvisati che nella vita di tutti giorni facevano altro.

Lui invece, grazie al signor Zong, poteva permettersi di fare solo il lottatore perché al circo lo pagavano per i lavori che eseguiva tra un allenamento e l'altro e in più c'erano i premi in denaro vinti con i combattimenti.

Le mosse però erano poco efficaci e i tentativi di inserire lo Shaolin kung fu nelle sue tecniche di combattimento non dava ancora buoni frutti.

Le poche volte che aveva provato a portare un calcio alto e si era girato in aria di 360 gradi, era finito per terra tra le risate del pubblico, che aveva creduto che l'avesse fatto per divertire la gente.

Ma andava bene lo stesso perché gli organizzatori lo chiamavano, forse per mancanza di altre novità in giro.

Ma Bruno non era appagato da quel genere di successi e avrebbe voluto sempre vincere dominando l'avversario.

Ero così concentrato su quello che leggevo che non avevo neppure sentito che Sung stava bussando con forza alla porta che avevo chiuso a chiave dall'interno. Non so da quanto tempo era lì fuori, me n'ero accorto solo quando, per farsi notare, aveva cominciato a urlare.

«Ti chiedo scusa», gli avevo detto subito, «ma se tu sapessi che cosa mi è successo oggi capiresti perché sono così assente...»

«E allora dimmelo, no?» mi aveva risposto.

«Non ora Sung, devo capire meglio e per farlo devo finire di leggere una cosa che ti riguarda anche un po' da vicino. Domani ti dirò tutto...»

Il cinese mi aveva osservato per un attimo, perplesso, poi si era tolto le scarpe e senza neanche mettersi in pigiama si era disteso sul letto, dove si era addormentato in cinque secondi.

Beato lui che ci riesce, avevo pensato mentre mi immergevo di nuovo nella lettura.

Una mattina, dopo aver dormito in un motel fuori Ft. Myers (dove aveva combattuto la sera prima), Bruno era ritornato al circo, che nel frattempo si era spostato di qualche chilometro. Nella piazzola in cui veniva in genere montata la cassa, aveva notato un furgone parcheggiato male. Si era avvicinato e aveva assistito a una scena terribile: c'erano tre bestioni mal vestiti, con la barba e i capelli lunghi, che picchiavano e malmenavano il maestro Ka Li Wong e mentre lo facevano lo ricoprivano di insulti razzisti.

Bruno lo aveva visto lottare con tutte le sue forze e portare anche qualche colpo, ma tre tizi di quella stazza erano troppi anche per un monaco Shaolin come lui.

Bruno si era gettato addosso ai tre, quando ormai erano sopra il maestro, ed era riuscito a toglierne subito uno dal mucchio. Con un calcio basso aveva anticipato l'attacco del secondo e quando dal tendone del circo erano usciti due acrobati, attirati dal rumore della lotta, i tre erano scappati.

Ka Li Wong era rimasto per terra, nella polvere.

Oltre ad avere la faccia sporca e tumefatta e i pantaloni strappati, aveva anche uno squarcio sulla camicia provocato da una coltellata, dal quale usciva parecchio sangue.

Con l'aiuto degli inservienti del circo Bruno aveva portato il maestro nel suo carrozzone, mentre uno degli operai era corso a chiamare un'ambulanza.

Lo avevano disteso sul suo letto e Bruno aveva tentato di rassicurarlo, dicendogli che presto sarebbero arrivati i soccorsi. Lui, con un filo di voce, aveva chiesto agli altri di uscire e di lasciarlo solo con il suo protetto.

Aveva preso la mano di Bruno e gli aveva detto che si rendeva conto che per lui tutto stava per finire.

Gli aveva raccontato che ogni volta che chiudeva gli occhi vedeva l'immagine del sole che tramontava alle spalle del Monte Song e che quello era il segnale grazie al quale i monaci Shaolin capivano che la fine era vicina.

Mentre il maestro parlava, con l'altra mano aveva indicato a Bruno una scatola seminascosta sotto il suo letto e gli aveva detto di prenderla e di aprirla.

Dentro, avvolta in un panno, c'era una maschera di pelle azzurra e bianca, rifinita d'oro. Sulla parte posteriore c'erano i tre simboli Zen, un cerchio per il sole, un triangolo per la montagna e un quadrato per il monastero.

La voce cominciava ad affievolirsi e il maestro aveva sussurrato che quella non era una semplice maschera Zen, ma che era appartenuta a un monaco Shaolin che nessuno aveva mai visto in faccia e che aveva combattuto per tutta la sua vita senza mai perdere. Un invincibile, forse proprio grazie alla maschera. Di generazione in generazione era arrivata fino a lui, che adesso la consegnava a Bruno.

Il maestro aveva sorriso e aveva stretto con le ultime forze la mano di Bruno, poi gli aveva raccomandato di usare la maschera con saggezza e di stare attento alle forze del Male, che prima o poi avrebbero tentato di sottrargliela per privarla dei suoi poteri misteriosi. A quelle parole, Bruno aveva sentito la mano del maestro lasciare la sua, in un attimo Ka Li Wong se n'era andato ma il suo viso era rimasto sereno, come se fosse stato contento di aver portato a termine una missione.

Avevo letto quelle ultime pagine senza mai fermarmi e senza utilizzare il dizionario; ora sapevo che cosa avevo trovato e cominciavo a capire perché quando la indossavo mi succedevano tutte quelle cose incredibili.

Mi era venuto in mente quello che vedevo ogni volta che mi trasformavo, le stesse immagini di cui aveva parlato il maestro Ka Li Wong, solo che nelle mie visioni la sequenza era rovesciata. Per lui il sole stava tramontando dietro il Monte Song, per me invece, trasformazione dopo trasformazione, il sole saliva sempre più in alto.

Avevo compreso parecchie cose, anche se molte altre dovevo ancora scoprirle. Leggendo le pagine recuperate avevo capito perché Bruno Landolfi era diventato Little Kalik. Nella prima parte del diario lo aveva accennato ma ora tutto combaciava alla perfezione.

Nel suo primo incontro si era presentato sul ring senza nome, perché non poteva certo farsi chiamare Bruno ma non aveva ancora deciso quale sarebbe stato il suo nuovo nome di battaglia.

Come gli aveva anticipato il maestro Wong, la maschera lo aveva reso fortissimo e gli aveva fatto apprendere magicamente i colpi e le mosse di kung fu applicati al wrestling.

Così, quando si era trovato a chiudere il suo primo match con l'avversario a terra, aveva gridato: «Ka Li», in onore del suo maestro. Lo speaker, nella confusione dell'Arena, aveva capito «Kalik», e credendo che quello fosse il suo nome di battaglia lo aveva proclamato vincitore chiamandolo in quel modo.

Per rispetto nei confronti del grande Wong, Bruno lo aveva corretto solo in parte e aveva urlato a tutti che da quel giorno sarebbe stato Little Kalik, il piccolo Kalik.

42

Saranno mancati non più di dieci minuti al termine della lezione di inglese, quando Julie ci aveva chiesto un po' di attenzione.

«Ragazzi, ascoltatemi», aveva detto, «oggi non ci saranno le due ore di informatica con Russell, perché io e lui dobbiamo occuparci di qualcosa di molto speciale, una sorpresa che stiamo organizzando per voi. Avevamo deciso di dirvi tutto all'ultimo momento, ma non credo che svelarvela qualche ora prima possa rovinarla.»

Mentre Julie parlava ci eravamo guardati tutti con la faccia di chi si aspetta qualcosa di veramente fantastico, tipo una serie di incontri di wrestling nella nostra palestra oppure la visita di un altro super personaggio, come per esempio Hulk Hogan.

«Se siete pronti», aveva ripreso la prof, «vi dico che cosa faremo domani e domenica. Ragazzi e ragazze, partiremo tutti per New York, dove rimarremo per il weekend!»

Nella classe si era alzato un brusio eccitato.

«Faremo un sacco di cose, andremo a visitare i musei, vi porteremo a vedere dei negozi meravigliosi, andremo addirittura a vedere come è fatta una portaerei... Insomma, ci divertiremo. Che ne dite?»

Ewan si era alzato di scatto dalla sedia e aveva cominciato a dare dei *cinque* a destra e a manca mentre Javier aveva abbracciato Sophie.

Amanda, che era seduta vicino a me, mi aveva invece stretto la mano da sotto il banco e mi aveva detto che vedere New York era da sempre uno dei suoi sogni e che era molto contenta che l'avrebbe fatto con me.

«Ma non è tutto ragazzi... sabato sera andremo al Madison Square Garden per assistere a una grande riunione di wrestling. Sul ring ci saranno tutti i vostri campioni preferiti, sia quelli di Smackdown che quelli di RAW e credo proprio che sarà una serata indimenticabile. Roddy verrà con noi e ci aiuterà a capire meglio tutto.»

«Wooooooooow», aveva urlato Tyrone, «ma è fantastico! Grazie Julie, grazie!»

«Sì, grazie anche da parte mia!» aveva aggiunto Vassily.

«E anche dalla mia!» gli aveva fatto eco Javier.

La classe era in preda a un'euforia incontenibile, l'unico a non aver fatto una piega o quasi all'annuncio era stato Helmut, che era rimasto seduto dietro al suo banco.

«C'è qualcosa che non va?» gli aveva chiesto Julie.

«No, no», gli aveva risposto il tedesco, «è solo che io sono stufo di assistere ai combattimenti e basta. Vorrei farli, mi capisci Julie? Vorrei salire sul ring e battermi usando tutto quello che ci avete insegnato qui a scuola. Sono sicuro che al Madison Square Garden farei un figurone...»

Helmut non aveva ancora finito di parlare che Vassily, Tyrone e Javier erano esplosi all'unisono in una fragorosa risata.

«Sì sì, al Madison», gli aveva detto l'americano. «E magari contro Triple H... Ma fammi il piacere! Helmut, lo dico a nome di tutti gli altri: sei un buffone, un pallone gonfiato e dici solo un sacco di stupidaggini. Fai una cosa, siediti e taci che è meglio per tutti, idiota...»

Il tedesco, che in principio era stato fermo ad ascoltare Tyrone, all'*idiota* era scattato in piedi e aveva cercato di colpirlo con un pugno, senza prenderlo.

A quel punto sia Javier che Vassily si erano gettati su di lui per fargliela pagare non solo per quello che aveva detto in classe, che in realtà non era poi così grave, ma per come si era comportato fin dal primo giorno alla Rumson. Ed era stato allora che avevo deciso di intervenire.

«Ehi, ragazzi, ma che cosa state facendo? Vi sembra il modo di comportarvi proprio adesso che ci portano a New York? Volete che ci annullino il viaggio? Dai, calmiamoci un po' tutti, tu per primo», avevo detto a Helmut.

Il tedesco mi aveva prima guardato malissimo, poi, come se avesse capito il messaggio, si era rimesso a sedere e come lui avevano fatto tutti gli altri.

«Bravo Luca», aveva detto Julie, «direi che hai sistemato le cose appena in tempo e visto come è andata non dirò nulla alla Spitfire, anche perché ci tengo ad andare a vedere la riunione di wrestling. Ora potete andare, ma mi raccomando: se solo ricominciate a litigare tra di voi, be'... allora, anche se a malincuore, dovrò raccontare tutto in direzione!»

Eravamo usciti dalla classe in silenzio, solo Sophie mi si era avvicinata e mi aveva ringraziato.

Prima di pranzo ero andato al *bookstore* per vedere se era arrivata la rivista della WWE, ero curioso di leggere se avevano scritto qualcosa del mio ultimo incontro con Carlito e magari di quello che era successo dopo. Sul giornalino gratuito che viene distribuito in classe c'era la cronaca del match ma non diceva niente della rissa che era scoppiata poco dopo.

I giornali c'erano, erano ancora legati, appoggiati in terra vicino al bancone. La cassiera aveva tagliato lo spago e ne aveva presi una decina e li aveva messi sulle mensole, vicino alle altre pubblicazioni. Io, per far prima, ne avevo preso uno direttamente dal mucchio e dopo averlo pagato ero uscito per andare in mensa, perché stavo morendo di fame.

Sfogliavo la rivista e prima di trovare il resoconto della riunione di Miami mi era caduto l'occhio sul paginone centrale, che era una specie di calendario-poster con le date degli eventi e molto fotografie. Ero andato subito alla ricerca della riunione di New York, per cercare di capire chi avremmo visto sabato sera.

L'avevo trovata in un attimo, anche perché era senza dubbio la più importante, non solo della settimana ma anche del mese.

Al Madison avrebbero combattuto tutti i migliori, sia di Smackdown che di RAW, e gli incontri previsti erano davvero spettacolari: c'era il *ladder match*, quello con la scala, poi un *table match* con i tavoli, e ancora una *royal rumble*.

Appena sotto c'era anche la lista dei match singoli, quelli uno contro uno. Anche in quel caso i nomi erano clamorosi: John Cena avrebbe affrontato Kurt Angle in un incontro di mezz'ora in cui le schienate valevano un punto, Batista se la sarebbe vista con Chris Benoit e... Little Luca avrebbe combattuto contro... No Face!

Mi ero fermato di colpo, a due passi dall'ingresso della mensa, paralizzato da quello che avevo letto.

Non solo infatti avrei dovuto combattere molto prima di

quanto mi aspettavo, ma lo dovevo fare contro uno come No Face, del quale non sapevo assolutamente nulla.

Il tutto al Madison, davanti ai miei compagni di scuola.

Quante emozioni!

43

Avevo deciso che almeno per qualche ora non avrei pensato a quello che avevo letto sulla rivista della WWE. Non che fossi impaurito da cosa mi sarebbe potuto succedere contro un avversario che non conoscevo, ma per il momento era meglio passare una giornata tranquilla, andare a dormire sereno e il giorno dopo partire con tutti gli altri per New York.

Sentivo comunque che il destino mi attendeva e che Little Luca non sarebbe potuto mancare al Madison, dove il pubblico lo avrebbe accolto, come al solito, da vero idolo. Dopo averci pensato su un po' avevo deciso che mi sarei trasformato a New York e non alla Rumson, perché non volevo che la mia assenza a scuola facesse annullare la gita nella Grande Mela e togliesse ai miei compagni la possibilità di vedermi sul ring.

Sembrava una giornata autunnale milanese, aveva cominciato a piovere di mattina e non aveva mai smesso fino a notte fonda. Le lezioni del pomeriggio in palestra erano state molto leggere, dopo un'ora Wingo ci aveva fatto sedere tutti in tribuna per assistere a una serie di match tra gli allievi più grandi del corso.

C'era gente con del vero talento atletico, ma sapevo che non bastava e che la differenza l'avrebbe fatta il personaggio che si sarebbero creati. Ormai, senza rendermene conto, pensavo con la testa di Little Luca, uno che di wrestling ne masticava parecchio e che avrebbe potuto dare un sacco di consigli a quelli del corso.

Dopo cena ero tornato in camera e avevo chiacchierato un po' con Sung, chiedendogli cosa conosceva dei monaci Shaolin.

Il cinese mi aveva risposto che non ne sapeva nulla, perché dalle sue parti, a Shanghai, non ne aveva mai sentito parlare.

«Se invece ti interessa imparare qualche mossa di kung fu, quello vero… basta che chiedi, Luca!» mi aveva sorriso il mio compagno di stanza.

Gli avevo risposto che per la serata ero già abbastanza stanco e che non ce l'avrei proprio fatta, anche se l'idea mi incuriosiva parecchio.

«Okay amico», mi aveva risposto. «Ma prima che finisca il corso mi piacerebbe davvero farti vedere quello che mi ha insegnato mio padre. Magari un giorno potrebbe anche servirti… Che ne so, sul ring, se diventerai un wrestler professionista…»

Per un attimo avevo avuto la sensazione che Sung sapesse di me e di quello che mi stava succedendo. Poi, mentre si addormentava in un secondo come suo solito, avevo pensato che non era possibile e che le sue parole di poco prima non volevano dirmi nulla di particolare.

Prima di dormire avevo ripreso in mano le pagine staccate del diario di Little Kalik che tenevo nel cassetto del mio comodino. Avevo fatto un po' di fatica a ritrovare il segno, perché erano tante e a prima vista sembravano tutte uguali, poi finalmente avevo beccato quella con l'angolo piegato dove mi ero fermato la volta prima.

Il piccolo wrestler aveva tra le mani la maschera che lo avrebbe fatto diventare il lottatore più conosciuto d'America. La sua fama aveva cominciato ad allargarsi a macchia d'olio: prima la parte nord della Florida, poi tutto lo Stato fino a Miami e Key West, poi ancora quella che nel diario lui chiamava la Bible Belt, la striscia degli Stati del Sud in cui la bibbia è la prima lettura degli abitanti, tutti molto religiosi.

La sua veloce conquista del Paese lo aveva poi portato in West Virginia e North Carolina, gli Stati in cui si narra che sia nato il wrestling e in cui per uno sconosciuto è molto più difficile farsi considerare e apprezzare.

Ma lui c'era riuscito nell'unico modo che conosceva: aveva vinto match dopo match con il suo stile innovativo e aveva portato sul ring le tecniche Shaolin che gli aveva insegnato il grande Ka Li Wong e che la maschera gli permetteva di eseguire alla perfezione.

Il pubblico di quelle parti era impazzito per quella nuova tecnica e così la sua popolarità era definitivamente salita alle stelle.

Anche se allora la televisione non trasmetteva il wrestling il suo nome era arrivato velocemente fino alla costa ovest, a Los Angeles, dove aveva combattuto e vinto davanti a trentamila persone nello stadio dei Dodgers, appena inaugurato. Tutti lo chiamavano, tutti lo richiedevano, se avesse voluto Kalik avrebbe potuto combattere sette giorni su sette senza mai fermarsi.

I giornali di allora erano pieni di sue foto e di suoi articoli, il «New York Post» aveva indetto un concorso che premiava con un sacco di soldi il primo che fosse riuscito a vederlo in faccia e a fotografarlo senza maschera.

Quando poi era arrivato il momento di esibirsi anche in

coppia, visto che ormai nessuno o quasi lo voleva più affrontare da solo, la lega gli aveva proposto di combattere assieme a un wrestler di origine sudamericane che si faceva chiamare Sem Cara.

I due sembravano fatti l'uno per l'altro, anche perché Sem Cara aveva inserito nel suo stile di lotta alcuni elementi della Capoeira, movimenti simili a quelli che Kalik aveva preso dal kung fu...

La Capoeira è un'antichissima arte marziale brasiliana che gli schiavi africani dei dominatori portoghesi mascheravano con una specie di danza, per potersi allenare e prepararе alla rivolta senza essere scoperti e puniti. La nuova coppia aveva cominciato a vincere anche se tra i due il più popolare e amato era sempre Kalik, non certo il sudamericano.

Quello che stavo leggendo diventava sempre più interessante ma allo stesso tempo era come fossi preoccupato per le sorti di Little Kalik.

Sapevo già che prima o poi avrei scoperto come e perché aveva perso un incontro e perché aveva deciso di ritirarsi, ma quello che proprio non potevo immaginare era cosa gli sarebbe successo prima del match...

Nel punto in cui avevo ripreso la lettura Little Kalik raccontava di uno dei tanti incontri disputati e vinti in coppia con Sem Cara sotto il tendone di un circo a Nashville, nel Tennessee.

L'incontro era filato via liscio, senza intoppi, anche se per qualche motivo Sem Cara aveva esitato in un paio di occasioni in cui si sarebbe dovuto precipitare sul ring per aiutare Kalik, che se la stava vedendo da solo con entrambi gli avversari.

Alla fine del match il piccolo wrestler non aveva detto

niente al suo compagno; anzi, per la prima volta di fronte a qualcuno che non fosse sua moglie, si era tolto la maschera e si era fatto vedere in faccia.

Fin dal momento in cui il maestro Wong gliel'aveva consegnata nessun altro lo aveva mai visto senza, ma in quell'istante sentiva che del suo compagno si poteva fidare.

Quella sera i due avevano bevuto fino a ubriacarsi. Prima nello spogliatoio, poi nei tanti locali di Nashville, una città che sembrava fatta apposta per divertirsi fino all'alba. Qualcuno in giro aveva riconosciuto Sem Cara, ma nessuno aveva capito che quello che beveva e si divertiva con lui era Little Kalik senza la maschera. Era addirittura successo che due ragazzi, fuori da un bar dalle parti del centro, avevano chiesto al sudamericano dove avesse lasciato il piccolo wrestler, perché era lui che volevano vedere e conoscere.

Sem Cara l'aveva presa male, si era stizzito e stava quasi per allontanare i due, quando Kalik era intervenuto e aveva detto loro che Little Kalik non usciva mai perché non poteva togliersi la maschera e andare in giro con la faccia coperta non sarebbe stato possibile.

Il piccolo wrestler proseguiva il racconto e scriveva che da un certo punto in poi non ricordava più niente di quello che aveva fatto quella sera e che l'unica cosa che gli era rimasta in mente era il momento in cui si era risvegliato, in una casa che non conosceva, nello stesso letto con due donne che non aveva mai visto prima.

Poco più in là, nella stessa stanza ma su una poltrona, c'era anche Sem Cara, addormentato, con addosso... la maschera meravigliosa!

Sulle prime Kalik non era riuscito nemmeno ad alzarsi dal letto, tanto era ancora intontito dall'ubriacatura; poi, sforzandosi, si era trascinato fino alla poltrona e aveva tentato di svegliare il suo compagno. C'erano voluti dieci minuti buoni, poi all'improvviso Sem Cara si era ripreso e aveva cominciato a stirare le braccia e le gambe.

Il piccolo wrestler gli aveva subito chiesto perché mai avesse addosso la maschera e si era sentito rispondere che l'aveva provata perché tanto a lui quella notte non sarebbe servita.

Kalik aveva tentato di replicare, ma immediatamente Sem Cara lo aveva zittito e gli aveva detto di aver scoperto il suo segreto e di aver capito perché aveva tanto successo. Aveva detto che quella sera, appena si era messo la maschera, si era sentito addosso una forza incredibile. Nel bar dell'albergo aveva partecipato a una rissa e aveva picchiato da solo tre tizi molto più grandi di lui!

Ma la maschera funzionava bene non solo per combattere, era anche servita a conquistare le due ragazze che stavano ancora dormendo nel letto in cui Kalik si era appena svegliato.

Mentre il sudamericano parlava, il piccolo wrestler non poteva credere a quello che vedeva e sentiva.

Non solo il suo compagno lo aveva visto in faccia ma aveva anche usato la maschera senza sapere quello che stava facendo: a quel punto conosceva i due segreti della sua vita da lottatore.

Sem Cara aveva continuato a mortificarlo e gli aveva detto che da quel momento il leader della coppia sarebbe stato lui perché la maschera era in suo possesso e il mito di Little Kalik era finito. Se il piccolo wrestler avesse pensato di denunciarlo per qualche motivo, aveva proseguito Sem Cara, non gli sarebbe convenuto farlo: quella notte erano state scattate delle foto.

Non solo quelle senza maschera da spedire al «New York Post», ma anche quelle di lui a letto con le due ragazze, che sarebbero arrivate direttamente a casa, a sua moglie.

Insomma, se voleva poteva rovinargli davvero la vita.

A quelle parole il piccolo wrestler non ci aveva visto più e con le poche forze che gli erano rimaste si era buttato sul sudamericano e lo aveva colpito col primo soprammobile che si era trovato tra le mani.

Nonostante avesse ancora addosso la maschera, che lo rendeva quasi invincibile, Sem Cara non era riuscito a reagire e aveva subito il colpo, stramazzando sul pavimento.

Con grande prontezza di riflessi Kalik gli si era allora avvicinato e gli aveva sfilato la maschera, poi si era rivestito ed era uscito di corsa dalla stanza, spingendo via una delle ragazze che nel frattempo si era svegliata.

In strada aveva chiamato un taxi ed era ritornato in albergo. Era completamente fuori di sé e non riusciva a rendersi conto di quello che gli era accaduto perché tutto era capitato così in fretta che sembrava un sogno. L'unica cosa importante era che la maschera, alla fine, era tornata in suo possesso.

Mi ero talmente lasciato prendere dalla lettura del diario che la testa aveva cominciato a farmi male davvero.

Avrei voluto continuare ma non ce la facevo più e così avevo deciso di spegnere la luce e mettermi a dormire, non prima di aver pensato, come tutte le volte che mi sentivo in difficoltà, ai miei genitori e a quanto gli volevo bene.

Era da un po' che non lo facevo e l'immagine del viso della mamma mi aveva aiutato ad addormentarmi, senza pensare a quello che avrei dovuto vivere il giorno dopo.

44

La mattina dopo la sveglia era arrivata molto prima del previsto, anche perché era sabato e di sabato in genere dormivamo almeno fino alle nove. Invece alle sette avevano bussato alla nostra porta e ci avevano ricordato che un'ora dopo, puntuale, sarebbe partito il pullman per New York.

La sera prima avevamo trovato sul letto un foglio scritto a macchina e firmato dalla signora Spitfire, con il programma del weekend e una lista di suggerimenti su cosa portare.

Oltre a quello che ci aveva anticipato Julie, c'era anche un incontro con i dirigenti dell'azienda che produceva le merendine *Superjam*, a mezzogiorno di domenica.

Per tutti noi, concludeva la Spitfire, ci sarebbe stata una bella sorpresa da parte dello sponsor.

La sera prima non avevo preparato niente, preso com'ero dalla lettura del diario di Kalik, così in pochi minuti, prima di scendere per la colazione, avevo buttato nello zaino le prime cose che mi erano capitate tra le mani.

Non che mi interessasse molto di come mi sarei vestito, anche perché le mie preoccupazioni erano altre, ma una maglietta, quella di Hulk Hogan, l'avevo presa di proposito, perché sapevo che piaceva molto ad Amanda.

Dal momento in cui mi ero svegliato avevo pensato quasi solo al mio incontro del Madison e a come ci sarei arrivato.

Ero talmente concentrato che quasi mi ero dimenticato in camera la maschera meravigliosa! Era stato Sung a ricordarmela, senza nemmeno volerlo, quando mi aveva chiesto se alla riunione di New York avrebbe partecipato *il mio amico* Little Luca e se i suoi parenti, che ero andato a trovare qualche giorno prima, sarebbero venuti a vederlo.

Per un attimo non avevo capito che cosa stesse dicendo e avevo rischiato di farmi cogliere in fallo, poi di colpo mi ero ricordato la bugia che gli avevo raccontato per farmi coprire e soprattutto che stavo lasciando la maschera in camera!

Il viaggio era durato poco più di un'ora e sull'autostrada per New York c'era poco traffico. A circa metà del percorso avevo rivisto dal finestrino di sinistra la Continental Arena e avevo ripensato all'incontro con JBL, quello che mi aveva fatto conoscere un po' da tutti nel mondo del wrestling. Certo, sia contro di lui che con Carlito mi ero potuto preparare e pensare a un minimo di tattica, mentre con questo No Face sarei andato allo sbaraglio, anche se la maschera mi rassicurava.

A quel punto, per far passare più in fretta il tempo ma soprattutto per sapere che cosa era successo alla fine a Little Kalik, mi ero messo a leggere le ultime pagine del suo diario.

Per qualche giorno il piccolo wrestler era rimasto chiuso in albergo, terrorizzato da quello che sarebbe potuto capitargli. Non si era fatto trovare né da quelli della lega, né dal suo agente, perché aveva bisogno di riflettere sul futuro.

Una mattina, senza più esitare, aveva preso la macchina ed era ritornato a Tallahassee, da sua moglie.

Kalik era arrivato di fronte alla sua villetta nella zona più elegante della città, aveva suonato il campanello tre volte ma nessuno gli aveva aperto.

Come spesso accadeva non aveva portato con sé le chiavi, perché tanto ci sarebbe stata Susan. Stavano insieme da sempre, si erano conosciuti quando avevano quattordici anni e vivevano in un quartiere di Tallahassee molto più povero.

Anche lei era figlia di emigrati italiani e suo padre aveva cresciuto Bruno come se facesse parte della sua famiglia.

Quella volta lei non aveva aperto e lui era dovuto passare dal giardino per entrare poi in casa dalla finestra della cucina.

L'aveva trovata vuota, non c'era nessuno, nemmeno il loro cane Atlas (che si chiamava così in onore di un grande wrestler del passato).

Gli armadi erano aperti e di Susan non restava veramente più niente: se n'era andata portando via ogni cosa che la potesse ricordare.

Sul tavolo del salotto Kalik aveva trovato una busta gialla con sopra scritto il nome della moglie e il loro indirizzo di casa.

All'interno c'erano le foto che Sem Cara aveva scattato quella maledetta notte, accompagnate da un biglietto che diceva: «Ti puoi fidare di un uomo simile?»

Il piccolo wrestler lo aveva letto ed era crollato sul divano, sconvolto.

Era rimasto lì per tutto il pomeriggio, fermo, senza fare nulla. Poi, verso sera, aveva chiamato il suo agente e gli aveva chiesto che incontri c'erano in programma. Aveva scritto i luoghi e le date sull'agenda ed era uscito di casa senza nemmeno chiudere la porta.

Per Kalik o Bruno che fosse, il momento doveva essere stato difficilissimo e lo si capiva anche dalla scrittura, che in quelle pagine del diario era molto meno chiara che nelle altre.

Little Kalik aveva combattuto in due riunioni minori, una

a Savannah in Georgia e l'altra a Charlotte, in North Carolina; aveva vinto i suoi incontri ma non aveva dominato gli avversari come era abituato a fare.

Qualcosa nella maschera cominciava a non funzionare come prima e lui se ne stava accorgendo, ma i suoi pensieri erano tutti per la moglie fuggita di casa e per quello che gli avrebbe potuto fare ancora Sem Cara.

Kalik era certo che il «New York Post» aveva già ricevuto e presto avrebbe pubblicato la sua foto senza la maschera, cosa che gli avrebbe procurato un danno enorme e avrebbe distrutto la sua leggenda di idolo misterioso di centinaia di migliaia di fan. In albergo, dopo l'ultimo incontro, aveva trovato un messaggio del suo agente che chiedeva di essere richiamato al più presto.

Kalik aveva fatto la doccia, si era disteso sul letto e dopo un po', senza fretta, aveva composto il numero dell'uomo che gestiva la sua carriera.

L'agente gli aveva detto che gli stava combinando il «match della vita», così l'aveva definito. Sarebbe stato il sabato successivo, a New York, contro... Sem Cara!

A quel nome il piccolo wrestler era rimasto muto al telefono per almeno un minuto, durante il quale l'agente aveva continuato a parlare e gli aveva detto che gli organizzatori offrivano molti soldi.

Kalik aveva aspettato ancora un istante e poi aveva risposto che avrebbe accettato di combattere, ma che i motivi erano altri, non certo i soldi.

A quel punto ero stato interrotto da Javier, che manco a farlo apposta era venuto a chiedere proprio a me se avevo idea di chi fosse questo No Face, il wrestler misterioso che improvvisamente era apparso nel mondo di RAW.

«Qualcuno sostiene», mi aveva detto lo spagnolo, «che No Face non sia altri che Undertaker, che per fare più scena ha deciso di presentarsi con un'altra identità.»

Quasi speravo che fosse così, almeno mi sarei battuto con qualcuno che conoscevo, fosse pure un gigante assassino, e non contro un fantasma.

La discussione su chi fosse davvero No Face era proseguita fino a che il pullman aveva imboccato il tunnel che ci avrebbe portato a Manhattan.

Nessuno di noi c'era mai stato, neppure Tyrone che era americano, e quando l'autobus era uscito tra i grattacieli un po' tutti eravamo rimasti a bocca aperta di fronte a quello spettacolo meraviglioso.

Avevo visto New York in tanti film e telefilm, ma dal vivo era davvero un'altra cosa. Dieci minuti dopo eravamo davanti al St. Joseph Youth Hostel. Era un palazzo di mattoni rossi vicino al fiume e ognuno di noi, al momento di scegliere, aveva mantenuto gli stessi compagni di stanza della Rumson.

Avevamo preso possesso delle nostre camere, che erano molto più brutte di quelle della scuola.

La Spitfire ci aveva dato mezz'ora di tempo per sistemarci e per essere pronti a muoverci. Ormai erano le undici e il programma della giornata prevedeva subito una visita al museo di storia naturale, poi il pranzo in un ristorante dentro Central Park e una gita alla Statua della Libertà.

Alle sei saremmo ritornati all'ostello per cambiarci ed essere poi pronti per arrivare puntuali alle otto al Madison Square Garden.

Già, tutti... avevo pensato, tutti tranne uno, perché io prima o poi mi sarei dovuto trasformare per arrivare allo stadio almeno per le sei.

Avevo cercato di capire come evitare che la signora Spitfire si accorgesse della mia assenza, ma pur pensandoci parecchio non mi era venuta nessuna idea. Alla fine avevo deciso che l'avrei fatto e basta. Sapevo che una volta ritornato Luca non avrebbe potuto punirmi più di tanto, visto che la settimana dopo saremmo comunque tutti ritornati a casa nostra.

45

In quella mattinata piena di cose meravigliose mi era capitato di pensare se, una volta tornato in Italia, tutto avrebbe funzionato come in America e se da così lontano avrei potuto continuare la mia carriera di wrestler.

L'avrei forse scoperto in seguito, ma in quel momento mi interessava soprattutto trovare l'attimo giusto per trasformarmi.

Al museo di storia naturale non si era mai presentata l'occasione, eravamo stati sempre tra la gente e la signora Spitfire non ci aveva mollato un attimo, e con lei c'erano anche Julie e Russell.

Avevano molta paura di perderci e così, oltre alle tante e noiose raccomandazioni su quello che non dovevamo fare durante la gita, ci stavano addosso come delle figurine appiccicate all'album. Mentre eravamo nelle sale dedicate ai dinosauri avevo visto un bagno e avevo intuito che il momento giusto poteva essere quello.

Avevo chiesto se potevo andarci, ovviamente da solo, ma anche in quel caso Russell non aveva mollato la presa, con la scusa che ci doveva andare anche lui.

Niente da fare, non riuscivo a rimanere da solo nemmeno un minuto.

Dovevo per forza rimandare la trasformazione ma non

potevo attendere più di tanto, quelli di RAW mi stavano aspettando e io volevo avere il tempo di trovare qualcuno che mi raccontasse qualcosa sul mio avversario, tanto per non andare sul ring senza sapere nemmeno come si chiamasse la mossa di sottomissione di questo No Face.

Dopo il museo eravamo andati a mangiare a Central Park. Attorno al ristorante c'era un lago con delle barche a remi e Javier aveva chiesto se ci potevamo fare un giro; la Spitfire gli aveva detto di no, perché non avevamo tempo e perché comunque sarebbe stato pericoloso. Javier era dapprima rimasto in silenzio per un attimo, poi le aveva risposto che era stufo di fare sempre e soltanto quello che diceva lei e che al mare, a Malaga, lui portava da solo una barca a motore. La Spitfire si era subito agitata per il tono della risposta e aveva alzato la voce per poi spingere lo spagnolo a rimettersi seduto, cercando di farlo tacere. Javier a quel punto si era messo a piangere, non riuscendo quasi a respirare tanto era agitato; Julie, Tyrone e Amanda gli si erano avvicinati per calmarlo mentre la Spitfire, dopo averlo rimproverato ancora, si era allontanata per parlare con il cameriere.

Avevo pensato a quanto aveva ragione Sophie quando diceva che non aveva sentimenti.

Per questo, mi ero detto, *non me ne frega niente se andrà nei casini quando mi trasformerò e non mi troveranno più.*

Javier non smetteva più di piangere, nonostante fossimo tutti lì con lui; c'era voluto l'intervento di Sophie, che gli aveva detto qualcosa all'orecchio e gli aveva fatto una carezza sul viso. Lui si era calmato, aveva tirato su rumorosamente col naso e, alla fine, aveva quasi sorriso.

A pochi metri dal nostro tavolo c'erano degli altri ragazzi, anche loro in attesa di mangiare; uno di loro si era avvicinato e mi aveva chiesto che cosa stava succedendo. Dopo avergli spiegato che Javier piangeva ma non era niente di grave, ci eravamo messi a parlare di New York e di quello che avevamo visto.

Con un accento non proprio inglese lui mi aveva raccontato che in mattinata era stato con la sua classe in giro per negozi e aveva visto il nuovo iPod, quello che faceva anche le foto, ma che non era riuscito a comprarlo perché non aveva abbastanza soldi.

«Invece ho preso questo», mi aveva detto estraendo dal suo zaino un pallone da football americano veramente bello, di cuoio marrone, marchiato NFL.

«Se vuoi, mentre aspettiamo di mangiare, ti insegno a lanciarlo.»

Non gli avevo ancora risposto quando altri tre della sua classe erano arrivati e avevano iniziato a passarsi la palla.

Visto così non sembrava difficilissimo, ma dopo il primo lancio avevo già deciso di lasciar perdere, non faceva per me.

Quello dell'iPod mi aveva allora spiegato come prendere il pallone con una mano, con le dita sulla cucitura: «Questo è più piccolo di quelli veri», mi aveva detto. «Altrimenti con le nostre mani non riusciremmo a tenerlo.»

Dopo il disastro del primo lancio mi ero tolto il giubbotto, che avevo indossato per proteggermi dall'aria condizionata del museo, per essere più libero.

In maglietta il movimento era venuto meglio e la palla aveva cominciato a girare in aria come faceva quando la lanciavano gli altri. Mi ero sentito molto orgoglioso, perché fino a quel momento non avevo mai capito come si dovesse fare e ogni volta che avevo visto le immagini del football americano alla tivù mi ero chiesto quale fosse il trucco.

Qualche minuto dopo mi ero trovato coinvolto in una specie di partita, anche se le regole non erano molto chiare: chi prendeva la palla correva e basta e gli altri, per fermarlo, dovevano tentare di toccargli il sedere!

«Si chiama *touch football*», mi aveva spiegato un amico di quello con lo strano accento.

Dopo una ventina di minuti era venuto il momento di sederci a tavola e Julie ci aveva chiamato. Avevo cercato il ragazzo che mi aveva insegnato a lanciare per salutarlo e ringraziarlo, ma non ero riuscito a trovarlo.

Prima di sedermi a tavola ero andato a raccogliere il giubbotto. L'avevo trovato appoggiato su un muretto ma ero sicuro di non averlo lasciato lì, ma qualche metro più avanti.

L'avevo afferrato e avevo subito tastato la tasca interna, per controllare: mi ero accorto immediatamente che la maschera era sparita!

Per la terza volta da quando l'avevo trovata mi ero distratto. Le altre due volte, quando era rimasta in camera e quando l'avevo dimenticata sul prato della Rumson, mi era andata bene, ma in questo caso era diverso. C'era in giro un sacco di gente, molti studenti con i professori, tante persone che si allenavano e correvano, parecchi turisti stranieri.

Se qualcuno me l'aveva rubata sarebbe stato quasi impossibile ritrovarla.

Ero preso dal panico, più delle volte precedenti; avrei voluto farmi aiutare da qualcuno ma nessuno sapeva della maschera e, se ne avessi parlato, avrei dovuto spiegare perlomeno di che cosa si trattava e perché ci tenevo così tanto.

Avevo cominciato a guardare in giro, vicino ai giubbotti degli altri, sotto i tavoli del ristorante e vicino alle barche... Nulla da fare!

Non la trovavo.

Mentre cercavo tra gli alberi avevo visto due di quelli con cui avevo giocato poco prima che ridevano e mi sbirciavano, poi guardavano dall'altra parte del prato.

Lì, su un blocco di pietra, c'era il ragazzo che mi aveva chiesto che cosa stava succedendo con Javier e con il quale avevo chiacchierato. Era a petto nudo, con le braccia aperte e con addosso la maschera meravigliosa!

Stava urlando e si agitava, si muoveva come fosse Rey Mysterio o qualcosa di simile e, quando si era accorto che lo stavo guardando, era sceso dal blocco con un salto mortale in avanti e aveva cominciato a fare una serie di capriole alternate avanti e indietro.

Ero pietrificato e pure tutti quelli che avevo intorno non riuscivano a dire nulla, mentre lui metteva in scena il suo spettacolo improvvisato.

L'unica cosa che ero riuscito a pensare era che se la maschera non aveva funzionato con Helmut di certo non l'avrebbe fatto con uno sconosciuto. In pochi secondi si erano fermate lì intorno decine di persone, tra le quali anche la Spitfire con tutta la mia classe. A un certo punto quello con la maschera era andato verso il mio gruppo, aveva preso per un braccio Amanda e l'aveva tirata a sé; poi si era allontanato tenendole un braccio intorno al collo.

«Allontanatevi tutti», aveva urlato, «perché non vorrei mai essere costretto a fare del male alla mia nuova fidanzata...»

Mentre il ragazzo si agitava avevo guardato negli occhi Mandy, che nonostante tutto era tranquilla. Il mio sguardo si era incrociato con il suo e mi era sembrato che volesse dirmi qualcosa. Il tutto era andato avanti per almeno dieci minuti, duranti i quali nessuno aveva potuto, o forse voluto, fare nulla.

Anch'io fino a quel momento ero rimasto fermo, nella speranza che tutto si sarebbe presto risolto.

Ma quel ragazzo esagerava e mi ero sentito in dovere di agire, non tanto per riprendermi la maschera, quanto per aiutare Amanda. Mi ero avvicinato a lui, che ormai era sulla riva del lago, e avevo tentato di afferrarlo in qualche modo per fargli mollare la presa.

Cercavo di ricordarmi le mosse che quando mi trasformavo mi riuscivano meglio, ma una cosa era pensarle e un'altra utilizzarle; e poi avevo paura di fare del male a Mandy.

Solo che ora ero a pochi centimetri dal ragazzo dall'accento strano e dovevo decidere come muovermi. Stavo quasi per tentare una presa per girarlo e spingerlo in acqua, quando la stessa Amanda era riuscita a liberarsi con una mossa che assomigliava tanto a un *suplex* e mi era venuta incontro.

«Ma... come hai fatto, Mandy?» le avevo chiesto.

«Semplice, quella mossa l'avevo vista fare in palestra e... ho chiuso gli occhi e l'ho ripetuta sperando che funzionasse.»

«Ma chi è quel pazzo?» aveva urlato Russell che era appena arrivato. «Che qualcuno lo fermi, chiamate la polizia...»

Il ragazzo, dopo la scena con Amanda, aveva buttato per terra anche una coppia di turisti che si era fermata a guardare e poi si era esibito ancora in una lunghissima serie di capriole. Alla fine mi era passato vicino, mi aveva sussurrato qualcosa di strano all'orecchio togliendosi poi la maschera, che aveva buttato vicino al mio giubbotto. Poi era scappato di corsa.

Tutti lo avevano guardato dileguarsi dietro agli alberi, senza rincorrerlo. I suoi amici non c'erano più e con loro erano spariti anche quattro dei nostri zaini.

Nella confusione che si era creata mentre tutti assistevano a quel numero da circo improvvisato, ne avevano approfittato per rubare anche due macchine fotografiche che dei turisti, questa volta giapponesi, avevano appoggiato sul tavolo del ristorante.

Mentre la Spitfire chiedeva al cameriere di chiamare la polizia io avevo recuperato la maschera e l'avevo rimessa in tasca. Poco dopo era arrivata una pattuglia che aveva cominciato a fare domande un po' a tutti. Quando poi qualcuno aveva raccontato del ragazzo e della maschera, uno dei camerieri si era alzato, mi aveva indicato e aveva detto a uno dei poliziotti che la maschera ce l'avevo io.

«È vero ragazzo?» mi aveva domandato l'agente.

Non sapevo davvero cosa rispondere, perché in tutti i casi mi sarei messo nei guai.

Se avessi detto no, sicuramente non mi avrebbe creduto e nella perquisizione l'avrebbe trovata in tasca; se invece avessi detto sì, allora avrebbe pensato che in qualche modo potevo essere d'accordo con i ladri.

«Sissignore, ce l'ho io, ma perché è mia e quel ragazzo, quello che sembrava impazzito, me l'aveva rubata», avevo risposto imbarazzato.

«Me la puoi dare per favore?» aveva detto lui.

«Eccola signore, ma la rivorrei subito indietro. Sa, per me è un ricordo molto importante», gli avevo risposto.

«E invece non credo che la rivedrai molto presto, perché sarà considerata un indizio. Anzi, a pensarci bene è il caso che con la maschera venga anche tu al distretto, perché vorremmo farti qualche domanda in più», aveva concluso.

Mi ero sentito svenire: non solo non mi ridavano subito la maschera meravigliosa, ma addirittura mi volevano interrogare e, sempre che fossi riuscito a dimostrare che con quel casino non c'entravo davvero niente, chissà a che ora avrei finito e quando avrei potuto trasformarmi.

«Un momento, un momento», era intervenuta la Spitfire. «Il ragazzo è straniero e minorenne, quindi se lo volete interrogare ci dovrò essere anch'io. Sono la direttrice della scuola in cui Luca soggiorna per un corso estivo.»

«D'accordo signora», le aveva risposto il poliziotto. «Verrà anche lei...»

A quel punto, la Spitfire aveva detto a Julie di riportare tutti all'ostello e che sarebbe saltata la visita alla Statua della Libertà.

«Ci rivediamo lì alle sette precise», aveva concluso. «Pronti per andare al Madison.»

Era arrivata un'altra pattuglia per raccogliere le denunce e io e lei eravamo saliti in macchina.

Mi sembrava di essere in un telefilm, l'auto aveva una rete con un vetro per separare i nostri posti da quelli davanti; sul cruscotto c'erano attaccati un computer portatile e un enorme fucile nero.

Avevo messo le mani nelle tasche del giubbotto e a sorpresa ci avevo trovato un foglietto di carta arrotolato, legato con un elastico.

Lo avevo aperto e mi ero reso conto che si trattava del biglietto di una vecchia riunione di wrestling, la carta era ingiallita ma si leggeva bene ancora la data, 27 agosto 1966, e il luogo, New York.

Dietro c'erano scritte a penna una firma e una frase che diceva:

TI PORTERA RUA A FORZA,
TUA A FORZA E TU TORNA NE NULO
DA DOVE SE VENIR.

Non capivo che lingua fosse, non era italiano ma per me aveva senso ed era come se io l'avessi già sentita poco tempo prima.

Non sapevo come quel biglietto fosse arrivato nel mio giubbotto ma ero certo che non fosse capitato lì per caso. Stavo per rimetterlo in tasca quando una seconda occhiata alla firma mi aveva procurato un brivido lunghissimo, come quelli che sentivo prima della febbre. Sem Cara!

Era lo stesso nome del wrestler che dopo aver combattuto in coppia con Little Kalik lo aveva tradito e gli aveva rovinato la vita. Mi ero poi ricordato che anche tra le pagine del diario di Kalik avevo trovato un biglietto uguale, solo che su quello sembrava esserci una dedica e la firma era illeggibile. Le domande senza risposta aumentavano.

Che cosa c'entrava quel biglietto con la maschera?

Chi me lo aveva messo in tasca?

Perché?

Era stato forse il ragazzino del parco?

Allora, forse, tutto quello che avevano fatto lui e i suoi amici non era stata solo una messa in scena per rubare, ma aveva un altro significato…

Mi scoppiava la testa, guardavo New York dalla macchina e mi sembrava di essere in un sogno che veloce e inesorabile stava diventando un incubo.

Dovevo trasformarmi e volevo finire al più presto di leggere il diario di Kalik, nella speranza che contenesse delle risposte.

Le pagine del libro erano fortunatamente ancora lì, nella tasca interna del giubbotto.

Durante il tragitto dal parco al distretto, il poliziotto alla guida della macchina aveva passato tutto il tempo alla radio, impegnato in almeno dieci chiamate d'emergenza; poi, arrivati al distretto, ci aveva aperto le portiere e ci aveva fatto salire al primo piano di una vecchia palazzina.

Anche lì mi era sembrato di essere l'inconsapevole protagonista di una nuova serie poliziesca, come quelle che vedevano sempre i miei in tivù.

Poco dopo però, in una stanza piena di scrivanie, mi era tornato in mente il mio vero problema: erano le quattro e io, per forza, dovevo trovare il modo di trasformarmi, anche se proprio non avrei saputo come fare.

L'unico modo era forse quello di prendere la maschera, che il poliziotto aveva appoggiato sulla sua scrivania, e mettermela addosso, non certo davanti a tutti.

Mi ero guardato intorno e avevo visto che in fondo alla stanza c'era un bagno. Il cellulare della Spitfire si era messo a squillare e il poliziotto si era alzato per prendere un caffè: era il mio momento, sentivo che dovevo provarci subito o Little Luca non avrebbe mai più combattuto al Madison Square Garden.

Mi ero alzato di scatto, avevo preso la maschera ed ero corso verso il bagno.

Quando l'agente si era accorto di quello che stava succedendo, io avevo già chiuso la porta dietro di me e mi stavo infilando la maschera.

Avevo tolto le pagine del diario dal giubbotto per portarle con me e cercare di leggerle prima del match, sapevo di avere poco tempo per trasformarmi e quindi dovevo fare alla svelta.

Il poliziotto stava buttando giù la porta a calci e urlava quando all'improvviso avevo visto la solita luce fortissima: ce l'avevo fatta!

Subito dopo era apparsa la montagna con il tempio e alle loro spalle il sole, questa volta molto più basso del solito, quasi all'orizzonte.

46

«Little Luca, tutto bene? Sono Margaret DeSiati della CBS e volevo farle un paio di domande sul suo match di questa sera...»

Il bagno della stazione di polizia di New York aveva lasciato il posto a un salotto e io mi era ritrovato seduto su una poltrona di pelle rossa con delle luci puntate in faccia, davvero fastidiose.

Davanti a me c'era una bella ragazza bionda che, con un microfono in mano, cercava di intervistarmi.

Prima di risponderle, mi ero guardato le gambe e le braccia e avevo avuto la certezza che, anche con più fatica del solito, Little Luca era tornato!

Mi ero aggiustato la maschera sugli occhi e le avevo detto che ero pronto.

«Allora, Little Luca, mi permette di darle del tu vero?» aveva iniziato, senza però aspettare la mia risposta e il mio eventuale permesso.

«La WWE ha pubblicizzato in questi giorni il tuo incontro come mai aveva fatto prima. Qui vicino, a Times Square, c'è un enorme cartellone pubblicitario con la tua faccia in primo piano. Una grossa responsabilità, non ti pare?»

«Non direi», avevo risposto, mentre sotto la maschera sorridevo al pensiero che solo due minuti prima ero ancora un ragazzino rinchiuso in un commissariato... «Evidentemente la WWE ha fatto i suoi calcoli e si è accorta che i miei incontri sono quelli che interessano di più al pubblico.»

«In effetti, potresti aver ragione tu, visto che i tuoi gadget... in particolare il pupazzo con le tue sembianze... sono i giocattoli più venduti in queste ultime settimane!»

«Be', allora spero che il mio agente abbia dei buoni contratti!» avevo detto anche se sapevo benissimo che io un agente non ce l'avevo proprio e che, dopo avermi parlato di un contatto con una grande azienda per il mio pupazzo, nessuno si era poi più fatto vivo.

«Ma torniamo al match», aveva proseguito lei. «Che cosa ne pensi del fatto che abbiano deciso di metterti di fronte un wrestler misterioso, le cui qualità sul ring sono ignote ma che adesso tutti sono ansiosi di vedere contro di te?»

«Non conosco le strategie del signor McMahon ma sicuramente avrà fatto bene i suoi conti. Se, come penso, questo No Face è uno veramente forte, ne verrà fuori un incontro spettacolare», avevo detto.

«Il suo soprannome, No Face, parla chiaro», aveva ripreso la giornalista. «Nessuno sembra averlo mai visto in faccia, perché combatte con un cappuccio. A te, magari nello spogliatoio, è mai capitato di vederlo anche solo di sfuggita?»

Senza volerlo la signorina DeSiati mi aveva svelato qualcosa sul mio avversario, cioè il fatto che combatteva con il cappuccio sulla testa, ma dovevo fingere di saperlo per non fare la figura dell'idiota totale davanti alle telecamere.

«No, non l'ho mai visto in faccia e credo che nessuno l'abbia potuto fare. La settimana scorsa ho assistito a un suo match, ma non sapendo che l'avrei dovuto affrontare non mi sono fermato a lungo.»

«Un'ultima domanda, Little Luca. Tu sei già campione intercontinentale e se vincerai stasera davanti ai ventimila spettatori del Madison entrerai nella leggenda del wrestling più in fretta di chiunque altro. Ma è vero che dopo questo incontro vuoi prenderti un periodo di riposo?»

«A dire la verità non ci ho ancora pensato e non so chi abbia messo in giro questa voce. Per adesso mi godo la mia popolarità, poi si vedrà...»

Mi chiedevo come aveva potuto pensare a una cosa del genere, dato che non ne avevo mai parlato con nessuno.

Dopo il Madison mi sarei dovuto comunque trasformare in Luca e tornare in Italia alla fine del corso, quindi chissà che cosa ne sarebbe stato del grande wrestler?

La giornalista mi aveva salutato e le luci si erano spente. Nell'atrio dell'albergo in cui mi ero ritrovato c'era un enorme orologio che segnava le quattro, mancavano quindi ancora due ore al meeting pre-riunione e potevo approfittarne per riposarmi.

Stringevo in mano la chiave di una stanza e avevo deciso di approfittarne. Disteso su un letto gigantesco, dopo aver bevuto due lattine di una specie di Sprite che in America chiamano *ginger ale*, avevo ricominciato a leggere il diario.

Il piccolo wrestler era ormai giunto alla resa dei conti, stava per affrontare il suo ultimo incontro, quello che in un modo o nell'altro avrebbe deciso le sue sorti.

A New York si sarebbe battuto con il suo ex amico Sem Cara, che a Nashville gli aveva rubato la maschera e lo aveva rovinato solo per invidia della sua popolarità.

Kalik si era isolato per una settimana intera, proprio alla Rumson, dove si era allenato per otto ore al giorno, per cercare di preparare al meglio il match.

Per la prima volta in quasi dieci anni non si fidava della maschera, gli ultimi due incontri vinti lo avevano lasciato pieno di dubbi.

Qualcosa non funzionava più come prima e lui cominciava a capirne il motivo.

La maschera era stata indossata dal Male, come gli aveva predetto Ka Li Wong, e lui non aveva saputo difenderla. Si era fidato troppo presto di Sem Cara e il Male l'aveva come svuotata dei suoi poteri, lasciandolo solo, sul ring come nella vita.

Ma Kalik non si era tirato indietro, nonostante sapesse a cosa andava incontro.

Il giorno del match era arrivato in fretta, grazie anche all'ambiente positivo che il piccolo wrestler aveva trovato alla Rumson.

Little Kalik era andato a New York con un amico, che l'aveva portato in macchina fino davanti al Madison.

La giornata, come raccontava lui stesso, era caldissima, l'asfalto si scioglieva sotto i piedi dei passanti. Per un attimo avevo smesso di leggere, avevo alzato gli occhi e avevo guardato fuori dalla finestra della mia camera.

Dall'altra parte della strada c'era un cartellone pubblicitario, uno di quelli che mostrano anche la data, l'ora e i gradi. Tra due bottiglie di whisky giganti avevo visto che erano le cinque e un quarto del... 27 agosto!

Fino a quel momento non ci avevo mai fatto caso, ma la data e il luogo del mio combattimento erano gli stessi di quello di Kalik quarant'anni prima, e anche la temperatura era simile, visto che fuori non si respirava proprio.

Per qualche motivo che ancora non riuscivo a capire, quarant'anni dopo i fatti raccontati nel diario la mia vita e quella del piccolo wrestler sembravano avere tanti, forse troppi, punti in comune.

Quella sera di un lontano agosto il Madison era stracolmo di gente, come lo sarebbe stato anche per il mio match. Lo stadio era stato appena costruito nel centro di Manhattan e lo spogliatoio che avevano assegnato a Little Kalik non aveva un bagno funzionante.

Lui non si era lamentato più di tanto, non voleva sprecare energie inutili prima dell'incontro per non dare vantaggi al suo avversario.

A quei tempi il wrestling doveva essere meno spettacolare di quello attuale, almeno nel contorno, perché il piccolo wrestler non aveva scritto niente di quello che era accaduto intorno al ring. Non c'erano state introduzioni accompagnate da fuochi d'artificio e nemmeno scenette per soddisfare il pubblico e aumentare lo spettacolo.

O forse era lui che al momento di raccontare la fine della sua carriera non aveva avuto troppa voglia di perdersi in particolari.

La pagina successiva iniziava con Kalik già sul ring, ancora con il suo mantello addosso in attesa dell'ingresso di Sem Cara.

Lo aveva guardato avvicinarsi e aveva visto che al suo fianco c'era una donna, anche lei vestita di nero e con un cappuccio calato sulla testa.

Quando il suo avversario era arrivato nei pressi del suo angolo il piccolo wrestler si era reso conto che quella donna era sua moglie Susan!

Non solo Sem Cara lo aveva rovinato, ricattato, indebolito e tradito, ma gli aveva portato via anche la persona che, nella sua vita, contava più di ogni altra.

Di fronte al suo unico amore, Kalik invece di reagire e riempirsi di rabbia si era sentito ancora più debole, quasi svuotato.

Sul ring, all'inizio, non c'era stata davvero storia; Little Kalik aveva tentato di opporsi a Sem Cara con una tattica basata sulla velocità e sui colpi rapidi, ma ben presto era stato obbligato al corpo a corpo ed era finito al tappeto, una… due… tre volte!

Gli era sembrato che la maschera funzionasse, poi però con il passare dei minuti aveva capito che non era così.

I colpi di Sem Cara, ispirati alla Capoeira, andavano tutti a segno con precisione millimetrica, mentre quelli di kung fu che Kalik aveva sempre utilizzato era come se fossero rimasti negli spogliatoi.

Il piccolo wrestler aveva tentato di eseguirli, ma senza l'aiuto della maschera era impossibile.

Dopo otto minuti di match il pubblico aveva cominciato a fischiare per l'evidente differenza tra i due lottatori, Kalik si era distratto e Sem Cara lo aveva preso alle spalle e senza troppi sforzi lo aveva sottomesso con la sua mossa finale, l'*Ipanema crush*.

Il brasiliano gli immobilizzava le gambe con la morsa dei suoi bicipiti e con un piede gli schiacciava la gola.

Il piccolo wrestler non riusciva più a muoversi e stava soffocando. A quel punto non aveva avuto altra scelta che battere la mano tre volte sul tappeto e arrendersi.

Aveva perso, per la prima volta.

L'incontro, la carriera e forse anche la sua vita erano finiti e lui non vedeva l'ora di andarsene e di sparire per sempre, ma nonostante l'arbitro avesse decretato la fine del match, Sem Cara non aveva mollato la presa e aveva continuato a spingere con il piede sulla gola di Kalik, eccitato dal pubblico che era tutto per lui.

Le righe scritte da Little Kalik rendevano bene il suo stato di sofferenza e la sensazione che se il brasiliano avesse continuato ancora lui sarebbe morto lì, sul tappeto.

Per sua fortuna Susan era salita sul ring a sorpresa e si era aggrappata al corpo di Sem Cara fino a staccarlo da quello del piccolo wrestler.

Il brasiliano, dopo aver mollato la presa, l'aveva baciata sulla bocca e aveva iniziato a festeggiare la vittoria a ritmo di samba. Il pubblico aveva cominciato ad accompagnarlo, battendo le mani e urlando il suo nome, mentre Kalik, che faticava a respirare, aveva guardato per un attimo Susan e gli era parso che lei abbassasse gli occhi; poi, quasi senza che nessuno se ne accorgesse, aveva lasciato l'arena.

Il diario era finito e le ultime parole del piccolo wrestler erano la naturale conclusione di quello che aveva scritto nella prima pagina: *Da questo momento ho deciso di sparire, perché la vergogna per ciò che mi è accaduto è troppo grande. Chi leggerà questo diario sappia però che, anche se ho fallito e ho lasciato che il Male si impadronisse della mia vita, non ho mai voluto tradire i principi del grande maestro.*

47

Mi ero risvegliato su quell'enorme letto con vicino gli ultimi fogli del diario di Kalik. Avevo ancora il mantello addosso e non avevo nemmeno tirato giù il copriletto, in più temevo di aver dormito troppo a lungo. Non avevo orologio e quindi mi ero affacciato alla finestra e avevo visto che erano già le sei.

Proprio in quel momento qualcuno aveva bussato alla porta e mi aveva detto che quando volevo erano pronti per accompagnarmi al Madison.

Prima di uscire ero andato in bagno, ma nei pochi passi che separavano il letto dal lavandino mi ero sentito strano, debole, con le ginocchia che si piegavano. Mi ero guardato in faccia, ma con la maschera addosso era impossibile capire che aspetto avessi.

Non potevo togliermela, ma avrei scommesso qualsiasi cosa che lì sotto non c'era una bella faccia. Avevo provato a respirare a fondo ma non era cambiato niente, mi sentivo sempre strano e la sensazione peggiorava.

Mi ero lavato i denti a fatica e prima di uscire avevo preso un pacchetto di fazzolettini con sopra il nome dell'albergo. Fuori dalla porta c'erano le solite due *montagne* vestite di nero della security, mi aspettavano insieme a una ragazza della WWE.

«Little Luca», mi aveva detto, «se non le dispiace andremo a piedi allo stadio, anche perché è qui davanti e ci vorrà un attimo. E poi abbiamo preparato una piccola sorpresa per tutti i fan del wrestling, un tappeto rosso come quello della serata degli Oscar...»

Nell'atrio dell'albergo, in attesa di andare anche loro al Madison, c'erano altri wrestler, già tutti pronti con i loro costumi da combattimento addosso.

C'era Shelton Benjamin che parlava con Chris Benoit, mentre più in là Eugene era tutto preso dalla sua bambola.

Avevo visto Sidney, o meglio Wonder Lady, vicino a un gruppo di lottatori di Smackdown e mi ero subito avvicinato per salutarla. Lei mi aveva dato due baci sulle guance e mi aveva chiesto come stavo, che cosa avevo fatto durante la settimana e come mi sentivo per il match.

«Guarda che il *main event* di questa sera sei tu, te ne rendi conto vero?» mi aveva detto.

Me ne rendevo conto sì e lei era ancora più bella e in forma del solito, con un costume molto colorato, ma non riuscivo a godermi quel momento, sentivo le gambe sempre più deboli e da qualche minuto avevo anche un gran mal di testa.

«Ti piace?» mi aveva chiesto riferita al suo vestito. «Io e Jilian, la mia nuova consulente di immagine, abbiamo pensato che sarebbe stato meglio renderlo più vistoso. Sai, lei collabora con Rey Mysterio ed è bravissima a lavorare sui piccoli dettagli.»

La stessa ragazza che mi era venuta a prendere in camera ci aveva chiamati a uno a uno, per iniziare quella che sarebbe stata una vera e propria sfilata. C'erano veramente tutti i wrestler più famosi, che sarebbero usciti a gruppi di tre, avrebbero attraversato la Settima Avenue per poi entrare al Madison.

Gli organizzatori avevano deciso che gli *italiani* della WWE avrebbero dovuto sfilare insieme, così mi ero ritrovato insieme a Nunzio e a John Cena.

Guardavo il rapper e mi venivano i brividi: quello che era stato per anni il mio idolo e che avevo visto dal vivo in Italia era adesso lì vicino a me e mi stava chiedendo da dove venivo.

«Da Milano, sono nato e cresciuto lì», gli avevo risposto e per un attimo non avevo pensato alle mie penose condizioni fisiche.

«Milano? Conosco Milano, ci sono stato quattro volte», aveva replicato. «Mi piace molto, sono tutti simpatici e poi apprezzano la mia musica. In settembre ho fatto un concerto e la gente è stata fantastica...»

Io non avevo potuto andarci perché i miei non mi avevano dato il permesso. Mi aveva poi fatto i complimenti per come avevo vinto con Carlito e mi aveva detto di aver saputo cos'era successo dopo il match e di non preoccuparmi troppo, perché il caraibico era considerato da tutti un mezzo delinquente.

«Inoltre è anche pazzo! Lo vedi Eugene, lì nell'angolo? Ecco, in confronto lui è uno normale...»

Poi con lui e John Cena eravamo usciti in strada. Nonostante fosse ormai quasi sera, faceva ancora caldissimo. La gente sui due lati della passerella era molta e parecchi erano anche i cartelli con le classiche frasi e i nomi dei wrestler.

Ce n'erano parecchi anche per me, quasi tutti con scritto qualcosa sulla *spaghetti lock*, che aveva davvero una presa enorme anche sul pubblico, oltre che sugli avversari.

Il tappeto rosso era delimitato da transenne davanti alle quali c'erano un sacco di poliziotti e gente della security; quelli dell'organizzazione ci avevano pregato, per motivi di ordine pubblico, di non fermarci né a parlare né a firmare autografi; così in meno di tre minuti a passo lento eravamo arrivati dentro allo stadio.

Poco prima dell'ingresso avevo visto il gigantesco cartellone luminoso che annunciava la riunione della serata. Avrei voluto tanto che ci fossero Dado, Max e Alfredo a vedere la scena, anche perché non avrei mai potuto raccontargliela senza essere preso per matto.

Dopo l'assegnazione degli spogliatoi era arrivato il momento dei colloqui.

Ogni wrestler doveva andare nell'ufficio del signor McMahon con il proprio avversario e lì avrebbero ricevuto le raccomandazioni sull'incontro. Quando era toccato a me mi avevano fatto aspettare No Face per entrare insieme, ma visto che non arrivava alla fine ero andato avanti da solo.

Appena dentro l'ufficio del presidente della WWE avevo notato, in fondo alla stanza, uno che non poteva che essere il mio avversario. Stava già parlando con il boss.

No Face era davanti a me e io avevo sentito una fitta allo stomaco: mi era ritornato alla mente un sogno che avevo dimenticato, quello della persona incappucciata che tentava di dirmi qualcosa che io non riuscivo a capire.

Era un po' di tempo che non si presentava e per questo l'avevo quasi rimosso, ma con No Face di fronte tutto era tornato.

Era lui!

Ero rimasto per un attimo a guardarlo fisso, come se il mondo si fosse fermato. Non solo ero debole nel fisico, ma anche poco lucido.

Aveva una vestaglia di raso nero legata in vita con una corda chiara con una specie di fibbia di metallo, un cappuccio sulla testa da sotto il quale sembrava sporgere una fascia scura che gli copriva la fronte, quasi sino agli occhi.

Dal fondo della vestaglia si vedevano i piedi, senza scarpe, e sulla caviglia sinistra c'era un tatuaggio che mi sembrava di avere già visto, anche se non ricordavo dove.

«Dato che non vi siete mai incontrati», aveva detto il signor McMahon, «volevo presentarvi prima che saliate sul ring.»

Alle parole del capo supremo il mio avversario non si era mosso di un millimetro ed era rimasto vicino al muro, con la testa leggermente piegata verso terra. Io non sapevo che cosa fare, se andargli incontro, rimanere anch'io immobile oppure spostarmi verso il signor McMahon.

«Be', non mi sembrate molto entusiasti! Allora vi dico che il vostro match sarà *hardcore*, senza esclusione di colpi, e sarà vietato l'uso di oggetti di qualsiasi tipo. Se vi è tutto chiaro vi lascio andare. Troverete nello spogliatoio l'ordine di entrata della serata, ma vi posso già anticipare che il vostro incontro sarà a metà della riunione.»

Ci aveva salutato e si era riseduto alla scrivania. No Face era rimasto immobile.

Ma che razza di tipo era?

Dal corridoio avevo buttato un occhio alla folla del Madison, per vedere se riuscivo a trovare i miei compagni di scuola. C'era molta confusione, perché la gente stava entrando e prendendo posto e in quella situazione era davvero impossibile trovare qualcuno.

Così ero tornato nello spogliatoio e avevo letto la lista degli incontri della riunione. Era un programma super, con una serie di match che avrebbe risolto dei *feud* che andavano avanti da troppo tempo, ma c'erano anche tanti nomi nuovi che si presentavano al grande pubblico.

C'era tra gli altri questo SKM, un wrestler orientale che avevo già visto poco prima del mio secondo incontro, del quale parlavano tutti molto bene.

Lo spogliatoio era come al solito meraviglioso, c'era un sacco di roba da mangiare e ogni tipo di bevanda energetica da bere. C'era anche un lettino nel caso avessi voluto farmi massaggiare prima del match. In mezzo alla stanza c'era il solito divano con davanti un televisore al plasma che trasmetteva delle immagini di pesci tropicali con un sottofondo musicale noioso.

Avevo subito cambiato canale e avevo trovato una gara di Monster Truck, che oltre a piacermi un casino di certo mi avrebbe tenuto sveglio prima dell'incontro.

Mi ero seduto e avevo tentato di rilassarmi, ma non c'era stato nulla da fare.

Quello che era successo al parco nel pomeriggio, quello che avevo letto nelle ultime pagine del diario di Little Kalik e le troppe coincidenze tra la mia vita e la sua non mi lasciavano tranquillo.

Avevo deciso che nel tempo che mi rimaneva prima dell'incontro avrei cercato di mettere in fila tutto quello che ricordavo degli ultimi due mesi, a partire dal giorno del mio arrivo alla Rumson…

In quel momento si era aperta la porta ed era entrata Sidney, che avevo lasciato nell'atrio dell'albergo prima della passerella. Mi aveva messo una mano sulla spalla e mi aveva chiesto se andava tutto bene.

«Anche se hai una maschera sul viso, io riesco a capire se c'è qualcosa che non va…»

Le avevo risposto che era tutto okay, anche se avrei voluto dirle che non era così.

«Luca, non mi dici la verità», aveva proseguito. «E non capisco il perché. È come se non ti fidassi di me, eppure in classe credo di averti dimostrato sempre lealtà e amicizia...»

Le avevo risposto che lo sapevo e che non volevo nasconderle nulla, le avevo detto anche che era sempre la mia preferita tra le ragazze della WWE.

Lei aveva preso una mela, l'aveva morsa e mi aveva promesso che se avesse incontrato Carlito dietro le quinte gliel'avrebbe sputata in faccia per vendicarmi; poi era uscita dallo spogliatoio.

Un attimo: cos'aveva detto?

Le sue parole di poco prima rimbombavano nella stanza vuota.

Continuavo a ripeterle ed ero sicuro che avesse parlato di classe.

Impossibile, mi ero detto, *l'ho conosciuta nel parcheggio dell'arena di Lexington e non l'ho mai vista se non durante le riunioni. Non mi ricordo neppure che sia passata dalla Rumson. E poi lei viene da...*

Mi ero accorto che non sapevo neppure da dove arrivasse.

Per scoprirlo avevo preso il programma della serata della WWE e avevo cercato la sua biografia: alla seconda riga c'era scritto che veniva dall'Australia.

A quel punto mi c'era voluto solo un attimo per risolvere il mistero. Quella Sidney, o Wonder Lady che dir si voglia, non poteva che essere qualcuno che anche l'altro me, il bambino Luca, conosceva molto bene.

Ma certo, era Amanda, la mia compagna di scuola!

Troppi indizi portavano alla Mandy della Rumson: il fatto che mi avesse chiamato sempre Luca, che avesse parlato della classe e che sapesse molte cose di me.

Adesso che ci pensavo, Amanda e Wonder Lady si somigliavano molto: stessi capelli biondi, stessi occhi azzurri, stesse lentiggini sul naso.

Una avrebbe potuto tranquillamente essere la figlia dell'altra. L'unica cosa che non riuscivo a comprendere era come Mandy si potesse trasformare.

Amanda non era infatti un *hood* come me, non era un wrestler mascherato, ma doveva avere comunque trovato da qualche parte un oggetto con gli stessi poteri della maschera meravigliosa.

Quello che avevo appena scoperto da un lato mi piaceva, perché avevo la certezza di avere qualcuno al mio fianco nel mondo dei grandi, qualcuno di cui mi potevo fidare; dall'altro mi aveva confuso ancora di più le idee.

Per non impazzire avevo sfogliato il programma e avevo letto la storia di John Cena, che già sapevo a memoria, quella di Ric Flair, che era una specie di romanzo, e quella di Molly, l'avversaria di Sidney.

Stavo per richiuderlo quando avevo notato una pagina quasi bianca, quella che avrebbe dovuto presentare il mio avversario.

C'erano solo un paio di foto e tre righe che raccontavano la sua carriera.

Brasiliano, figlio d'arte, si leggeva, *è apparso di colpo sulla scena della WWE. Ha imparato dal padre le sue mosse, tutte ispirate alle misteriose antiche arti indigene. Si racconta che sul suo corpo sia tatuata la storia del suo popolo, anche se nessuno ha mai potuto verificarlo perché sul ring porta sempre una vestaglia nera, che però non gli impedisce di combattere in modo agile e sicuro.*

Il responsabile della WWE mi era venuto a chiamare perché mancavano solo dieci minuti al mio incontro. Mi ero alzato sperando di stare un po' meglio, ma purtroppo la mia situazione non era affatto cambiata.

Le gambe erano sempre molli, la testa mi faceva ancora male e adesso sentivo anche fastidio ai gomiti. Non potevo certo tirarmi indietro ed ero uscito dallo spogliatoio.

Avevo sempre la maschera meravigliosa dalla mia parte e anche se i punti in comune con Kalik mi avevano fatto pensare al peggio, ero ancora fiducioso di poter vincere il mio incontro e rimanere campione intercontinentale. Nel sottopassaggio c'era una confusione tremenda, il match di John Cena era appena finito e il campione del mondo ne aveva appena prese un sacco da SKM, il wrestler venuto dall'Oriente che in molti avevano cominciato a paragonare a me per la velocità della sua ascesa.

Non lo conoscevo, quindi non poteva starmi simpatico né antipatico, però mi dispiaceva che Cena avesse perso in quel modo e in una riunione così importante, in fondo restavo pur sempre un tifoso suo e di Rey Mysterio.

Avevo incontrato poi Eric Bishop, il general manager di RAW, che non stava nella pelle per la sconfitta di Cena, il suo nemico più odiato.

«Fantastico ragazzo, fantastico», mi aveva detto mentre toccava la parte bassa della maschera con la mano destra. «Adesso per completare questa giornata incredibile basta che tu perda... E sono sicuro che accadrà!»

Lo avevo guardato in faccia senza nemmeno rispondergli, anche perché dopo la riunione di Miami la rivista della WWE aveva confermato che era stato lui a passare di nascosto la sedia a Carlito, che per un soffio non era riuscito a colpirmi a tradimento.

Un uomo davvero sleale che non meritava di certo il mio rispetto!

48

Nel wrestling il campione in carica entra sempre sul ring per secondo e il detentore del titolo intercontinentale, nonostante tutto, ero ancora io.

Lui, No Face, aveva aspettato il suo momento a una ventina di metri da me, scaldandosi i muscoli e saltando la corda come fanno di solito i pugili, ma per saltare aveva usato quella specie di corda da frate che gli serviva come cintura.

«E ora, dal Brasile, il campione sudamericano della categoria, due metri di altezza per 100 chili di peso, maestro di arti marziali e di Capoeira, fa il suo ingresso al Madison Noooo Faaace!»

Il pubblico si era quasi zittito e le luci si erano spente di colpo. Solo lui era rimasto illuminato da una specie di faro.

Una musica che non avevo mai sentito era partita a un volume altissimo, quasi fastidioso per le orecchie.

Quando si era riaccesa l'illuminazione, sul ring c'era un'enorme bandiera brasiliana con della gente in costume che batteva le mani su dei tamburi dalla forma strana.

I musicisti avevano tutti una maschera a forma di teschio.

Sarà per impressionarmi e per far scena, avevo pensato, *però è anche di cattivo gusto!*

No Face era arrivato sul quadrato avvolto nella sua vestaglia nera con il cappuccio sulla testa.

Come al solito era impossibile vederlo in faccia.

Era già in mezzo al ring quando qualcuno gli aveva passato in tutta fretta, da sotto, la corda che si era legato in vita alla meno peggio.

Saltellava al ritmo dei tamburi e mi aspettava con fare strafottente.

Mentre attendevo che lo speaker mi presentasse, mille pensieri mi avevano attraversato la mente. Che le gambe fossero ancora deboli e che gomiti e ginocchia mi dessero fastidio me l'ero quasi dimenticato o almeno non ci avevo più pensato.

Ero pronto a fare la mia entrata con la canzone di Dj Francesco, quando Wonder Lady mi si era precipitata incontro, tutta sudata e con il fiato grosso.

«Luca», mi aveva subito detto, «su quel ring non ci devi salire, non questa sera. Trova una scusa per non combattere, per non affrontare Sem Cara. Ti prego, non farlo.»

Parlava talmente veloce che facevo fatica a capirla.

«Ma che cosa stai dicendo, Sidney?» le avevo risposto. «Che cosa ti prende, sei impazzita? Ma ti sembra possibile che io mi ritiri proprio adesso, con ventimila persone che non aspettano altro che vedere la *spaghetti lock* e con l'attesa che la WWE ha creato per il mio match? E poi perché mai dovrei fare una cosa del genere?»

«Ma non lo capisci», aveva continuato sempre più in affanno, «questo match è già segnato, è già deciso. Ho sentito per caso Bishop che parlava con No Face. Il tuo destino è stato scritto e tu da qui non uscirai solo sconfitto, ma anche...

«Sem Cara», aveva proseguito sempre più emozionata, «è venuto qui non solo per batterti ma anche per chiudere definitivamente una storia iniziata molti anni fa.»

Continuavo a capirci poco.

Non conoscevo No Face e non l'avevo mai incontrato in precedenza, quindi non comprendevo che significato avesse il suo desiderio di vendetta per qualcosa successa tanto tempo prima e che probabilmente non mi riguardava di persona…

«Stai tranquilla, Sidney», le avevo risposto. «Sarà tutta una montatura di Eric Bishop che già a Miami ha provato a farmi perdere con Carlito. Ma anche questa volta io sarò più forte di lui e di tutti i suoi imbrogli!»

«E adesso, direttamente dall'Italia, il neo campione intercontinentale…»

La speaker aveva iniziato la mia presentazione e io non avevo più tempo per ascoltare Wonder Lady.

«Adesso devo andare», le avevo detto. «Se vuoi riparliamo di tutto dopo il match.»

«Ma non ci sarà mai un dopo match», mi aveva quasi urlato. «Continui a non capire! Ma non ricordi cos'è successo a Little Kalik?»

«…che con la sua maschera meravigliosa», proseguiva intanto la speaker, «ha già sconfitto Psychosis, JBL e Carlito. Signore e signori, ecco a voi l'uomo della *spaghetti lock*, Liiiittle Luuuuca.»

A quel punto dovevo andare avanti, non avevo scelta anche se le ultime parole di Sidney mi avevano colpito come una *chop* al petto.

Come poteva sapere di Little Kalik e di che cosa era accaduto al piccolo wrestler, visto che il suo diario l'avevo letto solo io? E poi, perché aveva confuso per ben due volte No Face con Sem Cara, che era il nemico di Kalik?

Mi ero sistemato la cintura di campione intercontinentale e avevo guardato Sidney per l'ultima volta. Lei si era avvicinata e si era messa a piangere, poi sottovoce aveva detto: «Ma non capisci? Sem Cara in portoghese significa No Face, senza faccia. Loro due rappresentano la stessa cosa, il *Male*, solo in tempi diversi. E tu, come aveva fatto Little Kalik, stai per affrontarlo. Ma sarà impossibile sconfiggerlo. Bishop nonostante tutto non c'entra niente, lui non si può nemmeno immaginare chi sia il tuo avversario di stasera...»

Avevo aspettato che finissero i fuochi d'artificio di colore bianco, rosso e verde e che terminasse anche la musica, poi ero entrato nello stadio.

Il pubblico aveva cominciato a urlare, ancora più convinto delle altre volte. Andando verso il ring, a giudicare dall'accoglienza che avevo ricevuto, mi ero accorto che la gente era tutta dalla mia parte e questo mi faceva piacere, anche se era impossibile togliermi dalla mente quello che mi aveva appena detto Wonder Lady.

Il destino di Little Kalik era stato tremendo, ma se non fosse stato per Susan probabilmente sarebbe stato anche peggiore; il mio, che comunque avevo ancora la maschera meravigliosa, era ancora tutto da scrivere. Per questo mi ero detto che avrei lottato fino alla fine per la vittoria; tutto quello che stava nel mezzo, come salvare l'onore o perdere in maniera dignitosa, non mi poteva e doveva interessare.

Ero entrato sul ring da dove avevano appena rimosso la bandiera brasiliana e da dove erano scesi i suonatori di tamburo che avevano accompagnato la presentazione del mio avversario. Mentre saltellavo e mi avvicinavo all'arbitro, nella terza fila del pubblico seduto sulla mia destra avevo visto la signora Spitfire con Russell, Julie e il resto della classe. Oltre a me mancavano ovviamente Amanda e Paulinho, che era stato rispedito a casa qualche giorno prima.

A guardar meglio non c'era neppure Sung, il mio compagno di stanza.

Sarà andato a prendersi un gelato, avevo pensato, *oppure starà dormendo da qualche parte, viste le sue abitudini.*

«Vi ricordo», ci aveva detto l'arbitro al centro del tappeto, «che questo è un match *hardcore* in cui sono ammessi tutti i colpi che volete, ma che se utilizzerete un qualsiasi oggetto estraneo al ring sarete immediatamente squalificati. Spero di essere stato chiaro, e ora... combattete!»

L'arbitro non aveva neppure finito di parlare che subito No Face mi aveva colpito con un calcio al petto partito da una bilancia che aveva fatto con l'altra gamba. In qualche modo ero riuscito ad arretrare un poco e avevo così attutito la violenza del colpo.

Subito dopo mi erano arrivate due *chop*, portate con la parte esterna dell'avambraccio destro, che più che altro avevano fatto un gran rumore e avevano provocato le grida di stupore del pubblico.

Dovevo reagire, altrimenti il brasiliano avrebbe preso ancora più fiducia. L'avevo caricato ed ero riuscito a fargli una frusta irlandese nell'angolo opposto al mio.

Il colpo era arrivato a segno, sottolineato anche da un suo leggero gemito. Il pubblico, che si era stupito di vedermi subito in difficoltà, aveva salutato l'*irish whip* con un vero boato e anche i miei compagni di scuola, che erano proprio dietro quell'angolo, avevano fatto lo stesso e si erano alzati tutti in piedi. Stavano tifando per quello del primo banco e non lo sapevano!

Sophie aveva in mano un cartello scritto in francese, su cui si leggeva: «Little Luca, le beau du Petite Fleur», cioè: «Little Luca, il bello di Petite Fleur», che poi era lei.

Chissà se l'avrebbe scritto lo stesso, sapendo che io invece impazzivo per Amanda...

No Face era ritornato all'attacco, mi aveva preso alla cintola e mi aveva trascinato alle corde. Lì, con un *over and out*, mi aveva sbattuto fuori dal quadrato e mi aveva fatto cadere pesantemente sul pavimento, proprio davanti al tavolo dei commentatori.

Il colpo era stato molto duro perché ero finito giù di schiena e, anche se per pochissimo, ero svenuto e avevo visto tutto nero.

Quando avevo riaperto gli occhi mi ero trovato quasi faccia a faccia con il mio avversario e, pur non riuscendo a vederlo bene in volto, avevo notato che sulla fronte portava una fascia nera. Dopo qualche attimo mi ero rimesso in piedi, per evitare che all'*over and out* seguissero subito altri colpi; avevo cercato di ricordare le più efficaci mosse di kung fu, ma dalla maschera non arrivavano informazioni, era come se fosse spenta.

In quel momento, avevo capito di essere da solo, senza nessun tipo di aiuto e con gambe e braccia che mi sembravano pesantissime. Forse in quelle condizioni avrei dovuto rimanere sulla difensiva, ma non ce la facevo proprio a cambiare il mio stile di lotta e allora avevo deciso di continuare ad attaccare e basta.

Ero risalito sul ring e lo avevo atteso per poi tentare perlomeno un *suplex*, che però non mi era affatto riuscito.

Di contro lui aveva risposto con un altro calcio in puro stile Capoeira, per poi sollevarmi sulle spalle e mettermi orizzontale, quasi stesse facendo una *torture rack* alla JBL.

Mi aveva ributtato sul tappeto ed era partito con un *flying punch*, un pugno volante che mi aveva centrato in pieno mento; non contento aveva doppiato il colpo con una gomitata, una specie di *elbow drop* che mi aveva steso. Adesso ero lì, quasi immobile, senza idea di come reagire e con l'orribile sensazione che non ci fosse più nulla da fare: stavo perdendo e basta e anche il pubblico se n'era accorto ed era passato quasi tutto dalla sua parte.

No Face intanto preparava la sua mossa finale, il *guaraná express*, come qualcuno mi aveva detto che si chiamava.

Si muoveva intorno a me come una specie di falco con la sua preda.

Poi si era chinato, aveva messo la bocca vicino al mio orecchio destro e aveva detto: «Ti porterò via la forza, tutta la forza e tu tornerai nel nulla da dove sei venuto».

L'intero Madison aveva cominciato a urlare «*Guaraná, Guaraná*», ma lui per qualche motivo non si era mosso e aveva continuato a ripetermi la stessa cosa.

Quella frase era la stessa che avevo trovato sul biglietto della riunione di wrestling di quarant'anni prima che non so come era finito nella tasca del mio giubbotto.

Stavo per completare un enorme puzzle di cui nelle ultime ore avevo trovato un sacco di pezzi.

Quelli mancanti erano davvero pochi, ma forse per capire tutto bastava trovarne ancora uno.

Avevo portato il braccio destro, che era l'unica parte del corpo che potevo controllare, verso il suo cappuccio. Lo avevo spostato ed ero riuscito a vedere che quella che prima mi era sembrata una fascia in realtà era un cappello di lana nera.

Un cappello troppo simile a quello che Paulinho aveva indossato alla Rumson per settimane, impedendo a tutti di vederlo in faccia.

Con le poche forze che mi restavano volevo andare fino in fondo e vedere chi si nascondeva sotto quel cappuccio e quel cappello, così avevo approfittato ancora per un attimo della sua sorpresa per strappargliela di dosso.

Mi ero trovato di fronte una faccia che ricordavo fin troppo bene, l'avevo vista qualche ora prima a Central Park, anche se solo per pochi minuti.

Sopra di me c'era quello che dopo aver giocato a football mi aveva rubato la maschera meravigliosa! Quindi Paulinho e il ragazzo del parco, anche se trasformati in adulto, erano la stessa persona, adesso ne ero sicuro.

Ormai a viso scoperto, Caresma alias No Face mi aveva ripetuto ancora la stessa frase di prima, quasi per farmi capire che con o senza maschera lui mi stava battendo.

Ma certo, tutto tornava e c'era di più: Caresma era l'anagramma di Sem Cara!

Il brasiliano veniva da una famiglia di lottatori, la stessa che aveva annientato Little Kalik quarant'anni prima.

Il *Male* si era tramandato di generazione in generazione e aveva seguito il percorso della maschera, anche quando era capitata nelle mie mani.

Ecco perché il mio destino, come diceva Sidney, era già segnato da tempo.

Il Male aveva svuotato la maschera dei suoi poteri, proprio come ai tempi di Kalik, e mi aveva lasciato impotente di fronte alla sua ennesima reincarnazione.

Anche a No Face non bastava solo vincere, doveva tentare di annientarmi per sempre. Per questo, rinunciando a sorpresa alla *guaraná express*, Caresma si era alzato, era sceso dal ring e ci era ritornato con in mano una falce di metallo fissata all'estremità di un manico di legno.

Forse avevo visto qualcosa di simile nella mani di Undertaker, ma non mi ricordavo come e se l'avesse usata.

Le intenzioni del mio avversario erano invece più che chiare.

Aveva posato un piede sopra di me, in modo da non farmi più respirare, e aveva alzato la falce verso la volta del Madison. Poi si era fermato, come se aspettasse un segnale per affondare il colpo.

Il pubblico si era zittito e nello stadio si sentiva solo il ronzio dei condizionatori d'aria, quando all'improvviso Wonder Lady era entrata sul ring e aveva tentato di colpire Caresma da dietro con un calcio.

Lui prima aveva accusato il colpo, poi aveva appoggiato la falce alle corde, aveva afferrato Sidney per i capelli e l'aveva colpita con una serie impressionante di *chop* alla schiena, per poi buttarla giù dal ring.

Sidney era caduta a terra e non si era alzata più.

No Face aveva allora ripreso la falce e si era rimesso nella stessa posizione di poco prima, ma una volta di più non era riuscito ad abbassare la falce su di me, perché qualcun altro l'aveva colpito alle spalle, in maniera decisamente più dura.

Sul quadrato era comparso SKM, che si era avventato su Caresma e l'aveva riempito di pugni e calci in perfetto stile karate.

L'orientale si era anche tagliato una mano, perché aveva colpito la lama, ma aveva continuato come se niente fosse e aveva messo all'angolo il brasiliano, che stava soccombendo.

All'improvviso cinque tizi della security, vestiti tutti di nero, erano saliti sul ring e avevano immobilizzato SKM.

Lui aveva tentato di ribellarsi, ma i cinque lo avevano portato a forza giù dal quadrato e lo avevano trascinato fuori da un'uscita di sicurezza.

«Signore e signori», era intervenuta la speaker, «in questo incontro non sono ammessi aiuti esterni, quindi Little Luca è adesso sottoposto alla decisione della giuria, che deciderà l'eventuale squalifica...»

Quelle parole ingiuste e la crudeltà di Caresma avevano finalmente risvegliato il pubblico, che aveva ritrovato la voglia di partecipare e aveva fischiato e protestato fino a coprire completamente la voce della speaker.

Io stavo ancora in terra ma in quegli attimi di confusione un po' di forza mi era ritornata, inattesa. Non che mi sentissi benissimo, ma stavo sicuramente meglio di poco prima e allo stesso tempo avevo notato che No Face, dopo l'attacco di SKM era ancora fermo in un angolo, con le braccia sulle corde, scosso dai colpi subiti.

Avevo allora deciso di tentare il tutto per tutto, mi ero rimesso in piedi e, senza che lui mi vedesse, lo avevo preso da dietro e lo avevo girato per stringergli il collo e soffocarlo.

La *choke* era riuscita alla perfezione e lui in un attimo era caduto al tappeto. Ce l'avevo davanti e sapevo che, destino o non destino, dovevo tentare la *spaghetti lock* per vincere l'incontro, così mi ero portato su di lui, con le ginocchia sul petto ancora coperto dalla vestaglia nera, e gli avevo messo le mani attorno al collo.

Era senza cappuccio e lo vedevo bene in faccia, come lui poteva guardare me, fisso negli occhi.

Il pubblico aveva capito quello che stavo tentando di fare e, come a comando, era passato dai *buuuu* per la minaccia di una mia squalifica al classico urlo *spaghetti, spaghetti*; avevo stretto la morsa e lui non aveva più reagito.

L'arbitro si era inginocchiato vicino a noi e, uno dopo l'altro, aveva battuto i tre classici colpi che decretavano la fine del match.

Contro tutto e tutti avevo vinto, senza neppure l'aiuto della maschera meravigliosa.

Dovevo ringraziare Wonder Lady, che era ancora a terra ma si muoveva e sembrava stare bene, ma soprattutto SKM, che pur non conoscendomi mi aveva salvato la vita e dato la possibilità di dimostrare che il destino può non essere già segnato, soprattutto se a deciderlo sono le forze del Male.

49

Il ritorno alla Rumson per una volta era riuscito alla perfezione.

Dopo la proclamazione dell'arbitro ero arrivato a fatica negli spogliatoi, sia a causa della folla che voleva vedermi, parlarmi e toccarmi, sia perché faticavo a camminare.

Sotto il tunnel del Madison un giornalista della rete sportiva ESPN mi aveva fatto due domande al volo, una delle quali riguardava il match: il tipo chiedeva se mi ero reso conto che quell'incontro sarebbe rimasto per sempre nella storia. Gli avevo risposto che in quegli attimi non sapevo neppure chi ero e dove mi trovavo, figurarsi se potevo pensare a come sarebbe stato ricordato l'incontro con Caresma.

Lui mi aveva fatto i complimenti e aveva aggiunto che con quello che avevo fatto poco prima mi ero guadagnato un posto nella Hall of Fame del wrestling.

«Quella di Rumson?» gli avevo chiesto.

E lui: «Credo proprio di sì, è lì che i grandi della lotta vengono ricordati per sempre!»

Nello spogliatoio avevo cercato Sidney, per ringraziarla e parlarle di quello che era successo, ma non l'avevo trovata.

Sarà già tornata nel corpo di Amanda, avevo pensato.

Avrei voluto anche stringere la mano a SKM, al quale dovevo moltissimo, ma anche di lui non c'era traccia, così avevo chiuso la porta a chiave (anche per tener fuori i tanti curiosi che volevano portarsi a casa un ricordo della serata), mi ero messo sul divano e avevo deciso che era venuto il momento di tornare a essere me stesso, Luca Arnaboldi.

Mi ero tolto la maschera e avevo visto la solita luce, poi l'attimo di buio e come al solito il tempio, la montagna e il sole, i tre simboli che stavano nella parte posteriore della maschera.

Il sole era tornato alto e illuminava il tempio, finalmente lo potevo vedere bene: era meraviglioso.

Mi ero risvegliato con quell'immagine ancora in mente, seduto su una vecchia sedia di legno con le imbottiture di pelle tutte rovinate.

Di fronte a me c'era il tizio della security della Rumson, quello con i capelli bianchi e gli occhi tristi e blu che mi aveva rimproverato la prima volta che ero entrato nel museo.

Adesso sono cavoli, avevo pensato, *non crederà mai a un'altra delle mie scuse.*

«Bel match, ragazzo», mi aveva detto prima che potessi aprire bocca. «Davvero un bel match. Io l'ho solo sentito alla radio, che anche se ha quarant'anni funziona ancora bene, ma è come se l'avessi visto dal vivo, sei stato formidabile.»

Mi ero guardato le braccia e le gambe, mi ero pizzicato la faccia: volevo capire se parlava proprio con me o a Little Luca.

«Non ti preoccupare, ragazzo», mi aveva detto. «Sei tornato quello di prima anche questa volta. Adesso vai e ricordati che quello che sei riuscito a fare ieri sera va ben oltre l'aver sconfitto un brasiliano senza faccia...»

Mi ero alzato dalla sedia, e non avevo avuto il coraggio di fare l'unica cosa che avrei dovuto fare in quel momento: chiedergli chi fosse.

L'avevo ringraziato, gli avevo stretto la mano e mi ero avviato verso la porta della stanza in cui mi ero svegliato.

«Non lasci qualcosa?» mi aveva detto lui porgendomi la maschera meravigliosa, che ancora una volta avevo dimenticato per terra.

«Lo sai, vero, che questa non la puoi mollare almeno fino quando lo vorrà lo spirito di Ka Li Wong? E poi, chi ti dice che non potrebbe servirti ancora?»

Mi ero ripreso la maschera guardandolo bene negli occhi, ma erano bastate le sue ultime parole per farmi capire chi avevo di fronte.

Little Kalik!

Per tutto quel tempo non era sparito, era rimasto sempre lì, alla Rumson, e io lo avevo avuto al fianco fin dal mio primo giorno alla scuola.

Non ero riuscito a dirgli altro, ero troppo emozionato. Gli avevo sorriso ed ero uscito in corridoio.

Mi ero ritrovato dietro al museo, più o meno dove avevo cercato tra le macerie le pagine mancanti del suo diario, dopo il crollo della soffitta.

Avevo incontrato Helmut, che mi aveva salutato un po' più gentilmente del solito, poi, in camera avevo trovato Sung, che come sempre dormiva.

Si era svegliato al mio ingresso, si era girato e mi aveva detto: «Mica male quel Little Luca, avresti dovuto vedere che cosa ha fatto ieri sera! Nel finale ha colpito quel brasiliano con una serie di colpi perfetti e poi quella *spaghetti*... Come si chiama... Ah, ecco, *spaghetti lock*... Davvero meravigliosa!»

Mentre parlava mimava i colpi alla perfezione, con le gambe e con le mani. Sul letto, il suo libro marrone era aperto alla prima pagina dove si leggeva chiaramente *SKM, Shanghai Kung fu Master, la storia di un campione*.

Aveva la mano destra coperta da una fasciatura bianca alta fino al polso, ancora sporca di sangue.

Un ringraziamento a Giacomo Valenti, Christian Recalcati, Michele Posa, Luca Franchini e Stefano Benzi, per aver ispirato, con le loro telecronache, le avventure sul ring di Little Luca.

Guido Bagatta

La mia vita bassa

Diario di Carolina

L'incontro con il gruppo musicale più sognato e desiderato, i pomeriggi in discoteca, la scuola e i problemi più o meno gravi delle amiche, le droghe leggere e quelle che spaventano, il bacio più atteso, scoprirsi diversa giorno dopo giorno, riuscire sempre a sorridere: ecco il diario di Carolina, giovanissima milanese curiosa e fortunata, capace di trasformare in realtà molti dei suoi sogni grazie a determinazione e voglia. Con due genitori separati e a volte troppo giovanili, un fratellino, una nonna adorata e un gatto pigro di nome Cafu, Carolina si lancia alla conquista del mondo e trascina con sé l'amica Marti; tra interminabili giornate di shopping e l'ansia per i propri eroi televisivi, anche noi viaggiamo alla scoperta di una vita che è bassa solo nello stile dei jeans, di un mondo pieno di sorprese e di una ragazza giovanissima e già molto matura o, come direbbe lei, sgamata. Il nostro Cicerone in questo viaggio, una guida nascosta ma solida e complice, è Guido Bagatta, insospettabile conoscitore del mondo teen e divertito trascrittore delle memorie di Carolina. Buona lettura...

pp. 208
€ 12,90

Stampato nel gennaio 2006
per conto di Baldini Castoldi Dalai *editore* S.p.A.
da *Grafica Veneta* S.p.A. - Trebaseleghe (Pd)

823-X
2006